U0755719

〔清〕段玉裁　撰
陳　才　點校

詩經小學
詩經小學録

中華書局

圖書在版編目(CIP)數據

詩經小學;詩經小學録/(清)段玉裁撰;陳才點校. —
北京:中華書局,2024.2
ISBN 978-7-101-16569-2

Ⅰ.詩… Ⅱ.①段…②陳… Ⅲ.《詩經》-詩歌研究
Ⅳ.I207.222

中國國家版本館CIP數據核字(2024)第048814號

責任編輯:郭睿康 劉 明
責任印製:管 斌

詩經小學 詩經小學録
〔清〕段玉裁 撰
陳 才 點校
*
中 華 書 局 出 版 發 行
(北京市豐臺區太平橋西里38號 100073)
http://www.zhbc.com.cn
E-mail:zhbc@zhbc.com.cn
三河市鑫金馬印裝有限公司印刷
*
850×1168毫米 1/32 · 16¼印張 · 2插頁 · 313千字
2024年2月第1版 2024年2月第1次印刷
印數:1-3000册 定價:68.00元

ISBN 978-7-101-16569-2

整理説明

段玉裁（一七三五—一八一五），字若膺，號懋堂，江蘇金壇人。乾隆二十五年（一七六〇）舉人，任貴州玉屏縣知縣，旋調四川，署富順及南溪縣事，後任巫山縣知縣。清史稿、清史列傳有傳。四十六歲時，段氏引疾歸里，鍵户著書。著古文尚書撰異三十二卷、詩經小學三十卷、毛詩故訓傳定本三十卷、周禮漢讀考六卷、儀禮漢讀考一卷、説文解字注三十卷、汲古閣説文訂一卷、六書音均表五卷、經韻樓集十二卷，輯録春秋左氏古經十二卷附春秋左氏五十凡一卷等。大化書局一九七七年影印出版段玉裁遺書，江蘇人民出版社二〇一五年影印出版段玉裁全書，收録段氏著作。此外，説文解字注有鳳凰出版社二〇〇七年整理本，經韻樓集有上海古籍出版社二〇〇七年、鳳凰出版社二〇一〇年兩種整理本。

段玉裁離析古音韻部爲十七部，又注説文而允爲許君功臣，師事戴震，是乾嘉時期的著名經學家。他具有强烈的文獻版本意識和出色的語言文字基礎，並以此作爲治學手段，來實現下學上達、通經明道的目的。段玉裁創獲頗豐，而五經之中，段氏於詩經領域撰著尤多。段氏早年撰詩經韻譜，後修訂爲詩經韻分十七部表，收入六書音均表。其後，又有詩經小學三十卷，還有毛詩故訓傳定本三十卷。此外，經韻樓集中有跋黄蕘圃蜀石經毛詩殘本等數篇專論，以及説文解字注中有大量涉及詩經的内容。其中，詩經小學是段氏治詩經的一部力作，李慈銘越縵堂讀書記謂之爲「簡核精深，治詩者不可不讀」之書。詩經小學遍引群書，特别是説文解字、玉篇、文選注等，執字詞以考經注，校訂文本，辨析異文，創發尤多，可謂毛詩功臣。段玉裁對於詩經文本、用字特徵、詩經詞語訓詁等均有獨到見解，散見於詩經小學中。當然，其中也難免有一些武斷之處。詩經小學的基本内容和學術價值，可參看虞萬里先生段玉裁詩經小學研究（刊於辭書研究，一九八五年第五、六期）、蔡根祥先生段玉裁詩經小學斆探（刊於興大中文學報第二十八期，二〇一〇年）和馬樹杉先生詩經小學敘録（收於段玉裁全書第一册）。

詩經小學三十卷，以國風十五風、小雅七什、大雅三什、周頌三什、魯頌、商頌各一卷，清道光五年（一八二五）年抱經堂刻本。半葉十行，行二十一字，小字雙行同。白口，左右雙邊，單魚尾。版心上鐫書名，中鐫卷次，下鐫頁碼。無序跋。詩經小學成形於乾隆四十一年（一七七六），時段玉裁在四川富順縣任内。卷三「旄丘」條有小字注曰：「乙未在成都校定。」乙未，即乾隆四十年（一七七五）。是此書成形前，段氏有所修訂。而此書在成形後，段氏續有增補，且書中按語之後增以「又按」，也有前後未統一之處，可見，此書並未作最終釐訂、統稿。稱名不統一者，如孔穎達毛詩正義，或稱「疏」，或稱「正義」，或用「孔沖遠」等。用字不統一者，如楚辭，或寫作「辭」，或寫作「詞」。引書次序不統一者，如或以爾雅在説文前，或以説文在爾雅前；又如或以玉篇在廣韻前，或以廣韻在玉篇前。内容增補處有：乾隆四十三年（一七七八）閏六月，卷二十五「鞗革」條；乾隆四十五年（一七八〇）正月，卷五「猗重較兮」條；乾隆四十五年四月，「薄狩于敖」條；乾隆四十八年（一七八三）九月六日，卷二十三「昭兹來許，繩其祖武」條；乾隆五十年（一七八五）五月，卷二十九「新廟奕奕」條；乾隆五十七年（一七九二）七月，卷十九「哆兮侈兮」條。至詩經小學三十卷本刻成時，段氏已下世十年。書中卷七「彼其之子」條、卷十「我聞有命，不敢以告人」條末各有一則「沅」的案語，以校正書稿訛誤，當係段氏弟子江沅所爲。至於其校正時間，則很可能在段玉裁身後。

詩經小學又有一種四卷本，以國風、小雅、大雅、頌各一卷，係臧庸據三十卷本删改而成的節録本。臧庸節録本内封題名爲「詩經小學録四卷」，臧庸序的標題爲「刻詩經小學録序」，可見，其書名當爲「詩經小學録」。學者使用該書時，一般忽視了每卷末有「臧鏞堂録」的題記，而據其卷端題名稱爲「詩經小學」，或爲與三十卷本區别而稱爲「詩經小學四卷本」。臧庸的節録工作包括規範詞條、删併條目、釐訂内容、增加按語等。三十卷本中的詞條，或詞或句，四卷節録本均規範爲詩句，是爲規範詞條。三十卷本有條目一千二百餘，四卷節録本或删減，或合併，僅録四百零七條，是爲删併條目。三十卷本稱名、引書次序不統一者，四卷節録本均予以調整，並對内容進行修訂，偶有增加，如卷一「胡爲乎泥中」條增加廣韻對「坭」的解釋，是爲釐訂内容。四卷節録本中有臧鏞堂按語十九則、從弟禮堂按語四則，以小字刻出，或補充、或糾正段玉裁説，是爲增加按語。經過臧庸的節録與統稿，詩經小學體例更趨完善，内容也更爲精練。由此可見，段玉裁見到此本，喜稱「菁華盡在此矣」，並不能完全以客套話視之。其中卷一「素絲五紽」條，未見於三十卷本，不知何故，值得注意。至如卷一「召伯所茇」條，臧氏謂鄭箋所釋「未免牽合其説」，並非段玉裁説；卷一「愛而不見」條引禮記祭義文，不當列入按語；卷三「鳧鷖在涇」條末句「蓋以『潨』爲『崇』之假借字」，實爲段玉裁説「鳧鷖在潨」之語，不當列入此條。

詩經小學録四卷，初刻本爲清嘉慶二年（一七九七）拜經堂本，收入臧庸拜經堂叢書中。拜經樓文集所收刻詩經小學録序署爲嘉慶四年（一七九九），當誤，陳鴻森先生、蔡根祥先生皆有辨析。半葉十行，行二十一字，小字雙行同。白口，左右雙邊，單魚尾。版心上鐫字數，中鐫書名「詩學」及卷次，下鐫頁碼。四卷節録本又有清經解本，半葉十一行，行二十四字，小字雙行同。白口，左右雙邊，單魚尾。版心上鐫叢書名「皇清經解」，中鐫卷次及書名「段大令詩經小學」，下鐫刻頁碼。按叢書體例，卷首無臧庸序。清經解本偶有誤刻，如卷一「不能我慉」條引詩「能不我甲」之「能」誤作「我」，卷二「有洌氿泉」條「洌」誤作「洌」等。

詩經小學無疑是全面體現段玉裁詩經學成就的重要著作。讀者當輔以四卷本的詩經小學録，將詩經小學三十卷本與之後撰成的毛詩故訓傳定本、説文解字注對讀。

目前，詩經小學僅有一種以清經解本爲底本的點校本，收入清人詩説四種，華中師範大學出版社一九八六年出版。此書實爲四卷節録本。二〇一九年，適值拙撰朱子詩經學考論完稿之日，中華書局友人詢我整理古籍的意向。段玉裁學問精深，是我最爲喜愛的清儒，若能有幸得附驥尾，列名於其後，真是十分榮幸，於是約爲整理詩經小學。初稿完成後，一時無法抽出時間修改，不覺已置於案頭近三年。二〇二二年底，在出版社的催促下，我開始著手修訂。不幸的是，十二月二十二日，引我入詩經學之門的謝明仁師因病遽歸道山。心喪之中，回憶師恩，尤其是他在我對清代詩經學興趣正濃的時候，托同學馬君購入一部學校圖書館未收藏的清經解及續編影印本，指導我研讀，不禁泫然。希望本書的出版可以告慰先師謝明仁先生的在天之靈。

陳　才

二〇二三年一月三十一日

點校凡例

一、本書包括詩經小學三十卷和詩經小學録四卷。三十卷本爲未經釐定的全本，四卷本則爲臧庸據三十卷本删改而成的節録本。

二、詩經小學三十卷，僅有清道光五年（一八二五）抱經堂本。

三、詩經小學録四卷，以清嘉慶二年（一七九七）拜經堂本爲底本，以清經解本爲參校本，適當參考華中師範大學出版社一九八六年整理本。該整理本以清經解本爲底本。

四、本次點校，採用全式標點。對於經、傳、箋文字，結合段玉裁毛詩故訓傳定本和説文解字注，按照段玉裁的理解進行標點。

五、本次點校，引文全部核對原書，但慎出校記。凡意引、節引等，均視同原文，以標起訖。至於誤引而不影響文義者，不出校記。

六、四卷節録本中，臧庸所增加處及誤解段玉裁處，不出校記。

七、本次點校，避諱字徑改，不出校記。

八、書末附全部詞條索引，以便翻檢。

目録

詩經小學

詩經小學卷一

詩經小學卷二

詩經小學卷三

詩經小學卷四

詩經小學卷五

詩經小學卷六

詩經小學卷七

鄭

詩經小學卷八

齊

詩經小學卷九

詩經小學卷十

詩經小學卷十一

詩經小學卷十二

詩經小學卷十三

詩經小學卷十四

詩經小學卷十五

詩經小學卷十九

節南山之什

詩經小學卷二十

谷風之什

詩經小學卷二十一

詩經小學卷二十二

詩經小學卷二十三

詩經小學卷二十四

詩經小學卷二十五

詩經小學

詩經小學卷一

金壇段玉裁撰

國風

周南

關雎五章，章四句。陸德明經典釋文曰：「五章是鄭所分。」

關關

玉篇曰：「關關，和鳴也。或爲『唁』。」

雎

爾雅、説文皆作「鴡」。

在河之洲

説文解字曰：「水中可居曰州。周遶其旁，从重川。昔堯遭洪水，民居水中高土，故曰九州。詩曰：『在河之州。』臣鉉等曰：今別作『洲』，非是。」玉裁按：爾雅、毛傳皆云：「水中可居者曰州。」許氏正用之。

君子好逑

鄭箋：「怨耦曰仇。」經典釋文云：「逑，本亦作『仇』。」小戴禮記緇衣篇引詩：「君子好仇。」爾雅釋詁曰：「仇，匹也。」郭璞注引詩：「君子好仇。」漢書匡衡傳引詩：「窈窕淑女，君子好仇。」嵇康琴賦李善注引毛詩：「窈窕淑女，君子好仇。」何晏景福殿賦李善注引詩：「窈窕淑女，君子好仇。」玉裁按：兔罝作「好仇」。説文「逑」字注：「怨匹曰逑。」左傳：「怨耦曰仇。」知「逑」、「仇」古通用也。

參差荇菜

説文木部「槮」字注引詩：「槮差荇菜。」

荇菜

爾雅：「莕，接余。」釋文曰：「莕，本亦作『荇』。説文作『䓷』。」説文：「莕，菨餘也。从艸，杏聲。或作『荇』。」

輾轉

劉向九歎：「憂心展轉。」王逸注：「展轉，不寐皃。詩云：『展轉反側。』」潘岳秋興賦：「獨展轉於華省。」注引「展轉反側」。顧炎武詩本音曰：「説文無『輾』字，張弨以爲『報』之譌。」玉裁按：説文無「輾」字，古惟用「展轉」。詩釋文曰：「吕忱作『輾』。」知「輾」字起於字林。説文「展」注「轉也」，「報」注「轢也」，以「輾」爲「報」譌者，誤。

左右芼之

玉篇「覒」字注：「詩曰：『左右覒之。』覒，擇也。」玉裁按：説文：「覒，讀若苗。」又，爾雅「芼搴也」，本又作「毛蹇」，見釋文。

鐘鼓

唐石經「鍾鼓」皆作「鍾」。馬應龍本靈臺篇作「鐘」，餘作「鍾」。

葛覃三章，章六句。

葛之覃兮

爾雅：「覃，莚也。」本又作「㝶」字，叔然云：「古『覃』字同。」玉裁按：經典釋文、五經文字、九經字樣皆云：「葛覃，一作『葛蕈』。」陸雲詩：「思樂葛藟，薄采其蕈。疾彼攸遠，乃孚惠心。」蓋用「葛蕈」字。

灌木

爾雅：「木族生爲樌。」釋文：「樌，或作『灌』。」又，「樌木，叢木。」釋文：「樌，又作『灌』。」

是刈是濩

爾雅：「是乂是鑊。鑊煑之也。」釋文：「乂，本亦作『刈』。鑊，又作『濩』。」玉裁按：當作「刈」、「鑊」。刈以取之，鑊以煑之。齊語：「挾其槍，刈耨鎛。」韋昭曰：「刈，鎌也。」

服之無斁

禮記緇衣篇引詩：「服之無射。」王逸招魂篇注：「射，猒也。」詩曰：「服之無射。」玉裁按：「斁」爲本字，「射」爲同部假借。

澣

説文作「⿰氵榦」，今通作「澣」。按：「幹」爲「榦」之俗，當作「⿰氵榦」，不當作「澣」。説文：「⿰氵榦，或作『浣』。」

害澣害否

毛傳：「曷，何也。」玉裁按：古「害」讀如曷，同在弟十五部。葛覃借「害」爲「曷」。長發「則莫我敢曷」，毛傳：「曷，害也。」是又借「曷」爲「害」。於六書，爲假借也。

歸寧父母

說文：「旻，安也。詩曰：『以旻父母。』」玉裁按：歸寧父母，謂文王之父母也。既歸曰舅姑，未歸言父母。禮記「親迎，女在塗，而壻之父母死」是也。序曰：「葛覃，后妃之本也。后妃在父母家，則志在於女功之事，躬儉節用，服澣濯之衣，尊敬師傅，則可以歸安父母，化天下以婦道也。」言在父母家，爲女子子若此，則可以成婦禮於舅姑，而化天下以婦道，故曰「葛覃，后妃之本也」。上文「言告言歸」，毛傳：「婦人謂嫁曰歸。」此「歸」字即「言告言歸」之「歸」也。「父母在，則有時歸寧耳」，此九字蓋後人所加，非毛傳本文。說詩者以全篇爲已嫁之詞，又惑於篇末父母之稱、歸寧之義，乃謂序所云「后妃在父母家」之句不可通矣。說文「以旻父母」，蓋即「歸寧父母」之異文。鄭箋言「常自絜清，以事君子」，蓋言君子，而舅姑在其中。

卷耳四章，章四句。

卷耳

爾雅：「菤耳，苓耳。」釋文：「菤，謝作『卷』。」祭酒謝嶠。

筐

說文：「匡，筥也。或从竹，作『筐』。」

虺隤

爾雅：「虺頽，病也。」玉裁按：玉篇尣部作「虺尵」。説文無「虺尵」字。

我姑酌彼金罍

説文：「秦以市買多得爲夃。从乃、从夊，益至也。詩曰：『我夃酌彼金罍。』」

觥

説文：「觵，从角，黄聲。俗作『觥』。」按：周官經作「觵」。

砠

爾雅：「土戴石爲砠。」釋文：「砠，説文作『岨』。」説文山部：「岨，石戴土也。从山，且聲。詩曰：『陟彼岨矣。』」五經文字山部：「岨，見詩。」石部：「⿰石疽，亦作『砠』，見詩風。」

瘏、痡

爾雅：「痡、瘏，病也。」陸德明曰：「痡，詩作『鋪』。瘏，詩作『屠』。」玉裁按：今詩不作「屠」、「鋪」。王逸九歎注引詩「我馬瘏矣」，説文疒部引詩「我馬瘏矣」、「我僕痡矣」，文選秋胡詩注引「我馬瘏矣」，皆不作「屠」、「鋪」。惟雨無正「淪胥以鋪」，毛傳：「鋪，病也。」爲假借。

云何吁矣

爾雅郭注引詩：「云何盱矣。」邢疏：「『云何盱矣』者，卷耳及都人士文也。」玉裁按：今本卷耳「吁」，憂也；都人士「盱」，病也。

樛木三章，章四句。

樛木

爾雅：「下句曰朻。」陸德明釋文：「本又作『樛』。」　説文：「下句曰樛。」「高木曰朻。」

葛藟

戴先生詩經補注曰：「凡言葛藟，謂葛之藤蔓耳。古曰藟，今曰藤，古今語也。舊説分葛藟爲二物，以對下『福禄』，非也。或未信其説。今按：山海經『卑山多虆』，郭景純曰：『今虎豆、貍豆之屬。虆，一名縢，音耒。』爾雅：『諸慮，山櫐。』郭注：『今江東呼櫐爲藤，似葛而麤大。』山海經之『虆』即『櫐』字，藝文類聚正作『櫐』。縢、藤，古今字。詩釋文曰：『藟，本亦作櫐。』然則藟之爲藤，信矣。櫐非一種，山櫐、葛櫐皆是也。」

葛藟虆之

王逸九歎注：「虆，緣也。詩曰：『葛藟虆之。』」

葛藟縈之

説文引詩：「葛藟䕮之。」「䕮，艸旋皃。」衣部「褮」字注引「葛藟縈之」。

螽斯三章，章四句。

螽斯

爾雅：「蜤螽，蜙蝑。」陸德明曰：「蜤，本又作『蟴』，詩作『斯』。」玉裁按：「蟴」、「蜤」同在弟十六部，猶「斯」、「析」同在弟十六部也。螽蟴，亦稱蟴螽，非如「鸒斯」之「斯」，不可加「鳥」。

螽

公羊傳作「蟓」，亦作「蠡」。

詵詵

釋文曰：「説文作『㚋』。」玉裁按：今説文無「㚋」字。玉篇：「㚋，多也。或作『莘』、『騂』、『辡』、『兟』、『甡』。」五經文字曰：「兟，色臻反。見詩。」玉裁按：東都賦「俎豆莘莘」，魏都賦「莘莘蒸徒」，善注皆引毛萇詩傳曰：「莘莘，衆多也。」今毛詩螽斯作「詵詵」，傳曰：「詵詵，衆多也。」皇皇者華作「駪駪」，傳曰：「駪駪，衆多之皃。」桑柔作「甡甡」，傳曰：「甡甡，衆多也。」蓋其字皆可作「莘莘」，李善所見毛詩正作「莘莘」。説文引小雅：「莘莘征夫。」

薨薨

爾雅：「薨薨、增增，衆也。」釋文：「顧舍人本『薨薨』作『雄雄』。」玉裁按：雄，从隹，厷聲。

古韵，「雄」與「薨」皆在弟六部。

繩繩

螽斯、抑傳皆云：「繩繩，戒慎。」下武傳云：「繩，戒也。」爾雅：「兢兢、繩繩，戒也。」釋文：「繩，一本作『憴』。」

揖揖

蓋「輯」字之假借。說文：「輯，車和輯也。」

桃夭三章，章四句。

桃之夭夭

說文木部：「枖，木少盛皃。詩曰：『桃之枖枖。』」又，女部引詩「桃之㜵㜵」。

蕡

玉裁按：蕡，實之大也。說文：「頒，大頭也。」方言：「墳，地大也。」靈臺傳：「賁，大鼓也。」韓奕傳：「汾，大也。」苕之華傳：「墳，大也。」合數字音、義攷之，知「蕡」言實之大也。

其葉蓁蓁

宋王應麟詩攷曰：「齊詩『其葉溱溱』。」

兔罝三章，章四句。

罝

說文云：「或作『𦉱』，籀文作『𦊱』。」

公矦干城

春秋左氏傳曰：「公矦之所以扞城其民也，故詩曰：『赳赳武夫，公矦干城。』」蓋讀若「干掫」之「干」。毛傳：「干，扞也。」

逵

說文：「馗，九達道也。似龜背，故謂之馗。或作『逵』。从辵，坴聲。」文選鮑昭蕪城賦注〔一〕：「韓詩曰：『肅肅兔罝，施于中馗。』薛君曰：『中馗，馗中。馗，九交之道也。』」王粲從軍詩注：「韓詩曰：『肅肅兔罝，施于中馗。』薛君曰：『馗，九交之道也。』」玉裁按：「馗」、「逵」本同字，毛詩作「逵」，韓詩作「馗」，與「公矦好仇」爲韵。王粲從軍詩與「愁」、「由」、「流」、「舟」、「游」、「收」、「憂」、「疇」、「休」、「留」字爲韵，古音讀如求，在弟三部也。至宋鮑昭，乃與「衰」、「威」、「飛」、「依」、「穨」字爲韵，入於弟十五部。廣韵又分别「馗」在尤韵，兼入脂韵；「逵」專在脂韵。顧炎武詩本音乃以脂韵之「逵」爲本音，而讀「仇」如「其」以協之，引史記趙王友歌證「仇」本有「其」音，不知趙王友歌乃漢人之韵，尤韵合用，「逵」與「馗」一字，古皆讀如求也。

芣苢三章，章四句。

苢

「苡」同。

襭

説文：「襭，或作『擷』。」「扱」字注引爾雅：「扱，謂之擷。」

漢廣三章，章八句。

不可休息

釋文：「本或作『休思』。此以意改爾。」　正義：「經『求思』之文，在『游女』之下，傳解『喬木』之下，先言『思，辭』，然後始言『漢上』，疑經『休息』之字作『休思』也。詩之大體，韵在辭上。疑『休』、『求』字爲韵，下二字俱作『思』〔二〕，但未見如此之本，不敢輒改耳。」　朱子集傳：「吳氏曰：『韓詩作「思」。』」　王應麟詩攷序：「漢廣『不可休息』，朱子從韓詩作『不可休思』。」戴東原先生答秦大司寇蕙田書：「凡古人之詩，韵在句中者，韵下用字不得或異。三百篇惟『不可休思』，『思』譌作『息』，與墓門『歌以誶止』，『止』譌作『之』，失詩句用韵之通例。」玉裁按：朱子不見韓詩，今韓詩外傳引詩「不可休思」。

江之永矣

説文「永」字注引詩：「江之永矣。」「羕」字注「水長也」，引詩：「江之羕矣。」明楊慎丹鉛録曰：「韓詩『江之羕矣』，博古圖齊侯鎛鐘銘：『羕保其身』、『羕寶用亯』。古永、羕字通。」文選登樓賦李善注：「韓詩曰：『江之漾矣，不可方思。』薛君曰：『漾，長也。』」玉裁按：永，古音養，或假借「養」字爲之，如夏小正「時有養日」、「時有養夜」，即永日、永夜也。

秣

説文：「䬴，食馬穀也。」無「秣」字。廣韵：「秣，同『䬴』。」

言刈其蔞

廣韵引詩：「言采其蔞。」王逸大招注引詩：「言采其蔞。」

汝墳三章，章四句。

遵彼汝墳

爾雅：「淮爲滸，江爲沱，過爲洵，潁爲沙，汝爲濆。」郭氏注云：「詩曰：『遵彼汝濆。』皆大水溢出別爲小水之名。」陸德明曰：「濆，字林作『涓』。衆爾雅本亦作『涓』。」玉裁按：説文：「涓，小流也。爾雅曰：『汝爲涓。』」「濆，水厓也。詩曰：『敦彼淮濆。』」此詩從毛氏「大防」之訓，作「墳」爲正。

惄如調飢

丹鉛録曰：「易林云『侞如旦飢』，即詩『調飢』。據韓詩作『朝飢』，言朝飢難忍也。」高士奇天禄識餘曰：「詩『惄如調飢』，『調』，韓詩作『朝』。薛君章句云：『朝飢最難忍。』晉郭遐周詩：『言別在斯須，惄焉如朝飢。』」玉裁按：毛傳：「調，朝也。」言詩假借「調」字爲「朝」字也。調，周聲；朝，舟聲：音相近也。或作「輖」，亦「朝」之假借。説文「惄」字注引詩：「惄如輖飢。」國朝厲鶚云：「孟蜀石經作『輖飢』。」唐楊凝式韭花帖：「晝寢乍興，輖飢正甚。」

惄

釋文：「惄，或作『愵』」，韓詩作『愵』。」

飢

説文：「飢，餓也。」「饑，穀不孰也。」唐石經「飢渴」皆作「飢」，「饑饉」皆作「饑」。

肆

方言：「柟，餘也。陳、鄭之閒曰柟。肄，餘也。秦、晉之閒曰肄。」玉裁按：肄，即「柟」字，方言異耳。柟，説文作「巘」、作「櫱」。

棄

玉裁按：唐石經皆作「弃」，以隸書「棄」字中有「世」字，避廟諱也。

魴魚赬尾

説文：「䞓，赤色也。詩曰：『魴魚䞓尾。』或作『赬』，或作『赤』。」玉裁按：左氏傳「如魚竀尾」，用假借字。説文：「竀，正視也。」

王室如燬

説文：「焜，火也。詩曰：『王室如焜。』」玉裁按：説文：「火，燬也。」「燬，火也。」「焜，火也。」方言：楚語「煤」，「齊言『燬』〔三〕」。古「火」讀如毁，在弟十五部。「焜」、「燬」皆即「火」字之異。

麟之趾三章，章三句。

麟

爾雅及説文作「麐」。

趾

士昏禮及漢書作「止」。

麟之定

正義曰：「定，或作『顛』。」爾雅：「顁，題也。」郭注：「題，額也。詩曰：『麟之顁。』」釋文：「顁，又作『定』。」

【校勘記】

〔一〕文選鮑昭蕪城賦注「昭」，四卷節録本及文選同，當作「照」，唐諱改作「昭」。後「至宋鮑昭」同。

〔二〕下二字俱作思「下」，毛詩正義無。

〔三〕齊言燬「燬」，方言作「焜」。

詩經小學卷二

金壇段玉裁撰

召南

鵲巢三章，章四句。

鵲

說文：「舄，䧿也。象形。篆文作『䧿』。」

御之

玉裁按：「御」爲「訝」之假借字。訝，或作「迓」，相迎也。古「訝」與「御」皆在弟五部。

方之

玉裁按：毛傳「方有之也」一本無「之」字，誤。四字一句，猶言甫有之也。故訓傳本與經別，合傳於經者多有脱落，如此章當云「方之，方有之也」，下章當云「成之，能成百兩之禮也」是也。或於

「方，房也。古字通。」「方」字作逗，而以「有」訓「方」，朱子從之，失在不能離經耳。戴東原先生曰：「方，房也。古字通。」

采蘩三章，章四句。

于沼于沚

毛傳：「于，於。沼，池。沚，渚也。」玉裁按：恐其與「于以」之「于」相亂，故言「于」者，「於」之假借也。鄭箋：「于以，猶言往以也。」

被

少牢饋食禮曰：「主婦被錫。」鄭注：「被錫，讀爲髲鬄。古者，或鬄賤者、刑者之髮，以被婦人之紒爲飾，因名髲鬄焉。」

僮僮

鄭康成射義注引詩：「被之童童，夙夜在公。」

草蟲三章，章七句。

草蟲

爾雅曰「草螽」。

阜螽

爾雅：「蛗螽，蠜。」郭注引詩：「趯趯蛗螽。」

覯止

鄭箋引易：「男女覯精。」　玉裁按：今周易作「構」。

我心則夷

爾雅釋言：「夷，悦也。」陸氏釋文作「恞」。

采蘋三章，章四句。　正義曰：「儀禮歌召南三篇，越艸蟲而取采蘋，蓋采蘋舊在草蟲之前。」曹氏詩説謂，齊詩先采蘋而後草蟲。

蘋

説文作「薲」。

濱

説文作「𩔰」，隸作「瀕」，省作「頻」。説文無「濱」字。鄭康成召旻六章箋云：「瀕，當作『濱』。」是漢時有「濱」字也。鄭意以「瀕」爲瀕蹙，「濱」爲水厓，與説文異。説文：「𩔰，水厓，人所賓附。顰蹙不前。」

于以采藻

説文：「藻，水艸也。从艸、从水，巢聲。詩曰：『于以采藻。』或作『藻』。」

行潦

毛傳：「行潦，流潦也。」玉裁按：行，當作「洐」。洐，溝水行也。

維筐及筥

毛傳：「方曰筐，圓曰筥。」玉裁按：説文：「方曰匡，圜曰篆。」匡，俗作「筐」。篆，方言作「篪」。

湘之

毛傳：「湘，亨也。」玉裁按：此假借「湘」字爲「亨」字也。古亨獻、烹孰、元亨，同作「亯」，在弟十部。借「湘」爲「亨孰」字，同部假借也。郊祀志曰：「皆嘗鬺亨上帝、鬼神。」師古注引韓詩：「于以鬺之，唯錡及釜。」按：韓詩之「鬺」，即説文之「䰞」字，煑也。郊祀志云「鬺亨上帝、鬼神」者，謂煑而獻之也。亨，讀如饗。史記作「亨鬺」，文倒，當從漢書。毛詩「湘」字，當爲「鬺」之假借。

釜

説文：「鬴，鍑屬。或作『釜』。从金，父聲。」

齊

玉篇引「有齌季女」，攷説文：「齌，材也。」

甘棠三章，章三句。

蔽芾

漢碑多異體。

勿翦

玉裁按：俗以「前」爲「歬後」字，以矢羽之「翦」爲「前斷」字。　釋文曰：「韓詩作『剗』，初簡反。」　漢書韋玄成傳：「勿鬋勿伐。」

召伯所茇

説文：「废，舍也。从广，犮聲。詩曰：『召伯所废。』」　玉裁按：詩作「茇」，爲「废」字之假借。毛傳：「茇，艸舍也。」　漢書禮樂志：「拔蘭堂。」拔，舍止也。

憇

釋文：「憇，本又作『愒』。」五經文字：「愒，息也。又作『憩』，見詩風。」説文無「憇」字，徐鉉等曰：「愒，别作『憩』。」非是。玉裁按：憩，从息，舌聲。

勿翦勿拜

廣韵十六怪：「扒，拔也。詩曰：『勿翦勿扒。』本亦作『拜』。」元程端禮分年日程亦作「勿翦勿扒」。

召伯所説

爾雅：「税，舍也。」郭注引詩曰：「召伯所税。」文選曹植應詔詩注：「毛詩『召伯所税』，毛萇曰：『税，猶舍也。』」

行露三章，一章三句，二章章六句。

謂行多露

或作「畏行多露」者，誤。

羔羊三章，章四句。

委蛇委蛇

顧炎武唐韵正曰：「韓詩作『禕隋』。漢衛尉衡方碑：『禕隋在公。』酸棗令劉熊碑：『卷舒委遺。』成陽令唐扶頌：『在朝委隨。』」玉裁按：君子偕老：「委委佗佗。」説文「委」字注曰：「委隨也。」古它聲、隋聲字同在弟十七部。

緎

説文黑部：「黬，羔裘之縫。从黑，或聲。」無「緎」字。玉篇曰：「黬〔一〕，羔裘縫也。亦作『緎』、『黬』。」

殷其靁三章，章六句。

殷其靁

李善景福殿賦注引毛萇傳曰：「磤，雷聲也。」

遑

説文無「遑」字。古經典多假「皇」。爾雅：「偟，暇也。」

摽有梅三章，章四句。

摽

廣韵引字統云：「合作『芆』，落也。」玉裁按：當作「𠬪」。説文有「𠬪」無「芆」。「𠬪，物落上下相付也。」「摽，擊也。」同部假借。趙岐注孟子曰：「莩，零落也。詩曰：『莩有梅。』」玉裁按：正作「受」，俗作「莩」。漢書「野有餓莩而不知發」，鄭氏曰：「莩，音『蔈有梅』之『蔈』。」

梅

玉裁按：終南傳：「梅，枏也。」墓門傳：「梅，枏也。」與爾雅、說文合。說文：「梅，枏也。」「某，酸果也。」凡梅杏當作「某」。毛公於「摽有梅」無傳，蓋當毛時，字作「某」，後乃借「梅」爲「某」，二木相溷也。釋文曰：「韓詩作『楳』。」說文「楳」亦「梅」字。

頃筐塈之

玉篇「摡」字注：「詩云：『傾筐摡之。』本亦作『塈』。」

小星二章，章五句。

謂

毛意：謂，會也。

嘒

說文云：「或作『嚖』。」

寔

釋文：「韓詩作『實』，有也。」

江有汜三章，章五句。

江有汜

説文引「江有汜」，亦引「江有洍」。

不我以

爾雅釋訓篇：「不⿰來矣，不來也。」説文來部「⿰來矣」字注：「詩曰：『不⿰來矣不來。』」玉裁按：詩無「不⿰來矣」之文，蓋江有汜一章古作「不我⿰來矣」，故爾雅釋之曰：「不⿰來矣我者，不招來我也。」而説文仍之。廣韵「⿰來矣」注「不來」，誤。⿰來矣是來義，故云：「不⿰來矣，不來也。」

野有死麕三章，二章章四句，一章三句。

麕

説文：「麇，從鹿，囷省聲。籀文不省。」陸德明曰：「麕，本亦作『麏』，又作『麇』。」

苞之

戴先生詩經補注作「苞」，云：「俗本譌作『包』。」玉裁按：「苞苴」字皆从艸。曲禮注曰：「苞苴，裹魚肉。或以葦，或以茅。」此詩釋文云：「苞，逋茆反，裹也。」是陸本不誤，今各本誤「包」。注疏内傅釋文改爲：「包，逋茅反。」本上聲而讀平聲矣。其誤始於唐石經。木瓜鄭箋云：「以果實相遺者，必苞苴之。」引書：「厥苞橘柚。」今書作「厥包」，亦是譌字。郭忠恕不察，乃云：「以艸名之『苞』爲『厥包』。」其順非有如此者。

脱脱

邵長蘅古今韵略：「娧，舒遲皃。亦作『脱』，詩：『舒而脱脱兮。』」

帨

説文巾部：「帥，佩巾也。或作『帨』。」

吠

五經文字曰：「字林作『吠』。」

何彼襛矣三章，章四句。

何彼襛矣

説文：「襛，衣厚皃。詩曰：『何彼襛矣。』」五經文字曰：「作『襛』，譌。」釋文曰：「韓詩作『何彼茙矣』。」

緡

説文：「从糸，昏聲。」昏，説文：「从日、从氐省。氐者，下也。一曰民聲。」玉裁按：昏以「氐省」爲正體，曰「民聲」者，非也。

騶虞二章，章三句。

騶虞

文選注引琴操曰：「鄒虞，邵國之女所作也。古者，役不踰時，不失嘉會。」東京賦李善注引劉芳詩義疏曰：「騶虞，或作『吾』。」玉裁按：山海經、墨子竝作「騶吾」，漢書東方朔傳作「騶牙」，曰：「其齒前後若一，齊等無牙，故謂之騶牙。」廣韵：「虞，俗作『驉』。」困學紀聞曰：「騶虞、騶吾、騶牙，聲相近而字異。解頤新語既以『虞』爲虞人，又謂『文王以騶牙名囿』，蓋惑於異説。魯詩傳曰：『梁鄒，天子之田。』見後漢注，與賈誼書同，不必以『騶牙』爲證。」玉裁按：王氏之説甚是。東都賦既曰「制同乎梁騶」，又曰「歷騶虞，覽駟驖」，必非一詩而複舉。

【校勘記】

〔一〕輱　「輱」，底本誤作「䩕」，據玉篇改。

詩經小學卷三

金壇段玉裁撰

邶　廣韵曰：「鄁，紂之畿内國名。邶同。」

柏舟五章，章六句。

如有隱憂

李善歎逝賦注：「韓詩曰：『耿耿不寐，如有殷憂。』」

匪鑒

匪，本「匡匪」字，詩多借「匪」爲「非」。

威儀棣棣

説文「䚷」字注引詩「威儀秩秩」，即此句異文。猶「平秩東作」，説文作「平豑」也。

不可選也

毛傳：「物有其容，不可數也。」「選」字作「數」字解。車攻序曰：「因田獵而選車徒。」傳曰：「選徒囂囂。囂囂，聲也。維數車徒者爲有聲也。」「選」字皆「算」字之假借。漢書引詩：「威儀棣棣，不可算也。」說文解字曰：「算，數也。」鄭注論語「何足算也」，曰：「算，數也。」算、選同部音近。夏官司馬「羣吏撰車徒」，鄭注：「撰，讀曰算。算車徒，謂數擇之也。」撰，亦「算」之假借。鄭氏箋詩，不言「選」讀曰「算」者，義具毛傳中矣。

覯閔既多

王逸哀時命注：「遘，遇也。詩曰：『遘閔既多。』」

寤辟有摽

說文：「晤，明也。詩曰：『晤辟有摽。』」爾雅：「辟，拊心也。」釋文：「本亦作『擗』。」王褒九懷：「寤辟摽兮永思。」王逸注：「辟，拊心皃也。一作『擗』。」馬融長笛賦：「搯膺擗摽。」李善注曰：「毛詩『寤擗有摽』，毛萇云：『擗摽，拊心皃。』」張景陽七命：「窮嫠爲之擗摽。」

日居月諸

王吏部汝璧云：「某氏曰：『居，卑居也。諸，詹諸也。俗作鵯鶋、蟾蠩。』」

胡迭而微

釋文曰：「迭，韓詩作『𢧐』，云：『常也。』」　玉裁按：𢧐，即「戜」字之譌。

緑衣四章，章四句。

緑兮衣兮

鄭箋云：「緑，當作『褖』。故作『褖』，轉作『緑』，字之誤也。褖兮衣兮者，言褖衣自有禮制也。諸侯夫人祭服之下，鞠衣爲上，展衣次之，褖衣次之。次之者，衆妾亦以貴賤之等服之。鞠衣黄，展衣白，褖衣黑，皆以素紗爲裏。今褖衣反以黄爲裏，非其禮制也，故以喻妾上僭。」

燕燕四章，章六句。

頏

說文：「亢，人頸也。或作『頏』。」

仲氏壬只

玉裁按：毛傳：「壬，大也。」正義曰：「釋詁文。」攷爾雅釋詁：「壬，大也。」不作「任」。知毛詩作「壬」。鄭箋易傳，作「睦婣任恤」之「任」。

以勗寡人

坊記引詩：「先君之思，以畜寡人。」鄭康成曰：「衞夫人定姜之詩也。」陸德明曰：「此魯詩之説。」

日月四章，章六句。

報我不述

李善廣絶交論注引韓詩：「報我不術。」薛君曰：「術，法也。」

終風四章，章四句。

終風且暴

説文：「瀑，疾雨也。一曰：沫也。一曰：瀑，賁也。詩曰：『終風且瀑。』」

願言則疐

毛傳：「疐，劫也。劫，一作『跲』。」疏引王肅云：「疐，劫不行。」玉裁按：毛詩此篇本同豳風狼跋，作「疐」。鄭箋乃作「嚏」。石經從鄭。説文引詩亦作「嚏」。鄭箋：「疐，讀當爲『不敢嚏咳』之『嚏』。今俗人嚏，云『人道我』，此古之遺語也。」玉裁按：今山東及各省皆有此語，皆謂鼻噴气。廣韵十二霽：「嚏，鼻气也。」玉篇口部：「嚏，噴鼻也。詩曰：『願言則嚏。』」鼻部「𪖐」、「䶑」字注云：「二同，都計切，鼻噴气。本作『嚏』。」今按：「嚏」字从口者，口、鼻气同出也。許氏說文云：「嚏，悟解气也。詩曰：『願言則嚏。』」詩釋文引崔云：「毛訓疐爲㰦，今俗人云『欠欠㰦㰦』是也。」不作「劫」字。人體倦則伸，志倦則㰦。崔說與說文合，而非毛意，亦非鄭意。又攷月令「民多鼽嚏」，鼽，謂病寒鼻塞。內則：「不敢噦噫、嚏咳、欠伸、跛倚。」嚏，鼻气也。欠，張口气悟也。若以「嚏」爲欠㰦，是內則「嚏」、「欠」重複矣。說文「悟解气」之說未當。

曀曀其陰

說文：「㙪，天陰塵也。詩曰：『㙪㙪其陰。』从土，壹聲。」

擊鼓五章，章四句。

擊鼓其鏜

說文鼓部引「擊鼓其鼞」，金部引「擊鼓其鏜」。正義曰：「司馬法云：『鼓聲不過閶。』字雖異，音實同也。」

漕

左氏傳作「𣍘」。

于嗟洵兮，不我信兮

釋文曰：「洵，呼縣反。本或作『詢』，誤也。韓詩作『夐』，夐，亦遠也。信，毛音申，案：信即古『伸』字也；鄭如字。」呂覽季春紀「與爲夐明」，高誘注：「夐，大也，遠也。夐，讀如詩云『于嗟夐兮』。」玉裁按：高所引同韓詩。

凱風四章，章四句。

凱風

班固幽通賦作「颽風」〔一〕，陸德明爾雅釋文作「颽風」。

晛睆

説文：「晛，出目皃也。」「睅，大目也。一作『睆』。」

雄雉四章，章四句。

伊

鄭箋：「當作『緊』。緊，猶是也。」玉裁按：雄雉、蒹葭、東山、白駒皆易「伊」爲「緊」，以「伊」非其訓也。正義云：「左傳宣二年『自詒緊慼』，毛詩小明『自詒伊慼』。」鄭箋於此得其例。今俗本正義引左傳「緊慼」譌「伊慼」，而左傳俗本亦譌爲「伊慼」。

匏有苦葉四章，章四句。

匏有苦葉

周禮「炮土之鼓」，杜子春讀如「苞有苦葉」之「苞」。

匏

劉向九歎作「瓟」。

深則厲

爾雅：「深則厲，以衣涉水爲厲，由帶以上爲厲。」陸德明曰：「本或作『濿』。」説文：「砅，履石渡水也。从水，从石。詩曰：『深則砅。』或作『濿』。」玉裁按：東原先生云：「詩之意，以水深必依橋梁乃可過，喻禮義之大防不可犯。若淺水則褰衣而過，尚不濡衣。酈道元水經注，段國沙洲記：『吐谷渾於河上作橋，謂之河厲。』此可見橋有厲之名。衞詩『淇梁』、『淇厲』竝舉，厲固梁之屬。説文視爾雅爲得其傳也。其字正作『砅』，或作『濿』，省用『厲』。」

濟盈不濡軌

毛傳曰：「由輈以上爲軌。」釋文曰：「依傳意，直音犯。」鄭注攷工記引「濟盈不濡軓」，少儀正義引「濟盈不濡軌」，今詩「軌」作「軌」，由不知古合韵之例，以「軌」字古音九，遂改「軌」爲「軌」，以韵「求其牡」也。説文：「軌，車徹也。从車，九聲。」「軌，車軾前也。从車，凡聲。」周官經大馭：「右祭兩軹，祭軓。」注：「故書『軓』爲『範』。杜子春云：『軓，當爲「軋」。軋，謂車軾前也。』」考工記：「軓前十尺。」鄭司農云：「軓，謂式前也。書或作『軋』。」少儀：「祭左右軌范。」注：「軌，與『范』聲同，謂軾前也。」秦風「陰靷鋈續」，毛傳：「陰，揜軓也。」鄭箋：「揜軓在軾前，垂輈上。」東原先生釋車：「軓與輢皆輿揜板〔二〕。輢之言倚也，兩旁人所倚也。軓之言範也，範圍輿前也。直曰軓，累呼之曰揜軓，如約轂革直曰軝，累呼之曰約軝。」玉裁按：車徹之軌不可言濡，輈上式前不可訓軌。軓，或爲「軋」，或爲「範」，或爲「范」，秦風謂之「陰」，毛傳謂之「揜軓」。唐石經「濟盈不濡軓」，字甚明畫。

雝雝鳴鴈

鹽鐵論引「雝雝鳴鳱」。洪興祖九辨補注：「雁廱廱而南游。廱，與嗈同。詩曰：『嗈嗈鳴雁。』」

鴈

姚姬傳鼐曰：「據説文：『雁，鳥也。』『鴈，鵝也。』是『鴻雁』當作『雁』，『鴈鵞』當作『鴈』。莊子山木篇：『命豎子殺鴈而亯之。』今之舒鴈也。」

旭日始旦

陸德明易豫卦釋文：「盱豫，姚作『旴』，云：『日始出。』引詩：『旴日始旦。』」

泮

玉裁按：古「泮」與「頖」義通。説文無「泮」字。玉篇水部「泮」字注：「散也，破也。亦泮宫。」仌部無「泮」字，韵書、字書有「泮」字，注曰：「冰散也。」臆造之俗字。

谷風六章，章八句。

黽勉

爾雅作「蠠没」，漢書作「密勿」，文選傅季友爲宋公求加贈劉前軍表注云：「韓詩曰：『密勿同心，不宜有怒。』密勿，僶勉也。」玉裁按：據此，則毛詩「僶勉」，韓詩多作「密勿」。

葑

正義曰：「方言云：『蘴，蕘，蕪菁也。陳、楚謂之葑〔三〕，齊、魯謂之蕘，關西謂之蕪菁，趙、魏之部謂之大芥〔四〕。』『蘴』與『葑』，字雖異，音實同。」

薄送我畿

毛傳：「畿，門内也。」吕覽：「出則以車，入則以輦，務以自佚，命之曰招蹷之機。」高誘注曰：

「招，至也。屨，機門内之位也。乘輦於宫中，遊翔至於屨機，故曰務以自佚也。詩曰：『不遠伊邇，薄送我畿。』此不過屨之謂。」玉裁按：吕覽「招屨」注：「招，至也。」「招」字，文選七發注引作「佁」，集韵六止：「佁，至也。」吕氏春秋「佁屨之機」，高誘讀「佁」蓋與「殆」、「迨」音近相假，故曰「至也」。機，即詩谷風之「畿」，故注曰：「機，門内之位也。」説文曰：「屨，僵也。」吕注轉寫譌亂，唐時已然。按其文，當云「佁，至也。機，門内之位也。乘輦於宫中，遊翔至於屨，故曰務以自佚，謂之至屨之機也。詩曰：『不遠伊邇，薄送我畿。』此不過機之謂。」如是，則文義涣然矣。機，門限也。可以屨人，故近屨之機、伐性之斧、爛腸之食爲一類。廣雅：「屨機，闑朱同「梱」也。」

湜湜其沚

沚，説文引作「止」。玉裁按：毛本作「止」，鄭易爲「沚」，引爾雅：「小渚曰沚。」毛傳於蒹葭「宛在水中沚」乃云「小渚曰沚」，則此作「止」無疑。鄭箋轉寫既久，脱「止，讀爲沚」四字，又改經文作「沚」。玉裁又按：玉篇水部引作「止」，臧氏琳云：「『小渚曰沚』四字，箋本無之。正義不釋，其標起止，不云『小渚』起，而云『涇水至喻焉』，可證本無矣。」臧氏説甚精。又云：「白帖卷七二引皆作『止』，蒹葭疏乃釋『沚』字，則此詩無『沚』字也。」臧又云：「音義『沚，音止』三字，亦俗人妄添。」

沚

爾雅：「小渚曰沚。」本或作「洔」。

不我屑以

趙岐注孟子「不屑就」，云：「屑，絜也。詩曰：『不我屑已。』」

我躬不閲，遑恤我後

禮記表記篇引國風曰：「我今不閲，皇恤我後。」

方之

説文曰：「方，亦作『汸』。」

不我能慉

説文引詩「能不我慉」。　玉裁按：能之言而也、乃也。詩「能不我慉」、「能不我知」、「能不我甲」皆同。今作「不我能慉」，誤也。鄭康成注周易「宜建矦而不寧」，「而」，讀爲能。此詩與芄蘭「能」，讀爲而。古「能」、「而」音近，同在弟一部。詩「不我以」、「不我與」、「不我過」，又「子不我即」、「能不我知」、「能不我甲」、「則不我惠」、「則不我遺」、「則不我助」、「則不我聞」、「諒不我知」，句法皆同。　毛傳「慉，興也」，與説文「慉，起也」正合。今本「興」作「養」，誤。

昔育恐育鞫

今注疏攷證云：「蜀石經『昔育恐鞫』，少一『育』字。」錢唐張賓鶴云，親見蜀石經本如此。玉裁按：依鄭箋，當有二「育」字。

鞫

顧亭林曰：「唐石經凡詩中『鞫』字，自采芑、節南山、蓼莪之外，竝作『鞫』。今但公劉、瞻卬二詩從之。」玉裁按：鞠，从革，匊聲，蹋鞠也。或作「𥷚」。𥷚，窮治罪人也。从㚔、从人、从言，竹聲。或作「𥫔」。今俗作「鞫」。詩經毛傳或云「窮也」谷風、南山，或云「究也」公劉，或云「盈也」節南山，或云「告也」采芑。「告」爲假借，「窮」、「究」、「盈」皆本義，其字皆當作「鞫」。蓼莪傳云「養也」，亦當作「鞫」。鞫爲窮，亦爲養，相反而成，猶治亂曰亂也。

御冬、御窮

毛傳：「御，禦也。」玉裁按：以「御」爲「禦」，此假借也。

肄

毛傳：「肄，勞也。」玉裁按：「勩」之假借字也。

式微二章，章四句。

泥

泉水之「禰」，韓詩作「坭」，蓋即其地。

旄丘四章，章四句。

旄丘

陸德明釋文曰：「字林作『堥』，云：『堥丘也。亡周反，又音毛。』」山部又有「嵍」字，亦云：「嵍丘。亡附反，又音毛。」顏氏家訓曰：「柏人城東有孤山，世或呼爲宣務山。予嘗讀柏人城西門内漢桓帝時徐整所立碑銘，云：『上有巏嵍，王喬所仙。』『巏』字遂無所出。『嵍』字依諸字書，即『旄丘』之『旄』也；『嵍』字，字林一音忘付反〔五〕，今依附俗名，當音權務。」此條原本譌誤。乙未在成都校定。劉成國作「髦丘」，其説曰：「前高曰髦丘，如馬舉頭垂髦也。」

狐裘蒙戎

左氏傳：「士蔿賦『狐裘尨茸』。」

流離之子

爾雅：「鳥少美長醜爲鶹鷅。」郭注：「鶹鷅，猶留離。詩所謂『留離之子』。」陸德明云：「留離，詩字如此，或作『鶹離』，後人改耳。」説文：「鳥少美長醜爲鶹離。」

簡兮三章，章六句。

簡兮簡兮

天祿識餘曰：「魯詩『柬兮柬兮』，申公曰：『柬，伶官名。恥居亂邦，故自呼而嘆曰：「柬兮柬兮，汝乃白晝而舞於此乎？」』」玉裁按：「簡」、「柬」異字同音，猶板「是用大諫」，左傳及高堂隆傳作「大簡」也。或曰毛詩譌爲「簡」，誤矣。

碩人俣俣

韓詩作「扈扈」，云：「美皃。」

籥

説文作「龠」。玉裁按：今以龠爲量器，以書僮竹笘之籥爲樂器。玉篇引詩：「左手執龠。」

苓

毛詩、爾雅：「苓，大苦。」説文：「蘦，大苦。」從爾雅、毛傳爲正。

泉水四章，章六句。

毖彼泉水

陸德明曰：「韓詩作『祕』，説文作『䀣』。」王應麟亦云。　玉裁按：説文「䀣」字注：「讀若詩云『泌彼泉水』。」説文不作「䀣彼泉水」也。「泌」爲正字，毛作「毖」，韓作「祕」，皆同部假借字。　説文：「泌，俠流也。」　衡門「泌之洋洋」，毛傳：「泌，泉水也。」孔沖遠曰：「邶風有『毖彼泉水』〔六〕，故知『泌』爲泉水。」　魏都賦「温泉毖涌而自浪」，劉逵注引「毖彼泉水」。李善注云：「説文曰：『泌，水駃流也。』」泌，與毖同。

禰

韓詩作「坭」，見釋文。　廣韵：「坭，地名。」

不瑕有害

毛傳：「瑕，遠也。」鄭箋：「瑕，過也。害，何也。我行無過差，有何不可而止我？」　玉裁按：從毛，則「瑕」爲「遐」之假借；從鄭，則「害」爲「曷」之假借。二子乘舟篇同也。

漕

左氏傳：「立戴公以廬於曹。」不从水。

北門三章，章七句。

室人交徧摧我

釋文：「摧，或作『催』，韓詩作『誰』，就也。」說文：「催，相擣也。从人，崔聲。詩曰：『室人交徧催我。』」

北風三章，章六句。

涼

說文：「北風謂之飆。」爾雅：「北風謂之涼風。」陸云：「本或作古『飆』字。」廣韵：「涼，俗作『凉』。」

雱

廣韵曰：「雱，同雱。」又，去聲十遇引詩：「雨雪其霧。」

其虛其邪

鄭箋：「邪，讀如徐。」爾雅引「其虛其徐」。

靜女三章，章四句。

靜女其姝

説文女部引「靜女其殁」，好也；又，衣部引「靜女其袾」，「好佳也」。玉篇云：「佳好也。」

俟

毛傳：「俟，待也。」玉裁按：俟，大。竢，待。此假借「俟」爲「竢」也。

於城隅

詩經多用「于」字，偶有作「於」者，如「俟我於城隅」、「於我乎，夏屋渠渠」是也。

愛而不見

説文：「僾，仿佛也。詩曰：『僾而不見。』」祭義曰：「僾然必有見乎其位。」正義引詩：「僾而不見。」爾雅：「薆，隱也。」方言：「揜、翳，薆也。」郭注云：「謂隱蔽也。詩曰：『薆而不見。』」玉裁按：離騷曰：「衆薆然而蔽之。」詩之「薆而」，猶薆然也。又，説文：「𥳘，蔽不見也。」

搔首踟躕

洞簫賦李善注：「韓詩曰：『搔首躊躇。』」向秀思舊賦注：「韓詩曰：『搔首躊躇。』」玉裁按：韓詩作「躊躇」，毛詩作「踟躕」。又，鸚鵡賦注引韓詩「搔首踟躕」，薛君曰：「踟躕，躑躅也。」廣雅：「蹢躅，跢跦也。」説文：「峙䠧不前也。」

新臺三章，章四句。

新臺有泚

説文引「新臺有玼」。

瀰

説文：「瀰，滿也。从水，爾聲。」盧召弓曰〔七〕：「漢地理志引邶詩『河水洋洋』，師古以今邶詩無此句爲疑。攷玉篇曰：『洋，亦「瀰」字。』然則『洋洋』必『洋洋』之誤。集韵亦曰：『瀰，或作「洋」。』」

燕婉之求

韓詩作「嬿婉」。文選西京賦李善注云：「『嬿婉之求』，嬿婉，好皃。」玉篇云：「詩曰：『嬿婉之求。』本或作『燕』。」説文：「睥，目相戲也。詩曰：『睥婉之求。』」又，説文：「婏，宴婏也。」

新臺有洒，河水浼浼

陸德明云：「韓詩作『新臺有漼，河水浘浘』。」詩本音作「娓娓」。 玉裁按：「新臺有漼，河水浘浘」，蓋一章「新臺有泚，河水瀰瀰」之異文。「漼」、「浘」字與「泚」、「瀰」同部，與「洒」、「浼」字不同部。毛詩：「泚，鮮明皃。」釋文引韓詩云：「漼，鮮皃。」毛詩：「瀰瀰，盛皃。」釋文引韓詩云：「娓娓，盛皃。」是其爲首章之異文同義，而陸德明誤屬之二章無疑也。錢學士曉徵曰：「此説甚是。」

籧篨

爾雅釋文：「籧，本或作『篆』，同。」

殄

鄭箋：「當作『腆』。」

得此戚施

爾雅：「戚施，面柔也。」釋文：「戚施，字書作『規頊』，同。」玉篇云：「規頊，面柔也。」廣韵云：「規頊，面柔也。本亦作『戚施』。」説文：「鱦鼀，詹諸也。詩曰：『得此鱦鼀。』其鳴詹諸，其皮鼀鼀，其行鼀鼀。鼀，或作『鱦』。」

二子乘舟二章，章四句。

景

顏氏家訓曰：「古無『影』字，始於葛洪。」

【校勘記】

〔一〕班固幽通賦作颽風　「颽」，底本誤作「凱」，據文選及經典釋文改。下「颽風」同。

〔二〕軓與輢皆輿揜板　「輿揜」，底本誤倒，據戴震考工記圖乙正。

〔三〕陳楚謂之葑　「葑」，毛詩正義、方言作「蘴」。

〔四〕趙魏之部謂之大芥　「部」，毛詩正義同，方言作「郊」。

〔五〕嵍字字林一音忘付反　「嵍」，顏氏家訓作「旄」。「忘」，顏氏家訓作「亡」。

〔六〕邶風有毖彼泉水　「有」，底本誤作「曰」，四卷節録本同，據毛詩正義改。

〔七〕盧召弓曰　「召」，四卷節録本作「紹」。

詩經小學卷四

金壇段玉裁撰

鄘

柏舟二章，章七句。

髧彼兩髦

釋文：「髧，本又作『优』。」說文：「鬏，髮至眉也。詩曰：『紞彼兩鬏。』或作『髳』。」

我特

釋文曰：「韓詩作『直』，云：『相當值也。』」

牆有茨三章，章六句。

牆有茨

說文：「薺，蒺藜也。从艸，齊聲。詩曰：『牆有薺。』」

中冓之言

玉篇曰：「冓，夜也。詩曰『中冓之言』，中夜之言也。本亦作『冓』。」玉裁按：漢書文三王傳：「聽聞中冓之言。」晉灼曰：「魯詩以爲夜也。」然則玉篇用魯詩說也。

不可襄也

玉裁按：古「襄」、「攘」通用。史記龜策傳：「西襄大宛。」徐廣曰：「襄，一作『攘』。」說文曰：「漢律：『解衣耕謂之襄也。』」

不可詳也

陸德明曰：「詳，韓詩作『揚』。」

君子偕老三章，一章七句，一章九句，一章八句。

委委佗佗

爾雅：「委委佗佗，美也。」釋文：「委，諸儒本竝作『褘』，舍人引詩云，亦作『褘』。佗，本或作『它』。」說文引爾雅「禕禕禬禬」，徐鉉曰：「爾雅無此。」玉裁按：蓋即「委委佗佗」之異文也。

象服

惠氏云：「當作『褖』。疏誤。説文：『褖，褖飾也。』史游急就篇：『褖飾刻畫無等雙。』漢書外戚傳：『褖飾將醫往問疾。』師古曰：『褖，盛飾也。』」

鬒髮如雲

説文：「㐱，稠髮也。詩曰：『㐱髮如雲。』㐱，或作『鬒』。」毛傳：「鬒，黑髮也。」玉裁按：或作「鬒」。

不屑髢也

鄭氏周官經追師注引「不屑鬄也」。

玉之瑱也

玉篇引「玉之䫲也」。玉裁按：説文：「瑱，或作『䫲』。」

晳

从白，析聲。或作「晳」，誤。晳，同「晰」，从日，折聲。

瑳兮瑳兮

鄭康成内司服注引詩「玼兮玼兮，其之展也」。詩二章釋文：「沈云：『毛及呂忱竝作「玼」解，王肅云：「顔色衣服鮮明皃。」本或作「瑳」，此是後文「瑳兮」，王肅注：「好美衣服潔白之皃。」若與此同〔一〕，不容重出。』今檢王肅本，後不釋，不如沈所言也。然舊本皆前作『玼』、後作『瑳』字。」　玉裁按：弟二章、弟三章古本皆作「玼兮」，三章傳、箋皆不釋「瑳」字。又周禮注「玼兮玼兮，其之展也」可證也。「玼」、「瑳」異部而音近，如賓筵「傞傞」，或爲「姕姕」，此篇二、三章「玼」字皆一本作「瑳」。釋文二章「玼兮」引沈氏云「本或作『瑳』」可證也。最後乃分別以「玼」屬二章、「瑳」屬三章，而德明據之。

是紲袢也

說文引「是褻袢也」。　唐石經「紲」作「絏」，諱「世」而改易其體也。

展

說文：「襄，丹縠衣。」　鄭箋云：「『展衣』，字誤，禮記作『襢衣』。」

邦之媛也

釋文：「媛，韓詩作『援』。援，取也疑「助」之譌。」

也

玉裁按：此篇「也」字，疑古皆作「兮」。說文引「玉之瑱兮」、「邦之媛兮」，著正義引孫毓「故曰『玉之瑱兮』」，皆古本之存於今，改之未盡者也。古尚書、周易無「也」字，毛詩、周官經始見「也」字，而孔門乃盛行。「兮」在弟十六部，「也」在弟十七部，部異而音近。各書所用「也」字，本「兮」字之假借。此詩「也」字，古皆作「兮」。遵大路二「也」字，一本皆作「兮」。尸鳩首章「兮」字，禮記、淮南徵引皆作「也」。

桑中三章，章七句。

唐

爾雅「蓎蒙」，陸云：「本今作『唐』。」

弋

春秋「定姒」，穀梁傳作「定弋」。弋，即「姒」，同在第一部也。説文作「㚤」。

鶉之奔奔二章，章四句。

鶉之奔奔，鵲之彊彊

左傳卜偃引童謠「鶉之賁賁」，外傳同。禮記表記篇引詩：「鵲之姜姜，鶉之賁賁。人之無良，我以爲君。」

鶉

説文作「䧿」。廣韵曰：「字林作『𩀌』。」

定之方中三章，章七句。

作于楚宫、作于楚室

劉逵魏都賦注：「詩曰：『定之方中，作爲楚宫。揆之以日，作爲楚室。』」王融三月三日曲水詩序注：「毛詩曰：『定之方中，作爲楚宫。揆之以日，作爲楚室。』」頭陀寺碑文注：「毛詩曰：『揆之以日，作爲楚室。』」江淹擬顔特進詩注：「毛詩：『揆之以日，作爲楚室。』」謝朓和伏武昌登孫權故城詩注：「揆之以日，作爲楚室。」詩正義：「作爲楚丘之宫。」「作爲楚丘之室。」玉裁按：喪大記注曰：「僞，或作『于』，聲之誤也。」

栗

説文作「㮚」，周官經同。

椅

説文「椅」字注載賈侍中説：「椅，即椅木，可作琴。」

漆

當作「桼」，今通用水名之「漆」。

終然允臧

唐石經「終然允臧」，宋本集傳「終然允臧」，明馬應龍校刊毛詩鄭箋「終然允臧」。欽定詩經傳説彙纂：「終然允臧，今各本作『終焉允臧』，誤也。」漢光和六年白石神君碑：「其銘曰：『卜云其吉，終然允臧。』」張衡東京賦：「卜征考祥，終然允淑。」李善注引毛詩：「終然允臧。」又，劉淵林注魏都賦引毛詩：「終然允臧。」謝朓和伏武昌登孫權故城詩注引：「卜云其吉，終然允臧。」詩正義：「終然信善。」錢少詹辛楣曰：「『終然夭乎羽之野』，此『終然』二字之證也。」

靈雨既零

玉裁按：靈，同霝。説文：「霝，雨零也。」既零，猶言既殘。説文：「零，餘雨也。」廣韵作「徐雨」，誤。

蝃蝀三章，章四句。

蝃蝀

爾雅、説文皆作「螮蝀」，爾雅釋文曰：「螮，本亦作『蝃』。」

朝隮于西

易需上六：「入于穴。」荀爽曰：「需道已終，雲當下入穴也。雲上升極，則降而爲雨，故詩曰：『朝隮于西，崇朝其雨。』雨，則還入地。」見李氏易傳。

相鼠三章，章四句。

胡不遄死

困學紀聞曰：「曹子建表：『忍垢苟全，則犯詩人胡顔之譏。』詩無此句。李善引毛詩曰：『何顔而不速死也。』今相鼠注無之。」

載馳四章，一章、二章章六句，三章、四章章八句。舊説此詩五章，一章六句，二章、三章四句，四章六句，五章八句。孔氏穎達曰：「此實五章。左傳叔孫豹、鄭子家賦載馳之四章，義取控引大國。今『控於大邦』乃在卒章，言『賦四章』者，杜預云：『并賦四章以下。』賦詩雖意有所主，欲爲首引之勢，并上章而賦之也。」蘇氏合二章、三章以爲一章，謂四章，一章、三章章六句，二章、四章章八句，以春秋傳叔孫豹賦載馳之四章，義取「控于大邦」，非今之四章故也。案：春秋傳叔孫豹「賦載馳之四章」，而取其「控于大邦，誰因誰極」之意，與蘇説合，今從之。

蝱

「莔」之假借字。爾雅、説文皆云：「莔，貝母也。」

【校勘記】

〔一〕若與此同　「此」，底本誤作「玼」，據經典釋文改。

詩經小學卷五

金壇段玉裁撰

衛

淇奧三章，章九句。

瞻彼淇奥

説文：「澳，隈厓也。其内曰澳，其外曰隈。」爾雅：「厓内爲隩，外爲鞫。」大學篇引：「瞻彼淇澳。」

緑竹猗猗

禮記大學篇引詩：「菉竹猗猗。」説文：「菉，王芻也。詩曰：『菉竹猗猗。』」爾雅：「菉，王芻。」陸德明作「录」，邢疏曰：「詩云『瞻彼淇澳，菉竹猗猗』是也。」又，「竹，萹蓄。」邢疏曰：「孫炎引詩衛風云：『菉竹猗猗。』」後漢書注引博物志：「澳水流入淇水，有菉竹艸。」　水經注淇水篇：「詩云：『瞻彼淇澳，菉竹猗猗。』毛云：『菉，王芻也。竹，編竹也。』漢武帝塞決河，斬淇園之竹木以爲用。寇恂爲河内伐竹淇川，治矢百餘萬，以益軍資。今通望淇川，無復此物，惟王芻編草不異。」　玉裁按：毛詩作「緑」，字之假借也。離騷「薋菉葹以盈室兮」，王逸注引「終朝采菉」，今毛詩亦作「終朝采緑」。　魏都賦「南瞻淇奥，則緑竹純茂」，言緑與竹同茂也，故以「冬夏異沼」麗句。　上林賦「揜以緑蕙」，張揖曰：「緑，王芻也。」　毛傳：「竹，萹竹也。」　釋文：「竹，韓詩作『𧂇』，萹茿也。」石經亦作『𧂇』。　爾雅：「竹，萹蓄。」釋文曰：「竹，本又作『茿』。」　神農本艸經曰：「萹蓄，味苦平。」陶貞白云：「人亦呼爲萹竹。」　説文：「茿，萹茿也。」「𧂇，水萹茿也。」　玉裁按：李善引韓詩作「䓯」。玉篇曰：「䓯，同『𧂇』。」釋文所引石經，漢石經魯詩也。

有匪君子

大學篇：「有斐君子」。　玉裁按：考工記「匪色似鳴」，亦即「斐」字也。　釋文：「匪，韓詩作『邲』，美皃。」

如切

爾雅：「骨謂之切。」釋文曰：「切，本或作『𪘏』。」説文有「𦞂」字。

赫兮咺兮

釋文：「咺，韓詩作『宣』。宣，顯也。」大學篇：「赫兮喧兮。」説文：「愃，寬嫺心腹皃。詩曰：『赫兮愃兮。』」

終不可諼兮

大學篇：「終不可諠兮。」

青青

玉裁按：淇奥、苕華之「青青」，與杕杜、菁菁者莪之「菁菁」同也。淇奥傳：「青青，茂盛皃。」杕杜傳：「菁菁，葉盛也。」菁莪傳：「菁菁，盛皃。」

充耳琇瑩

説文作「璓」，引「充耳璓瑩」。

會弁如星

説文：「膾，骨擿之可會髮者。詩曰：『膾弁如星』。」五經文字骨部「膾」字注曰：「士喪禮作『檜』此從先鄭注，詩及周禮皆借『會』字爲之。」又，糸部「繪」字注曰：「春秋傳引詩以爲『繪弁』字。」玉裁按：士喪禮作「鬠」。

緑竹如簀

西京賦「芳艸如積」，李善注云：「韓詩曰：『緑薵如簀。』簀，積也。薛君曰：『簀，緑薵盛如積也。薵，音竹。』」玉裁按：毛傳亦云：「簀，積也。」簀，即「積」之假借字。古人以假借爲詁訓多如此。今人以「芳艸如茵」釋之，誤矣。

綽

說文：「繛，或省作『綽』。」

倚重較兮

倚，各本譌作「猗」。考正義曰：「入相爲卿士，倚此重較之車。」釋文曰：「倚，於綺反〔一〕，依也。」與說文「倚，依也」相合。今本釋文作「猗」，亦是譌字耳。倘詩本作「猗」，則毛、鄭當有訓釋云「猗，倚也」，不得孔、陸擅訓爲「依」。此與車攻「兩驂不倚」皆轉寫譌「猗」也。庚子正月定此條，二月内閲文選西京賦「戴翠帽，倚金較」，李善注引毛詩「倚重較兮」，汲古閣初刻不誤。上元錢士謐校本乃於板上更爲「猗」字，遂滅其據。證於此，見校書之宜審慎也。「倚」字之誤，始於唐石經，而足利宋本不誤。

較

說文作「較」。

考槃三章，章四句。

考槃在澗

劉淵林吳都賦注曰：「韓詩曰：『考盤在干。』地下而黄曰干。」釋文：「澗，韓詩作『干』，墝埆之處也。」

碩人之薖

釋文曰：「薖，韓詩作『過』，美皃。」

軸

正義曰：「傳『軸』爲『迪』，釋詁云：『迪，進也。』箋讀爲『逐』，釋詁云：『逐，病也。』」玉裁按：毛以「軸」爲「迪」之假借，鄭以「軸」爲「逐」之假借。古音「迪」同「軸」，在弟三部。

碩人四章，章七句。

碩人其頎

玉裁按：三章鄭箋云：「敖敖，猶頎頎也。」疑「其頎」，古作「頎頎」。玉篇引：「詩：『碩人頎頎。』毛傳：『具長皃。』」

衣錦褧衣

禮記中庸篇引「衣錦尚絅」。說文衣部：「褧，檾也。詩曰：『衣錦褧衣。』示反古。」又，林部：「檾，枲屬。詩曰：『衣錦檾衣。』」困學紀聞曰〔二〕：「『衣錦尚絅』，書大傳作『尚蘔』，注：『蘔，讀爲絅，或爲絺。』」朱子曰：「褧，儀禮作『景』，禮記作『絅』。古注以爲禪衣。沈存中謂褧與檾同，是用檾麻織布爲之，未知是否。」

譚公

白虎通引「覃公惟私」。儀禮經傳通解引郭璞爾雅注「覃公惟私」，今本爾雅同詩作「譚」。又，說文：「鄿，國也。齊桓公之所滅。」說文無「譚」。

蠐

說文作「𧖣」。方言作「蠀」。

齒如瓠犀

爾雅：「瓠棲，瓣。」郭注引詩「齒如瓠棲」。陸德明云：「舍人本作『瓠棲』。」又考廣韵作「瓠犀」。

螓首蛾眉

古作「頱首娥眉」。許叔重說文「頱」字注：「好皃。从頁，争聲。詩所謂『頱首』。」玉裁按：頳首，即「螓首」之異文。毛傳但云「顙廣而方」，不言螓爲何物。鄭箋乃云：「螓，蜻蜻也。」知毛作「頳」，鄭作「螓」。　蛾眉，毛、鄭皆無説，古作「娥眉」。王逸注離騷賦云：「娥，眉好皃。」顏師古注漢書，始有「形若蠶蛾」之説。夫蠶蛾之眉與首異物，類乎鳥之有毛角者，不得謂之眉也。且人眉似蠶角，其醜甚矣，安得云美哉？此千年之誤也。離騷及招魂注竝云：「娥，一作蛾。」今俗本倒易之，爲「蛾，一作『娥』」者，誤也。「娥」作「蛾」，字之假借。如漢書外戚傳「蛾而大幸」，借「蛾」爲「俄」。宋玉賦「眉聯娟以蛾揚」、楊雄賦「何必颺纍之蛾眉」「虙妃曾不得施其蛾眉」，皆「娥」之假借字。娥者，美好輕揚之意。方言：「娥，好也。秦、晉之閒，好而輕者謂之娥。」大招：「娥眉曼只。」枚乘七發：「皓齒娥眉。」張衡思玄賦：「嫮眼娥眉。」廣韵二仙：「嫚，娥眉。於緣切。」又，「嬽〔三〕，娥眉皃。於權切。」玉裁按：毛傳蓋脱「娥，眉好皃」四字。「娥」字一句，「眉好皃」三字一句。陸士衡詩：「美目揚玉澤，娥眉象翠翰。」倘從今本作「蛾」，則一句中用「蛾」，又用翠羽，稍知文義者不肯爲也。

巧笑倩兮，美目盼兮

論語子夏引詩：「巧笑倩兮，美目盼兮，素以爲絢兮。」

盼

俗多譌作「盻」。

説于農郊

鄭箋云：「説，當作『襚』。」禮、春秋之「襚」，讀皆宜同。

朱幩鑣鑣

玉篇曰：「詩云：『朱幩儦儦。』盛皃也。」玉裁按：碩人、清人皆當同載驅，作「儦儦」。今此誤作「鑣鑣」者，因傳有「以朱纏鑣」之文而誤也。説文引「朱幩儦儦」，今俗本亦改作「鑣鑣」。

翟茀以朝

巾車鄭注引國風碩人「翟蔽以朝」。

活活

説文：「湉，或作『潛』。」

施罛濊濊

説文水部、大部皆引「施罛濊濊」。

鱣鮪發發

釋文：「韓詩作『鱍』。」説文「鮁」字注曰：「鱣鮪鮁鮁。」

庶姜孽孽

釋文：「韓詩作『巘巘』，長皃。」吕覽：「宋王築爲蘖臺。」高誘曰：「蘖，當作『巘』；『蘖』與

『𨏺』同音。詩云：『庶姜𨏺𨏺。』」玉裁按：毛詩作「蘖蘖」。爾雅：「蓁蓁、蘖蘖，戴也。」毛傳：「蘖蘖，盛飾也。」「蓁蓁，至盛也。」皆謂庶姜姿首美盛如屮木枝葉。廣韵：「欁，頭戴物也。」説文「欁」、「蘖」、「不」、「枿」同。今毛詩、爾雅作「孼」，皆誤。

庶士有朅

釋文：「朅，韓詩作『桀』，健也。」

氓六章，章十句。

氓

唐石經避廟諱作「盳」。

頓丘

爾雅：「丘一成爲敦丘。」

體無咎言

禮記坊記篇引「履無咎言」，鄭注：「履，禮也。」

耽

爾雅：「妉，樂也。」郭注：「見詩。」

泮

鄭箋：「泮，讀爲畔。」

信誓旦旦

説文：「怛，憯也。或从心在旦下。詩曰：『信誓悬悬。』」

竹竿四章，章四句。

遠兄弟父母

唐石經：「遠兄弟父母。」宋本集傳：「遠兄弟父母。」明國子監注疏本：「遠兄弟父母。」明馬應龍、孫開校刻毛詩鄭箋作「遠兄弟父母」。母，叶姥罪反。欽定詩經傳説彙纂從舊本，作「遠兄弟父母」。玉裁按：竹竿二章，朱子集傳本作「遠兄弟父母」，上文「右」字注「叶羽軌反」，「母」字注「叶滿彼反」，以詩經「右」、「母」字例讀如旨止韵，故皆不從有厚韵讀也。今俗本誤同蝃蝀一章，作「遠父母兄弟」，而「叶滿彼反」之注，仍存於「弟」字下，玉裁每疑「右」爲弟一部字，「弟」爲弟十五部字，二部古少合用。乾隆三十七年七月初四日，至西安府學，觀石經碑作「遠兄弟父母」，而後其疑霍然。汲古閣刻注疏本「遠父母兄弟」，誤。顧炎武詩本音亦作「遠父母兄弟」，誤。

淇水滺滺

王逸楚詞九歎注：「油油，流皃。詩曰：『河水油油。』」玉裁按：班書地理志引邶詩「河水洋洋」〔四〕，今邶無此句，皆疑有誤。

滺滺

陸德明曰：「滺，本亦作『浟』。」說文：「攸，行水也。从攴、从人，水省。」秦刻石嶧山文作「汥」。玉篇：「浟，水流皃。」廣韻：「浟，水流皃。」玉裁按：「淇水滺滺」，古當作「攸」，後人誤改爲「浟」，又誤改爲「滺」，皆未識說文「攸」字本義也。五經文字曰：「滺，字書無此字。見詩風。亦作『浟』。」

檜

孔沖遠曰：「檜，書作『栝』字。」

芄蘭二章，章六句。

芄蘭之支

說文艸部引「芄蘭之枝」。呂氏祖謙曰：「董氏云：『支，石經作「枝」。』說文同。」

能

說見邶谷風。

容兮遂兮

鄭箋：「容，容刀也。遂，瑞也。」是以「遂」爲「璲」之假借字。大東傳曰：「璲，瑞也。」

河廣二章，章四句。

一葦杭之

説文：「斻，方舟也。从方，亢聲。」徐鉉等曰：「今俗别作『航』，非是。」玉裁按：説文「杭」同「抗」。

跂予望之

楚詞九歎「登巑岏以長企兮」，王逸注：「企，立皃。詩云：『企予望之。』」

刀

釋文：「刀，字書作『舠』，説文作『䑠』。」正義曰：「説文作『䑠』，䑠，小船也。」玉裁按：今説文脱「䑠」字。

伯兮四章，章四句。

伯兮朅兮

玉篇：「偈，武皃。詩曰：『伯兮偈兮。』」玉裁按：應從玉篇作「偈」。説文：「朅，去也。」無「偈」字。

焉得諼草

説文：「藼，忘憂艸也。詩曰：『焉得藼草。』或作『蕿』，或作『萱』。」爾雅：「蘐，忘也。」郭注：「義見伯兮詩。」

有狐三章，章四句。

綏綏

見齊南山。

厲

見匏有苦葉。

木瓜三章，章四句。

瓊

説文：「瓊，赤玉也。或作『璚』、『瓗』。」

【校勘記】

〔一〕於綺反 「於」，底本誤作「與」，據經典釋文改。

〔二〕困學紀聞曰 「紀」，底本誤作「記」，據文義改。

〔三〕嬛 「嬛」，底本誤作「嫚」，據廣韵改。

〔四〕班書地理志引邶詩河水洋洋 「班」，底本誤作「斑」，據文義及漢書地理志改。

詩經小學卷六

金壇段玉裁撰

王

黍離三章，章十句。

彼黍離離

「彼黍穡穡」，見佩觿。又，「穲穲，黍稷行列也」，見廣韵。劉向九歎「覽芷圃之蠡蠡」，王逸注：「蠡蠡，猶歷歷。」玉裁按：蠡蠡，即離離。古「蠡」在十六部，「離」在十七部，異部音近假借也。

中心摇摇

爾雅：「懽懽、愮愮，憂無告也。」釋文：「愮，本又作『摇』，樊本作『遥』，又作『佻』、『恌』。與『愮』同〔一〕。」

穗

說文：「采，禾成秀也。或作『穗』。」

君子于役二章，章八句。

羊牛下來

今本或作「牛羊」，誤也。

桀

廣韵作「榤」。

君子陽陽二章，章四句。

翿

說文作「翳」，引詩：「左執翳。」

揚之水三章，章六句。

彼其之子

鄭箋：「其，或作『記』，或作『己』，讀聲相似。」玉裁按：左氏引詩作「己」，禮記引詩作「記」。

許

説文作「鄦」。　周許子鐘作「鄦」，見薛尚功鐘鼎款識。

中谷有蓷三章，章六句。

嘆其乾矣

説文：「灘，水濡而乾也。从水，𪁉聲。詩曰：『灘其乾矣。』俗作『灘』。」

歗

説文：「嘯，籀文从欠。」

兔爰三章，章七句。

雉罹于罦

説文：「罬，覆車也。詩曰：『雉罹于罬。』或作『罦』。」

葛藟三章，章六句。

澣

說文：「汻，水厓也。从水，午聲。」

大車三章，章四句。

大車檻檻

檻，或作「轞」。五經文字：「轞，音檻，大車聲。詩風亦借『檻』字爲之。」

菼

說文：「薍，萑之初生。或作『菼』。」

毳衣如菼

說文引「毳衣如𦂼」，「帛騅色也」。

大車哼哼

廣韵引詩「大車噋噋」，重遲皃。

毳衣如璊

說文：「璊，玉䞓色也〔二〕。禾之赤苗謂之虋，言璊玉色如之。或作『玧』。」又，毛部：「𣯶，以毳爲𦅾，色如虋，故謂之𣯶。虋，禾之赤苗也。从毛，㒼聲。詩曰：『毳衣如𣯶。』」玉裁按：當云讀若詩曰『毳衣如璊』。又按：非也。當是毛作「璊」，韓作「𣯶」，如「江之永矣」、「江之羕矣」之比。

丘中有麻三章，章四句。

將其來施施

顏氏家訓曰：「江南舊本誤少一『施』字。」

【校勘記】

〔一〕與慆同　「同」下，經典釋文有「訓也」二字。

〔三〕玉䃉色也　「䃉」，底本誤作「赤」，據說文解字及段玉裁說文解字注改。

詩經小學卷七

金壇段玉裁撰

鄭

緇衣三章，章四句。

粲

毛傳：「粲，餐。」此假借也，「粲」、「餐」同部。

大叔于田三章，章十句。

叔于田

釋文：「一本有『大』字者，誤也。」蘇氏曰：「二詩皆曰『叔于田』，故加『大』以別之。不知者乃以段有「大叔」之號，而讀曰泰，又加『大』于首章，失之矣。」玉裁按：此篇傳曰：「叔于田，叔之從公田也。」然則上篇自往，此則從公，故篇目加「大」字。

烈

毛傳：「烈，列也。」鄭箋：「列，人持火。」是「烈」爲「列」之假借也。

具

毛傳：「具，俱也。」言「具」爲「俱」之假借也。

襢

説文：「膻，肉膻也。从肉，亶聲。詩曰：『膻裼暴虎。』」

兩服上襄

曲禮正義引「兩服上驤，兩驂鴈行」。　司馬相如傳：「大人賦：『放散畔岸驤以孱顏。』」索隱曰：「詩云：『兩服上驤。』注云：『驤，駕。』是也。」

鴇

顧亭林引廣韵作「駂」。　玉裁按：馬曰魚、曰龍、曰雒、曰鴇，不必皆从馬也。　五經文字曰：「駂，音保。見爾雅。」又，爾雅釋文曰：「駂，音保。」　玉裁按：今爾雅「驪白襍毛，駂」，誤作「鴇」。

掤

左氏：「釋甲執冰。」字之假借也。

鬯

秦風作「韔」，爲正字。

清人三章，章四句。

旁旁

説文：「騯，馬盛也。詩曰：『四牡騯騯。』」

喬

釋文：「喬，毛音橋，鄭居橋反，雉名。韓詩作『鷮』。」玉裁按：詩車舝及爾雅有「鷮」字。説文「雉」字注内作「喬雉」，鳥部有「鷮」字。

逍遥

陸釋文曰：「逍，本又作『消』。遥，本又作『揺』。」張參五經文字序曰：「説文有不備者，求之字林。若『祧禰』、『逍遥』之類，説文漏略，今得之於字林。」徐鉉等曰：「詩只用『消揺』，此二字字林所加。」莊子：「消揺遊。」漢書司馬相如傳：「消搖乎襄羊。」黄幾復解莊子「消揺游」名義云：「消者，如陽動而冫消，雖耗也，不竭其本；揺者，如舟行而水揺，雖動也，不傷其內。游於世若是，惟體道者能之。」張衡思玄賦：「與仁義乎消搖。」爾雅：「徒歌曰謠。」孫炎曰：「聲消摇也。」

左旋右抽

說文引「左旋右搯」。

羔裘三章，章四句。

舍命不渝

管子：「澤命不渝。」澤，即釋；釋，即舍也。爾雅：「渝，變也。」釋文曰：「舍人作『繻』，同。」

彼其之子

左氏襄二十七年引詩：「彼己之子，邦之司直。」史記匈奴傳曰：「彼己將帥。」裴駰注引詩云：「彼己之子。」索隱云：「彼己者，猶詩人譏詞云『彼己之子』是也。」玉裁按：左氏傳云：「終不曰『公』，曰『夫己氏』。」公羊氏傳云（一）：「夫己多乎道。」夫己，猶彼己也。彼己，或作「彼其」，或作「彼記」。束皙補亡詩：「彼居之子。」居，讀如檀弓「何居」，與「彼其」、「彼己」同也。李善注：「居，未仕。」誤。沅案：「夫己多乎道」，見穀梁傳。己訓止。此引作公羊傳，蓋誤也。

遵大路二章，章四句。

摻

魏了翁以爲避曹魏諱，改詩「操執」爲「摻」。玉裁按：非也。毛傳：「摻，擥也。」以同韵音近之字爲訓。

故也、好也

釋文：「一本作『故兮』。後『好也』亦爾。」

無我䰰兮

説文：「䰰，棄也。从攴，𩰲聲。詩云：『無我䰰兮。』」

女曰雞鳴三章，章六句。

襍佩以贈之

東原先生云：「當作『貽』。」玉裁按：古人「徵召」爲「宮徵」，「得來」爲「登來」，「仍孫」爲「耳孫」。詩訓爲承也，皆之咍、職德韵與蒸登韵相通之理。鄭風「來」、「贈」爲韵，古合韵之一也，不當改爲「貽」。

有女同車二章，章六句。

舜

說文：「䑞，艸也。」「蕣，木堇，朝華莫落者。从艸，䑞聲。詩曰：『顏如蕣華。』」「䑞」「舜」、「蕣」「蕣」，古今字。詩當作「蕣」，轉寫者脱去上「艹」耳。高誘呂氏春秋五月紀注云「木堇，一名蕣」，引詩：「顏如蕣華。」

將將

說文：「瑲，玉聲。」

山有扶蘇二章，章四句。

扶蘇

說文：「扶疏，四布也。」郭忠恕佩觿曰：「山有扶蘇。與『扶持』別。」

橋松

爾雅：「句如羽，喬。如木楸曰喬。」「槐、棘醜，喬。」「小枝上繚爲喬。」鄭風「橋松」，蓋假借字。釋文：「橋，本亦作『喬』。毛作『橋』，其驕反。王云：『高也。』鄭作『槁』，苦老反，枯槁也。」

蘀兮二章，章四句。

風其漂女

朱子曰：「漂、飄同。」

褰裳二章，章五句。

溱

説文：「潧水，出鄭國。从水，曾聲。詩曰：『潧與洧。』」「溱水，出桂陽臨武，入洭。从水，秦聲。」廣韵曰：「潧水南入洧。」詩作「溱洧」，誤也。玉裁按：秦聲，在今真臻韵；曾聲，在今蒸登韵。褰裳一章「溱」與「人」韵，二章「洧」與「士」韵。出鄭國之水，本作「溱」，外傳、孟子皆作「溱洧」，説文及水經作「潧」，誤也。史記南越尉佗列傳「湟溪」，索隱曰：「鄒氏、劉氏本『湟』竝作『涅』。漢書作『湟溪』，音皇。又，衛青傳云：『出桂陽，下湟水。』而姚察云，史記作『洭』，今本有『湟』、『涅』及『洭』不同，蓋由隨見輒改故也。」南越尉佗列傳又云：「下洭水。」徐廣曰：「一作『湟』。」裴駰曰：「或作『淮』字。」索隱曰：「劉氏云：『洭，當作「湟」。』漢書云：

『下湟水。』也」説文：「洭水，出桂陽縣盧聚，至洭浦關爲桂水。」玉裁按：「洭水」，史記、漢書作「湟水」。「匯」者，「洭」之譌；「湼」者，「湟」之譌；「淮」者，「匯」之譌。「洭」，又或譌爲「汪」。附此條以見古書易譌。

狂童

玉篇：「僮，幼迷荒者。詩云：『狂僮之狂也且。』傳曰：『狂行，僮昏所化也。』廣雅云：『僮，癡也。』今爲『童』。」

丰四章，二章章三句，二章章四句。

丰

俟我乎堂兮

方言作「妦」，郭注：「妦容。」

鄭箋云：「堂，當爲『棖』；棖，門梱上木近邊者。」

衣錦褧衣，裳錦褧裳

玉藻鄭注引詩：「衣錦絅衣，裳錦絅裳。」

東門之壇二章，章四句。

東門之壇

陸釋文：「壇，音善，依字當作『墠』。」正義曰：「襄二十八年左傳云：『子產相鄭伯以如楚，舍不爲壇。外僕言曰：「昔先大夫相先君，適四國，未嘗不爲壇。今子草舍，無乃不可乎？」』上言『舍不爲壇』，下言『今子草舍』，明知壇者，除地去草矣，故云『壇，除地町町者』也。偏檢諸本，字皆作『壇』，左傳亦作『壇』。其禮記、尚書言『壇』、『墠』者，皆封土者謂之壇，除地者謂之墠。『壇』、『墠』字異，而作此『壇』字，讀音曰墠，蓋古字通用也。今定本作『墠』。」

茹藘

爾雅釋文曰：「茹，亦作『蕠』。」

風雨三章，章四句。

風雨淒淒

說文：「湝，水流湝湝也。一曰：湝湝，寒也。詩曰：『風雨湝湝。』」

瀟瀟

説文：「潚，水清深也。」水經注湘水篇曰：「二妃從征，溺於湘江，神遊洞庭之淵，出入瀟湘之浦。」用山海經語。又釋「瀟」字曰：「瀟者，水清深也。」用説文語。今俗以「瀟湘」爲二水名，且「潚」誤爲「瀟」矣。郭璞山海經注引淮南子「弋釣潚湘」，云「潚水，所在未詳」，不如酈氏引説文釋「潚」字爲當。考説文無「瀟」字，廣韻一屋、二蕭内皆有「潚」字，無「瀟」字。毛詩「風雨潚潚」，亦是淒清之意。入聲音肅，平聲音修，在弟三部。轉入弟二部，音宵。俗誤爲「瀟」。玉裁見明時詩經舊本作「潚」爲是。羽獵賦：「風廉雲師，吸嚊潚率。」二京賦：「飛罕潚箾，流鏑揺㩧。」羽獵、西京皆形容欻忽之皃，與毛傳「潚潚，暴疾也」意正相合。思玄賦「迅猋潚其媵我」，舊注：「潚，疾皃。」李善引字林：「潚，深清也。」

雞鳴膠膠

廣韻引詩「雞鳴嘐嘐」，玉篇亦曰：「嘐，雞鳴也。」

子衿三章，章四句。

衿

説文：「裣，交衽也。」今俗「裣衽」字通用「衿」。

子寧不嗣音

釋文：「嗣，如字。韓詩作『詒』：詒，寄也。曾不寄問也。」

挑兮達兮

說文又部引「叏兮達兮」；叏，滑也。辵部引「挑兮達兮」。

城闕

說文：「𩫏，缺也。古者，城闕其南方謂之𩫏。」

揚之水二章，章六句。

迋

毛傳：「迋，誑也。」言「迋」爲「誑」之假借。

出其東門二章，章六句。

縞衣綦巾

說文：「綥，帛蒼艾色。从糸，畀聲。詩曰：『縞衣綥巾。』未嫁女所服。或作『綦』。」

聊樂我員

釋文曰：「韓詩：『聊樂我魂。』」文選鮑昭舞鶴賦注〔二〕：「韓詩：『聊樂我魂。』薛君注曰：

『魂，神也。』」鮑昭東武吟注：「韓詩曰：『縞衣綦巾，聊樂我魂。』魂，神也。」釋文：「員，本亦作『云』。」正義曰：「員、云，古今字，助句詞也。」玉裁按：如秦誓之「云來」，亦作「員來」。

闉闍

鄭箋：「闍，讀當如『彼都人士』之『都』。」

野有蔓草二章，章六句。

零露漙兮

正義曰：「『靈』作『零』字，故爲落也。」玉裁按：據此則經文本作「靈露」，箋本作「靈，落也」，經文假「靈」爲「零」。依說文，則是假「靈」爲「霝」。顏師古匡謬正俗曰：「漙，按呂氏字林作『𩅰』，上兖反。」

瀼

玉篇：「囊，露盛皃。亦作『瀼』。」

溱洧二章，章十二句。

溱與洧，方渙渙兮

漢書地里志：「方灌灌兮。」 説文「潧」字注引：「潧與洧，方汎汎兮。」 陸德明曰：「渙，韓詩作『洹』。洹，音丸。説文作『汎汎』，父弓反。」 後漢書袁紹傳注云：「韓詩曰：『溱與洧，方洹洹兮。』薛君云：『鄭國之俗，三月上巳之辰，兩水之上，招魂續魄，拂除不祥，故詩人願與所説者俱往也。』」 太平御覽卅引此韓詩及章句較詳，今本御覽「洹洹」改「渙渙」，宋本作「洹洹」。 余氏蕭客據以入古經解鉤沈〔三〕。 宋版御覽，半部在朱奂文游家，今在周漪塘家。

且

釋文：「且，音徂，往也。 徐子胥反。」

洵訏

釋文：「韓詩作『恂盱』，樂皃也。」 漢書地里志：「恂盱且樂。」

瀏

南都賦注引韓詩外傳：「漻，清皃也。」外，當作「内」。

勺藥

勺，作「芍」，譌。

【校勘記】

〔一〕公羊氏傳云　「公羊」，四卷節録本同，當作「穀梁」。

〔二〕文選鮑昭舞鶴賦注　「昭」，當作「照」，唐諱改作「昭」。後「鮑昭東武吟注」同。

〔三〕余氏蕭客據以入古經解鉤沈　「經」，底本誤作「今」，據文義及余蕭客古經解鉤沈改。

詩經小學卷八

金壇段玉裁撰

齊

雞鳴三章，章四句。

東方明矣，朝既昌矣

説文：「昌，美言也。从日，从曰。一曰：日光也。詩曰：『東方昌矣。』」玉裁按：疑許叔重有誤。

還三章，章四句。

還

釋文曰：「韓詩作『嫙』，好皃。」漢書地里志：「臨甾，名營丘，故齊詩曰：『子之營兮，遭我虖巎之閒兮。』」師古曰：「毛詩作『還』，齊詩作『營』。之，往也。」玉裁按：營爲地名，則茂、昌亦爲地。　水經淄水注云：「營丘者，山名也。詩所謂『子之營兮，遭我乎峱之閒兮』。」又云：「毛詩、鄭注竝無『營』字。」　玉裁按：地里志「齊地」節，「故齊詩曰」云云，猶上文秦地「故秦詩曰」、魏地「邶詩曰」「鄘曰」「衛曰」「故唐詩之篇曰」、韓地「故鄭詩曰」「陳詩曰」，體例一也。孟堅作「子之營兮」，不知其於四家内何從，而師古乃猥曰韓固詩作「營」，王伯厚詩攷引爲韓固詩之一條，其亦弗思爾已。

遭我乎峱之閒兮

漢書地里志：「遭我虖巎之閒兮。」　說文引詩：「遭我于峱之閒兮。」　玉裁按：乎，作「于」爲是。師古漢書注曰：「巎，或爲『峱』，亦作『巎』。」王伯厚云「水經注作『猺』」，則「峱」之譌字耳。元康里巎巎字子山，其字奴刀切，山名也。今人讀「夔夔」，乃大誤。

竝驅從兩肩兮

說文引：「竝驅從兩豣兮。」　豳風作「豣」。　石鼓文作「𧳜」。

儇

釋文曰：「韓詩作『婘』，好皃。」

東方未明三章，章四句。

顛倒

説文有「到」，無「倒」。如「𠫓」字注云「从到子」，「㐬」字注云「从到古文子」。

辰夜

顧亭林曰：「今本誤作『晨』。依唐石經及國子監注疏本改正。吕氏讀詩記、嚴氏詩緝竝與石經文同。」

南山四章，章六句。

取妻

釋文：「取，七喻反。」衆經音義曰：「娶，七句切，取也。詩云：『娶妻如之何。』傳曰：『娶，取婦也。』」應師所據毛詩與陸異，或用韓詩及傳也。

衡從其畝

釋文曰：「韓詩作『横由其畝』，東西耕曰横，南北耕曰由。」坊記篇引詩：「横從其畝。」

雄狐綏綏

玉篇：「夊，行遲皃。詩云：『雄狐夊夊。』今作『綏』。」

甫田三章，章四句。

丱

周官經「丱人」即此字。俗分别，誤。

突而弁兮

正義曰：「若，猶耳也。故箋言『突耳加冠爲成人』。猗嗟『頎若』，言『若』者，皆然耳之義。古人語之異耳。定本云『突而弁兮』，不作『若』字。」

盧令三章，章二句。

盧令令

正義作「鈴鈴」。玉裁按：廣雅：「鈴鈴，聲也。」孫綽賦：「振金策之鈴鈴。」董逌曰：「韓詩作『盧泠泠』。」説文引：「盧獜獜。」

鬈

鄭箋云：「鬈，讀當爲『攉』。攉，勇壯也。」玉裁按：今本注疏作「權，勇壯也」，不可解。攷説文：「捲，气勢也。」引國語「予有捲勇」。今齊語「子之鄉有拳勇」、小雅「無拳無勇」，皆作「拳」。張參五經文字「權」字注云：「從手作『攟』者，古『拳握』字。」然則鄭箋「權」字从手，非从木，與『捲勇』、『拳勇』字同。今字書佚此字，而僅存於張參之書也。吴都賦「覽將帥之權勇」，李善注曰：「毛詩曰：『無拳無勇。』拳，與『權』同。」今俗刻文選譌誤，不可讀矣。

偲

毛傳：「偲，才也。」鄭箋：「才，多才也。」

敝笱三章，章四句。

鰥

毛傳：「大魚。」鄭箋：「魚子。」正義曰：「『鯤（一）』，魚子』，釋魚文。『鯤』、『鰥』字異，蓋古字通用，或鄭本作『鯤』也。」

其魚唯唯

陸德明曰：「韓詩作『其魚遺遺』，言不能制也。」玉篇：「潰潰，魚行相隨。」廣韵五旨：「潰，魚盛皃。」

載驅四章，章四句。

茀

爾雅作「第」，毛詩碩人、載驅、采芑、韓奕作「茀」。易「婦喪其茀」，亦作「茀」。玉裁按：玉篇竹部：「第，輿後第也。詩曰：『簟第朱鞹。』」

鞹

説文作「𩏑」，引論語：「虎豹之𩏑。」又，「鞃」字注引「鞹鞃淺幭」，今詩作「鞟」。五經文字曰：「鞹，空郭反。此説文字，論語及釋文並作『鞟』。」唐石經作「鞹」。明馬應龍本作「鞹」。欽定詩經傳説彙纂作「鞹」，今本作「鞟」，誤。

發夕

韓詩：「發，旦也。」玉裁按：從韓，是發夕即旦夕也。又按：方言：「發，舍車也。東齊海、岱之間謂之發。」郭注：「今通言發寫也。」詩「發夕」，蓋猶發寫。古「夕」、「寫」字皆在弟五部，同部假借。東原先生亦云：「發夕，猶發卸也。」卸，古音亦在弟五部。

濔濔

釋文：「爾爾，本亦作『濔』。」

齊子豈弟

鄭箋云：「此『豈弟』，猶言發夕也。豈，讀當爲『闓』。弟，古文尚書以『弟』爲『圛』；圛，明也。」正義曰：「箋以爲上云『發夕』，此當爲發夕之類，故云『此豈弟，猶發夕』，言與其餘『豈弟』不同也。讀『豈』爲『闓』。說文云：『闓，開也。』洪範『稽疑』論卜兆有五，『曰圛』注云：『圛者，色澤光明。』蓋古文作『弟』，今文作『圛』。賈逵以今文校之，定以爲『圛』，故鄭依賈氏所奏，從定爲『圛』。云：『古文尚書以「弟」爲「圛」』；圛，明也。』上言發夕，謂初夜即行；此言闓明，謂侵明而行。釋言云：『豈弟，發也。』舍人、李巡、孫炎、郭璞皆云『闓明』、『發行』。定本云：『此豈弟，發也，猶言發夕。』又云：『弟，古文尚書以爲「圛」，更無「弟」字。』」玉裁按：鄭以「闓圛」麗「發夕」，但以韵求之，「圛」在五部，「濟」、「瀰」、「弟」同在十五部，「圛」與「濟」、「瀰」不爲韵。上章「發夕」，或從韓詩「旦夕」之義，或從東原先生爲「發卸」之假借，未嘗非疊字麗句也。

猗嗟三章，章六句。

頎而長兮

正義曰：「若，猶然也。此言頎若長兮。史記孔子世家稱孔子說文王之狀云：『黯然而黑，頎然而長。』是之爲長貌也〔二〕。今定本云『頎而長兮』。」

名兮

爾雅：「目上爲名。」郭注：「眉眼之閒。」玉裁按：薛綜西京賦注：「眳，眉睫之閒。」是其字可从目作「眳」也。玉篇：「顋，莫丁切。詩云：『猗嗟顋兮。』顋，眉目閒也。」

清揚婉兮

玉篇：「畹，眉目之閒美皃。韓詩曰：『清揚畹兮。』今作『婉』。」玉裁按：野有蔓艸「清揚婉兮」，毛傳曰：「婉婉然美也。」猗嗟「清揚婉兮」，毛傳：「婉，好眉目也。」玉篇所引韓詩正同猗嗟毛傳訓釋。

舞則選兮

陸士衡日出東南隅行：「雅舞播幽蘭。」李注：「韓詩：『舞則巽兮。』薛君曰：『言其舞則應雅樂也。』」

四矢反兮

釋文曰：「韓詩『反』作『變』，變，易也。」

【校勘記】

〔一〕鯤　「鯤」，毛詩正義作「鰥」，阮元校勘記以爲作「鯤」字是。

〔二〕是之爲長貌也　「之」，底本誤作「知」，據毛詩正義改。

詩經小學卷九

金壇段玉裁撰

魏

說文作「䰟」。

葛屨二章，章六句。

摻摻女手

說文引：「攕攕女手。」孔沖遠引古詩：「纖纖出素手。」古詩「纖纖出素手」，李善注曰：「韓詩曰：『纖纖女手。』薛君曰：『纖纖，女手之貌。』」

要之

毛傳：「要，褼也。」

好人提提

爾雅曰：「懕懕、媞媞，安也。」郭注：「皆好人安詳之容。」邢疏引詩：「好人媞媞。」王逸楚辭七諫注曰：「媞媞，好皃也。詩曰：『好人媞媞。』」檀弓：「吉事，欲其折折爾。」讀大兮反。鄭注：「安舒皃。詩曰：『好人提提。』」

宛然左辟

説文：「僻，避也。从人，辟聲。詩曰：『宛如左僻。』」

汾沮洳三章，章六句。

言采其莫

齊民要術説藄即今英萊，引詩：「彼汾沮洳，言采其英。」此蓋因下章「美如英」之句而誤憶也。據陸璣疏，莫亦非藄。

園有桃二章，章十二句。

我歌且謠

説文：「䍃，徒歌。」爾雅：「徒歌謂之謠。」廣韵：「繇，喜也。詩云：『我歌且繇。』」玉裁按：爾雅：「繇，喜也。」郭注曰：「檀弓『陶斯詠，詠斯猶』，猶，即繇也。」

陟岵三章，章六句。

父曰嗟

隸釋：「石經魯詩殘碑：『……父兮。父闕一字曰嗟予子，行役夙夜毋已。尚慎……』」玉裁按：「父」下所闕之一字，亦必「兮」字，疊上文「父兮」而言也。近有依隸釋刻石經數紙，「父」下不闕，非也。

父曰嗟予子、母曰嗟予季、兄曰嗟予弟

皆五字句。「子」與「已」、「止」韵，「季」與「寐」、「棄」韵，「弟」與「偕」、「死」韵。「行役夙夜無已」，六字句。

陟彼屺兮

爾雅：「無草木，峐。」釋文曰：「三蒼、字林、聲類竝云：『峐，猶屺字，音起。』」毛傳：「山有草木曰屺，無草木曰岵。」爾雅及説文皆反易之。玉裁按：爾雅、説文誤也。岵之言瓠，落也；屺之言荄，滋也。岵有陽道，故以言父，「無父何怙」也；屺有陰道，故以言母，「無母何恃」也。

猶來無棄

郭注爾雅引詩：「猷來無棄。」

伐檀三章，章九句。

河水清且漣猗

爾雅釋水篇曰：「河水清且灡漪。大波爲灡。」釋文：「灡，亦作『瀾』[一]。漪，本又作『猗』。」説文「瀾」字注：「大波爲瀾。或作『漣』。」「灡」字注：「潘也。」小雅「烝涉波矣」，鄭箋云：「與衆豕涉入水之波漣。」是以「漣」爲「瀾」也。左思吴都賦：「濯明月於漣漪。」劉淵林注：「風行水成文曰漣漪。詩曰：『河水清且漣漪。』清且漣漪者，水極麗也。」玉裁按：「漣」、「直」、「淪」皆韵。猗，同「兮」，詞也。吕氏春秋：「塗山氏女作歌，曰：『候人猗。』」尚書「斷斷猗」，大學篇作「斷斷兮」。「漣猗」誤爲「漣漪」，蓋起於左思。説文無「漪」字。又，吴都賦「彫啄蔓藻，刷盪漪瀾」，李善注：「漪，蓋語辭也。毛詩：『河水清且漣漪。』」按善注，則左賦故作「猗」，不从水。隸釋：「魯詩殘碑：『……兮，不稼不嗇，胡取禾三百廛兮。』」此可證毛詩作「猗」，即「兮」字也。

坎坎伐輪兮

石經魯詩殘碑：「欿欿伐輪兮。」隸釋云：「毛作『坎』。」玉裁按：此則首章、二章，魯詩皆作「欿欿」。廣雅曰：「欿欿，聲也。」

寘之河之漘兮

周易乾鑿度：「大壯，表握訴，龍角大展當作「脣」。」鄭注云：「井二則坎爲水，有脣。詩云：『寘之河之脣。』」

碩鼠三章，章八句。

碩鼠

鄭氏周易：「晉九四：『晉如鼫鼠。』」引詩云：「鼫鼠鼫鼠，无食我黍。」謂大鼠也。見易正義。

陸璣云：「碩鼠，非五技鼫鼠也。」

三歲貫女

隸釋：「魯詩殘碑：『三歲宦女。』」

【校勘記】

〔一〕亦作瀾　「亦作瀾」，經典釋文無。

詩經小學卷十

金壇段玉裁撰

唐

蟋蟀三章，章八句。

山有樞三章，章八句。

蟋蟀

說文作「悉蟀」。爾雅作「蟋蟀」，陸云：「本或作『蟋蟀』。」

山有樞

爾雅：「樞，荎。」郭注：「今之刺榆。」釋文：「樞，烏矦反。本或作『蓲』。」毛傳：「樞，荎。」正義曰：「『樞，荎』，釋木文。」釋文曰：「樞，本或作『蓲』，烏矦反。」漢書地里志「山樞」，顏師古曰：「樞，音甌。」聲韵考曰：「詩『山有樞』，字本作『樞』，烏侯反，刺榆之名。或不加反音，讀如『户樞』之『樞』，則失之矣。」洪适隸釋：「魯詩殘碑作『山有蓲』。」玉裁按：魯詩作「蓲」，毛詩作「樞」，亦作「蓲」，相承讀烏侯反。唐石經譌爲「户樞」字，而俗本因之。

弗曳弗婁

玉篇：「詩曰：『弗曳弗摟。』摟，亦曳也。本亦作『婁』。」

他人是愉

鄭箋：「愉，讀曰偷。偷，取也。」西京賦：「鑑戒唐詩，他人是媮。」薛注引詩：「他人是媮。」漢書地里志引詩：「他人是媮。」

洒埽

說文：「灑，汛也。」「汛，灑也。」「洒，滌也。古文以爲『灑埽』字。」玉裁按：毛詩「弗洒弗埽」「洒埽穹窒」、「於粲洒埽」、「洒埽庭内」，及論語「洒埽應對」，皆作「洒」。若曲禮「於大夫，曰備埽灑」，則作「灑」。蓋漢人用「灑掃」字，經典借「洒滌」字爲「灑」，用「洒埽」字，故說文於「洒」字注云：「古文以爲『灑埽』字。」攷毛公詩傳、韋昭國語注皆云：「洒，灑也。」言假「洒」爲「灑」也。

揚之水三章，二章章六句，一章四句。

素衣朱繡

儀禮士昏禮「宵衣」，注曰：「宵，讀爲詩『素衣朱綃』之『綃』。」魯詩以「綃」爲綺屬也。禮記郊特牲「繡黼」，注曰：「繡，讀爲綃。綃，繒名也。詩云『素衣朱綃』，又云『素衣朱襮』。」特牲饋食禮「宵衣」，注曰：「宵，綺屬也。此衣染之以黑，其繒本名曰綃〔一〕。詩有『素衣朱綃』，禮有『玄綃衣』。」

我聞有命，不敢以告人

荀卿臣道篇曰：「時窮居於暴國，而無所避之，則崇其美，隱其敗，言其所長，不稱其所短，以爲成俗。詩曰：『國有大命，不可以告人，妨其躬身。』」玉裁按：此所引即揚之水之三章也。前二章皆六句，此章四句，殊太短。左傳有言「臣之業，在揚水卒章之數言」者〔二〕，恐漢初傳之者有脱誤。沅按：今左傳實作「四言」，不作「數言」，此不知所據何本。

椒聊二章，章六句。

椒

説文作「茮」。

蕃衍盈升

文選景福殿賦注引詩：「椒聊之實，蔓延盈升。」曹子建求通親親表注引詩：「椒聊之實，蔓延盈升。」

綢繆三章，章六句。

見此粲者

廣韻「𡛼」字注曰：「詩傳云：『三女爲𡛼。』又，美好皃。詩本亦作『粲』，説文又作『㛑』。」

有杕之杜二章，章九句。

有杕之杜

顔氏家訓曰〔三〕：「杕，木旁施大。傳曰：『獨皃。』江南本皆爲『杕』；而河北本皆爲『夷狄』之『狄』，讀亦如字，此大誤也。」郭忠恕曰：「北齊河北毛詩本多作『狄』。」

睘睘

釋文：「本亦作『煢煢』。」王逸九思注引詩：「獨行煢煢。」李善思玄賦注引毛詩：「獨行煢煢。」説文引詩：「獨行睘睘。」

杕杜二章，章六句。

噬肯適我

釋文曰：「噬，韓詩作『逝』。」玉裁按：毛傳及方言：「噬，逮也。」爾雅作「遾，逮也」，爲正字。

采苓三章，章八句。

采苓采苓

玉裁按：苓，大苦也。枚乘七發「蔓艸芳苓」，借「苓」爲「蓮」。楊雄反離騷「愍吾纍之衆芬兮，颺爗爗之芳苓，遭季夏之凝霜兮，慶夭顇而喪榮」，亦借「苓」爲「蓮」。曹植七啟「搴芳苓之巢龜」，亦借「苓」爲「蓮」。漢人蓋讀「蓮」如「鄰」，故假借「苓」字。史記龜策傳：「龜千歲乃遊蓮葉之上。」徐廣曰：「蓮，一作『領』，聲相近，假借。」是又借「領」爲「蓮」也。顔師古注漢書楊雄傳，但云「苓，香艸名」，不知爲「蓮」之假借字。李善注文選，於七發直臆斷曰「古『蓮』字」，於七啟又曰「與『蓮』同」，皆不指爲假借，以致朱彝尊引李注證唐風「苓」即「蓮」，其説曰：「水華而采於山顛，喻人言之不足信。」若然，豈首陽之下必無苦，首陽之東必無葑乎？由六書假借之不明，以滋異説爾。漢時假借甚寬，如借「苓」、「領」爲「蓮」可證。

首陽之顛

今本作「巔」，俗字也。

【校勘記】

〔一〕其繒本名曰綃　「綃」，儀禮注作「宵」。後「素衣朱綃」、「玄綃衣」同。

〔二〕左傳有言臣之業在揚水卒章之數言者　「數」，四卷節録本及春秋左氏傳作「四」，當從。

〔三〕顔氏家訓曰　「顔」，底本誤作「顧」，據文義改。

詩經小學卷十一

金壇段玉裁撰

秦

車鄰三章，一章四句，二章章六句。

鄰鄰

五經文字：「轔，車聲。詩亦作『鄰』。」九歌：「乘龍兮轔轔。」王逸注：「轔轔，車聲。詩云『有車轔轔』也。」釋文作「軨」，音轔。文選東京賦：「隱隱轔轔。」注：「轔轔，車聲也。」藉田賦：「接游車之轔轔。」李善注引毛詩：「有車轔轔。」王融三月三日曲水詩序注：「毛詩曰：『有車轔轔。』」

駟驖三章，章四句。

駟驖

説文引詩：「四驖孔阜。」漢書地理志：「四臷。」班固東都賦：「歷騶虞，覽駟鐵。」玉裁按：驖，漢書作「𢧢」，譌作「臷」。

孔阜

石鼓文：「我馬既駂。」

輶車鸞鑣

説文引：「輶車鑾鑣。」

載獫歇驕

爾雅：「長喙，獫。短喙，猲獢。」郭注引詩：「載獫猲獢。」爾雅釋文曰：「猲，字林作『猲』。」釋文作「猲」，乃「獥」之譌。西京賦：「屬車之箠，載獫獥獢。」李善注引毛詩：「輶車鸞鑣，載獫獥獢。」説文：「猲，短喙犬也。从犬，曷聲。詩曰：『載獫猲獢。』」廣韵：「猲獢，短喙犬也。獥同。」

小戎三章，章十句。

靷

陸德明曰：「靷，本又作『靳』。」

鋈

此篇三言「鋈」，説文「鋈」字下不一引，而「錞」字下引「厹矛沃錞」，「軜」字下引「沃以觼軜」，字皆作「沃」，則知許所據毛詩皆作「沃」也。爾雅：「白金爲之銀，其美者謂之鐐。」本無「鋈」字。毛公云：「沃，白金也。」「沃」蓋即「鐐」字之假借。芺聲、寮聲同在古音弟二部。説文：「鋈，白金也。」蓋後人據毛傳增之。

茵

説文曰：「司馬相如作『鞇』。」

騧

郭忠恕曰：「宋明帝改『騧』爲『駶』。」

觼

説文：「觼，或作『鐍』。」

鋈錞

禮記：「進矛戟者，前其鐓。」玉裁按：説文：「鐓，下垂也。」「錞，矛戟柲下銅鐏也。」詩曰：『厹矛沃錞。』」是其字以秦風爲正也。

蒙

鄭箋作「厖」。玉裁按：厖，同「尨」。

蒙伐有苑

説文：「瞂，盾也。从盾，犮聲。」玉篇：「瞂，盾也。詩曰：『蒙瞂有苑。』本亦作『伐』。」「𢧵，同『瞂』。」史記蘇秦列傳「吷芮」，索隱曰：「吷，同『瞂』，謂楯也。芮，謂繫楯之紛綬也。」

竹閉緄縢

攷工記鄭注引詩：「竹䩛緄縢。」䩛，弓紲。士喪禮鄭注引詩：「竹柲緄縢。」

厭厭

爾雅：「懕懕、媞媞，安也。」

蒹葭三章，章八句。

蒹葭淒淒

釋文曰：「本亦作『萋萋』。」

伊人

鄭箋云：「伊，當作『緊』，緊，猶是也。」

遡洄、遡游

説文：「溯，或作『遡』。」爾雅作「泝洄」、「泝游」。泝，即「溯」之俗。

坻

説文：「坻，小渚也。或作『汷』，或作『渚』。」作「坻」，誤。坻，繫「隴坻」字。

終南二章，章六句。

條

爾雅：「柚，條。」釋文：「又作『樤』。」毛傳：「條，槄也。」與爾雅異。

顔如渥丹

釋文云：「韓詩：『顔如渥沰。』」按：渥沰，即邶風之「沃赭」也。古者聲、石聲同在弟五部。

有紀

釋文曰：「本亦作『屺』。」正義曰：「集注本作『屺』，定本作『紀』。」

黄鳥三章，章十二句。

交交黄鳥，止于棘

正義曰〔一〕：「詩句有七言者，『交交黄鳥止于棘〔二〕』。」玉裁按：各本皆作「章十二句」，則云「七言」者，非是。

百夫之防

毛傳：「防，比也。」按：蓋同「方」。

晨風三章，章六句。

鴥

亦作「鴪」，爾雅注引詩：「鴪彼晨風。」

晨風

爾雅釋文曰：「晨，或作『鷐』。」説文：「鷐，鷐風也。」

鬱彼北林

鄭司農考工記注：「惌，讀如『宛彼北林』之『宛』〔三〕。」

苞

爾雅：「樸，枹者。」注：「詩所謂『棫樸枹櫟』。」又：「如竹箭曰苞。」釋文：「本或作『枹』。」

六駮

説文「駁」、「駮」異字。晨風傳云「倨牙食虎豹」之獸，是「駮」字也。東山傳云「駵白，駁」〔四〕，是「駁」字也。陸璣云，梓榆樹皮如駁馬，則晨風宜作「駁」。陸意「六駁」與「苞櫟」爲類。按：「鵲巢」「旨苕」、「甓」「旨鷊」之等，不必「駮」與「櫟」皆爲樹也。

檖

説文：「椽，羅也。从木，彖聲。詩曰：『隰有樹椽。』」爾雅同詩，作「檖」。

無衣三章，章五句。

與子同澤

説文：「襗，絝也。」鄭箋：「襗，褻衣，近污垢。」

渭陽二章，章四句。

悠悠我思

爾雅釋訓篇「儵儵」，陸德明曰：「樊本作『攸』，引詩『攸攸我思』。」

權輿二章，章五句。

夏屋渠渠

文選靈光殿賦注引崔駰七依：「夏屋蘧蘧。」

【校勘記】

〔一〕正義曰　「正義」，當作「文章流別論」。

〔二〕交交黄鳥止于棘　「棘」，文章流別論作「桑」。

〔三〕讀如宛彼北林之宛　「如」，周禮注疏作「爲」。

〔四〕東山傳云騂白駁　「白」下，毛詩故訓傳有「曰」字。

詩經小學卷十二

金壇段玉裁撰

陳

宛丘三章，章四句。

子之湯兮

王逸離騷注引詩：「子之蕩兮。」

無冬無夏

漢書地里志作「亡冬亡夏」。

東門之枌三章，章四句。

婆娑其下

説文作「嫛婆」，引詩：「市也嫛婆。」

越以鬷邁

玉篇：「䜪，數也。詩曰：『越以䜪邁。』」

衡門三章，章四句。

衡門

孔沖遠曰：「衡，古文『横』，假借字也。」

可以樂飢

鄭箋作「𤻲」，唐石經從之。

墓門二章，章六句。

墓門有梅，有鴞萃止

天問：「何繁鳥萃棘，而負子肆情。」王逸注：「解居父聘吴，過陳之墓門，見婦人負其子，欲與之淫泆，肆其情欲，婦人則引詩刺之，曰：『墓門有棘，有鴞萃止。』故曰『繁鳥萃棘』也。」玉裁按：以列女傳「其棘則是，其鴞安在」繹之，此篇二章「梅」，故作「棘」。今本列女傳「墓門有楳」，疑後人改也。

歌以誶止

爾雅：「誶，告也。」釋文曰：「誶，沈音粹，郭音碎。」說文：「誶，讓也。从言，卒聲。國語曰：『誶申胥。』」廣韵六至「誶」字注：「詩云：『歌以誶止。』」玉裁按：「誶」與「訊」義別。「誶」多譌作「訊」，如爾雅：「誶，告也。」釋文曰：「本作『訊』，音信。」說文引國語「誶申胥」，今本國語作「訊申胥」。詩經「歌以誶止，誶予不顧」，毛傳：「誶，告也。」「莫肯用誶」，鄭箋：「誶，告也。」正用釋詁文。而釋文誤作「訊」，以「音信」爲正，賴王逸離騷注及廣韵所引，可正其誤耳。廣韵引「歌以誶止」。東原先生曰：「此句『止』字與上句『止』字相應，爲語辭。凡古人之詩，韵在句中者，韵下用字，不得或異。三百篇惟『不可休思』，『思』譌作『息』，與此處『止』譌作『之』，失詩句用韵之通例。得此正之，尤稽古所宜詳覈。」列女傳作「歌以訊止」，「誶」譌「訊」，而「止」字不誤。

誶予不顧

離騷：「謇朝誶而夕替。」王逸注引詩：「誶予不顧。」

防有鵲巢二章，章四句。

邛有旨苕

齊民要術引「我有旨苕」，此因「我有旨蓄」之句而誤。或疑「邛」當作「卬」，卬，我也。非是。

邛有旨鷊

説文：「虉，綬也。从艸，鷊聲。詩曰：『邛有旨虉。』」爾雅：「虉，綬。」釋文云：「又作『鷊』。」玉篇：「虉，小草有襍色，似綬。詩曰：『邛有旨虉。』」

侜

尚書作「譸張」，陳風作「侜」，他書或作「輈張」。

美

韓詩作「娓」，美也。

惕惕

説文：「或作『愁』。」玉裁按：屈賦九章云：「悼來者之愁愁。」

月出三章，章四句。

月出皎兮

月賦注引：「月出皦兮。」

佼人

陸德明曰：「佼，又作『姣』。方言云：『自關而東，河、濟之閒好謂之姣。』」

僚

史記索隱司馬相如傳上林賦注引毛詩：「姣人嫽兮。」

勞心慘兮

毛晃曰：「詩小雅白華篇『念子懆懆』，陸音七倒反，又引説文七感反，云：『亦作「慘」。』北山詩『或慘慘劬勞』，陸音七感反，字亦作『懆』。蓋俗書『懆』與『慘』更互譌舛，陸氏不加辨正而互音之，非也。白華詩『懆』字當作草、慥二音，不當音七感反。字作『慘』者，亦非。北山詩『慘』字，當作七感反，字不當作『懆』。又陳風月出詩『勞心慘兮』，當作『懆』，誤作『慘』。」陳第曰：「當改从『懆』。」顧亭林云：「五經文字作『懆』。」玉裁考張參五經文字：「懆，千到反，見詩。」「慘，七敢反。悽也。」未詳亭林所據。

株林二章，章四句。

胡爲乎株林，從夏南兮？匪適株林，從夏南兮

正義曰：「定本無『兮』字。」玉裁按：有「兮」字爲善。

澤陂三章，章六句。

有蒲與荷

鄭箋：「夫渠之莖曰荷〔一〕。」正義：「如爾雅，則夫渠之莖曰茄。此言『荷』者，意欲取莖爲喻，亦以荷爲大名，故言『荷』耳。樊光注爾雅引詩『有蒲與茄』，然則詩本有作『茄』字者也。」

傷如之何

爾雅：「陽，予也。」郭注曰：「魯詩云：『陽如之何？』今巴、濮之人自呼阿陽。」

蕳

鄭箋：「當作『蓮』。」玉裁按：「方秉蕳兮」，韓詩：「蕳，蓮也。」又按：鄭箋說詩稍泥，乃欲改「蕳」爲「蓮」，意在三章一律。「蓮」與「荷」、「菡萏」皆屬夫渠，詩人不必然也。權輿詩亦欲以後章律前章，釋「夏屋」爲食具，不知首句追念始居夏屋，次句言今「每食無餘」，次章承「每食」二字，又將今昔比較。三「每食」字，蜎蠉縒綜，最見文章之妙。載驅欲改「豈弟」爲「圛」，與「發夕」儷句。然而以韵求之，非矣。盧令二章改「鬈」爲「拳勇」字，亦非。

菡萏

爾雅作「菡萏」，說文作「菡蔄」。釋文：「菡，本又作『莟』，又作『欿』。萏，本又作『䓘』。」

碩大且儼

說文引「碩大且㜝」，重頤也。王伯厚以說文爲韓詩之說。

輾

釋文：「輾，本又作『展』。」文選張華襍詩注引韓詩：「寤寐無爲，展轉伏枕。」

【校勘記】

〔一〕夫渠之莖曰荷　「夫渠」，毛詩諸本作「芙蕖」。下「夫渠之莖曰茄」同。

詩經小學卷十三

金壇段玉裁撰

檜

羔裘三章，章四句。

羔裘逍遥

王逸九歌注引「狐裘逍遥」，誤也。

素冠三章，章三句。

棘人欒欒兮

正義曰：「傳云：『棘，急也。』此釋言文。釋言『棘』作『悈』，音、義同。」說文引：「棘人臠臠兮。」

勞心慱慱兮

思玄賦注引:「勞心摶摶。」

隰有萇楚三章,章四句。

萇楚

爾雅:「長楚,銚弋。」釋文:「本亦作『萇』。」

猗儺其華

宋玉九辨:「紛旖旎乎都房。」王逸注:「旖旎,盛貌。詩云:『旖旎其華。』」洪興祖曰:「文選作『猗柅』,集韵作『旖旎』。」劉向九歎:「結桂樹之旖旎。」王逸注:「旖旎,盛皃。詩云:『旖旎其華。』」玉裁按:説文「旖」注:「旗旖施也。」木部「檹」注:「木旖施。」無「旎」字。

匪風三章,章四句。

匪車偈兮

漢書王吉傳諫昌邑王疏:「詩云:『匪風發兮,匪車揭兮。顧瞻周道,中心怛兮。』説曰:是非古之風也,發發者;是非古之車也,揭揭者。蓋傷之也。」

中心怛兮

王吉傳：「中心𢠵兮。」

溉之釜鬵

説文：「摡，滌也。从手，既聲。詩曰：『摡之釜鬵。』」玉裁按：周官經作「摡」。

詩經小學卷十四

金壇段玉裁撰

曹

蜉蝣三章，章四句。

蜉蝣

説文：「𧕴蟉，一曰浮游，朝生莫死者。」爾雅釋文：「蝣，本又作『蟜』。謝音蟜。」方言：「蜉蟜，蝶蜸。」

衣裳楚楚

説文：「黼，合五采鮮色。詩曰：『衣裳黼黼。』」

掘閲

説文：「堀，突也。詩曰：『蜉蝣堀閲。』」古「閲」、「穴」通。宋玉風賦：「枳句來巢，空穴來風。」枳句、空穴，皆重疊字。枳句，即説文之「積㯕」，木曲枝也。鄭康成明堂位注曰：「椇之言枳椇也，謂曲橈之也。」枳椇，即積㯕。陸璣云：「椇曲來巢也。」空穴，即孔穴。善注引莊子「空閲來風」，司馬彪云：「門户孔空風。」善從之。道德經：「塞其兑，閉其門。」兑，即「閲」之省，假借字也。詩「掘閲」，「掘」蓋「堀」之誤。古書「堀」譌「掘」者不可枚數。説文「堀」下引「蜉蝣堀閲」〔一〕，「堀閲」是雙字，猶孔穴，言蜉蝣出孔穴中也。傳云「容閲」，即史所謂「公卿容頭過身」。孟子「事是君則爲容悦」，容悦，即傳之「容閲」也。箋云：「掘閲，掘地解閲。」二「掘」字亦是「堀」之譌。鄭意謂出於窟中而解脱變化，説「閲」與毛異。

候人四章，章四句。

何戈與祋

禮記樂記篇鄭注引詩：「荷戈與綴。」釋文：「荷，本又作『何』。」

彼其之子

表記引詩：「彼記之子，不稱其服。」左氏傳僖二十四年引詩：「彼己之子，不稱其服。」

芾

玉裁按：説文：「市，韠也。天子朱市，諸侯赤市。篆文作『韍』。」「韠，韍也，所以蔽前。从韋，畢聲。」鄭康成注禮記「韠」、「韍」，皆言蔽也。或借「黻」字爲之，如論語「致美乎黻冕」是也。或借「芾」字爲之，如詩候人、斯干、采菽皆作「芾」是也〔二〕。或借「沛」字爲之，如易「豐其沛」，一作「芾」，鄭康成云「蔽厀」是也。或借「茀」字爲之，如李善引毛詩「赤茀在股」、引毛詩「朱茀斯皇」；釋文曰「三百赤芾，一作『茀』」，廣韵曰「茀，同『芾』」是也。或借「紱」字爲之，如乾鑿度「朱紱方來」、「困於赤紱」是也。紱，綬也。出倉頡篇，見李善文選注。黻，黑與青相次文也。芾，小也。見爾雅、毛傳。茀，道多艸不可行也。沛，水也。各有本義。而方言：「蔽厀謂之袚。」説文：「袚，蠻夷衣，一曰蔽厀。」方言：「蔽厀，江淮之閒謂之褘。」説文：「褘，蔽厀。」是「袚」字、「褘」字，又蔽厀之異名。又，鄭康成周易「豐其沛」作「韋」，云：「蔽厀也。」

維鵜在梁

説文：「鵜，或作『鶙』。」玉裁按：説文「鷖」字注引詩「鳧鷖在梁」，恐誤。

不濡其咮

玉篇引：「不濡其噣。」五經文字：「噣，張救反。見詩風。」

薈兮蔚兮

説文女部：「嬒，女黑色也。从女，會聲。詩曰：『嬒兮蔚兮。』」又，艸部：「薈，艸多皃。从艸，會聲。詩曰：『薈兮蔚兮。』」

鳲鳩四章，章六句。

鳲

釋文：「本亦作『尸』。」玉裁按：方言：「尸鳩，東齊海、岱之閒謂之戴南。南，猶鵟也。」

兮

禮記緇衣篇：「詩曰：『淑人君子，其儀一也。』」淮南子詮言訓引詩：「淑人君子，其儀一也。其儀一也，心如結也。」

其弁伊騏

鄭箋：「騏，當作『綦』。」周禮弁師「玉璂」注：「璂，讀爲『薄借綦』之『綦』。綦，結也。皮弁之縫〔三〕，每貫結五采玉十二以爲飾，謂之綦。詩云：『其弁伊綦。』」

下泉四章，章四句。

洌彼下泉

毛傳：「洌，寒也。」大東傳：「洌，寒意也。」唐石經竝誤作「洌」，詩本音亦誤。攷易「井洌」，字从水，列聲，清也；詩「洌彼下泉」、「有洌氿泉」，字从仌，列聲，寒也。東京賦「玄泉洌清」，薛

注：「洌，澄清皃。」善注引「洌彼下泉」，誤。

浸彼苞稂

鄭箋：「稂，當作『涼』。涼，草，蕭、蓍之屬。」

愾我寤歎

玉篇引：「嘅我寤歎。」　王逸九歎注引詩：「慨我寤歎。」

【校勘記】

〔一〕説文堀下引蜉蝣堀閱　「蜉蝣」，底本誤作「浮游」，段玉裁説文解字注作「蜉游」，據上引説文及説文諸本改。後「蜉蝣出孔穴」同。

〔二〕如詩候人斯干采菽皆作芾是也　「菽」，底本誤作「叔」，據文義及毛詩改。

〔三〕皮弁之縫　「縫」下，周禮有「中」字。

詩經小學卷十五

金壇段玉裁撰

豳　郭忠恕佩觿曰：「唐明皇改『豳』爲『邠』，因似『幽』而致誤也。」

七月八章，章十一句。

一之日觱發

説文仌部「滭」注：「風寒也。」「冹」注：「一之日滭冹。」

二之日栗烈

孔沖遠「洌彼下泉」疏曰：「七月云：『二之日凓冽〔一〕。』字从仌，是遇寒之意。」　説文：「凓，寒也。」玉裁按：五經文字仌部有「凓」字，知七月作「凓」也。　文選風賦：「憯悽惏慄。」注引毛詩傳：「慄冽，寒氣也。」文選古詩十九首注云：「毛詩曰：『二之日栗冽。』毛萇曰：『栗冽，寒氣也。』」　長笛賦：「正瀏凓以風冽〔二〕。」注引毛傳：「凓，寒也。」是此「凓」字，今本誤

「漂」。又，「洌」誤「冽」。注引説文：「冽，清也。」非是。云「洌，寒貌」，爲不誤耳。　廣韵十七薛：「冽，寒也。」五質：「溧冽，寒風。」　玉篇：「溧冽，寒皃。」「冽，寒气也。」　玉裁按：今本説文遺「冽」字。「有冽氿泉」，正義引説文：「冽，寒皃。」又高唐賦注引字林：「冽，寒風也。」嘯賦注引字林：「冽，寒皃。」是唐時説文、字林均有「冽」字。今説文有「溧」無「冽」，「冽」譌爲「瀨」。　釋文：「栗烈，説文作『颲颲』。」攷今説文風部「颲颲」字注不引此詩。　玉裁按：「滭沷」、「溧冽」皆疊韵字，以説文爲正。「滭」、「溧」字在弟十二部，「沷」、「冽」字在弟十五部。如「氤氲」、「壹鬱」之類，「觱發」、「栗烈」字皆音之譌。小雅「觱沸檻泉」，司馬相如賦作「滭沸」，一作「滭浡」。𧮰，古文「誖」字，在十五部。説文火部：「熚㸌，火皃。」上字十二部，下字十五部，正與「滭沷」、「滭沸」同。觱，从角，𧮰聲，當爲「沷」、「沸」字之假借，不爲「滭」、「滭」字之假借。且其字不古雅，當以説文所引爲正。

耜

説文：「枱，耒耑也。或作『鈶』，籀文作『辝』。」

田畯至喜

鄭箋：「喜，讀爲饎，酒食也。」

萑

説文：「从艸，萑聲。」五經文字曰：「萑，从艸下萑。今經典或相承隷省，省『艸』作『萑』。」玉裁按：萑，从艸，萑聲，下从「萑雀」之「萑」。唐石經誤作「藋」，而後改正之。今七月、小弁「萑」字皆模糊也。

蠶月條桑

「條桑」，箋各本不同。今本云：「枝落之，采其葉。」馬應龍本無「之」字。惟初學記引作：「支落其葉。桑柳醜，條。」鄭云「枝落」、「其葉落」，如「我落其實」之「落」。僮約云：「落桑皮椶。」毛於「條桑」無傳，於「遠揚」曰：「遠，枝遠也。揚，條揚也。」强者爲枝，弱者爲條。此云「條揚」，則知「條桑」者，條其下垂不揚起之條，采其葉也。斧斨，伐遠揚者，伐其遠人之枝、揚起之條也。毛意條桑、伐遠揚爲二事，鄭箋則「取彼斧斨」二句爲條桑之實。要之，皆不改經「條」字爲「挑」也。玉篇：「挑，撥也。詩曰：『蠶月挑桑。』」此最爲俗本。

七月鳴鶪

正義曰：「王肅云：『蟬及鶪皆以五月始鳴。今云『七月』，其義不通也。』古『五』字如『七』。」

夏小正：「五月鴂則鳴。」

鶪

从鳥，狊聲。俗誤作「鵙」。明堂月令：「五月鶪始鳴。」趙邠卿孟子注引詩「七月鳴鴂」，云：

「應陰而後動者也。」繹趙意，亦是「五月鳴鵙」。「鵙」作「鴂」，非是。

四月秀葽

夏小正：「四月秀幽。」

蜩

説文曰：「或作『蛁』。」

貉

説文作「貈」。

豜

齊風作「肩」。

莎

釋文曰：「沈重云：『舊多作「沙」，今作「莎」，音素何反。』」

曰爲改歲

漢書食貨志引：「聿爲改歲。」

六月食鬱及薁

説文：「藿，艸也。詩曰：『食鬱及藿。』」玉裁按：掌禹錫等本艸嘉祐補注、蘇頌本艸圖經皆引

「食鬱及藿」，爲韓詩，訓以爾雅：「藿，山韭。」上林賦：「隱夫薁棣。」潘岳閒居賦：「梅杏郁棣。」張揖上林賦注曰：「薁，山李也。」李善閒居賦注曰：「郁，今之郁李。」郁，與「薁」音、義同。

菽

説文：「尗，豆也。象尗豆生之形也。」無「菽」字。

叔

説文：「叔，或作『村』。」

薪檴

毛傳：「檴，惡木也。」廣韵誤作「樗，惡木」。玉篇亦誤作「樗，惡木」。爾雅：「栲，山檴。」説文：「柷，山檴。」今本説文誤作「山樗」。

重穋

説文：「種，先穜後孰也。从禾，重聲。」「稑，疾孰也。从禾，坴聲。詩曰：『黍稷種稑。』稑，或作『穋』。」「穜，埶也。从禾，童聲。」玉裁按：説文「種」爲種稑，「穜」爲穜植。吕氏字林同，見五經文字。詩作「重穋」，周官經作「種稑」。

上入執宫公

今本「公」作「功」，誤也。采蘩箋云：「公，事也。」天保、靈臺傳云：「公，事也。」此箋云：「治宮中之事。」正義云：「言『治宮中之事』，則是訓『公』爲『事』〔三〕，經當云『執宮公』。本或『公』在『宮』上，誤耳。今定本『執宮功』，不爲『公』字。」玉裁按：今襲唐定本之誤。六月傳云：「公，功也。」今俗人用「膚功」，亦非。

納于凌陰

說文引：「納于滕陰。」滕，冰室也。或作「凌」。

四之日其蚤

禮記王制篇注引詩：「四之日其早，獻羔祭韭。」高誘呂覽仲春紀注引亦作「早」。

獻羔

禮記月令篇作「鮮羔」。

朋酒斯饗

按：毛傳、說文皆以「饗」爲鄉飲酒，今本誤作「享」。

萬壽無疆

月令鄭注引詩：「十月滌場，朋酒斯饗。曰殺羔羊，躋彼公堂。稱彼兕觵，受福無疆。」

疆

爾雅釋文曰：「壃，字又作『畺』，音姜。經典作『彊』，假借字。」

鴟鴞四章，章五句。

迨天之未陰雨

説文：「隸，及也。从隶，枲聲。詩曰：『隸天之未陰雨。』」

徹彼桑土

陸釋文云：「土，韓詩作『杜』。」方言：「杜，根也。東齊曰杜。」郭璞注云：「詩曰『徹彼桑杜』是也。」字林作「𢯱」，桑皮也。見釋文。

今女下民

孟子引詩：「今此下民。」

蓄租

釋文：「蓄，本亦作『畜』。租，子胡反，本又作『祖』，如字。」正義：「祖訓始也。物之初始，必有爲之，故毛傳云：『祖，爲也。』」

予羽譙譙，予尾消消

正義曰：「予羽譙譙然而殺，予尾消消然而敝。」又曰：「定本『消消』作『翛翛』也。」釋文：

「譙，或作『燋』。」　玉裁按：岳珂九經三傳沿革例曰：「鴟鴞『予尾翛翛』，監本、蜀本、越本皆作『修修』，興國本及建寧本作『翛翛』。及考疏，則曰：『舊本作「消消」，定本作「修修」。』任氏大椿刊本誤從「羽」。又考釋文，則『翛翛』素彫反。蓋越、蜀、監本以疏爲據，興、建諸本以釋文爲據也。今從釋文。」岳語止此。玉裁謂：「修」字是，因「修」訓「敝」也。淺人乃改其字從羽，作「翛」耳。「修」與「翹」、「搖」、「曉」合韵也。岳氏所見正義云「定本作『修修』」，今本正義皆譌云「定本作『翛翛』」矣。唐石經、宋集韵四宵、光堯御書石經、吕氏讀詩紀皆作「偹偹」，偹與修同也。集韵四宵云：「偹偹，羽敝也。或作『翛』、『⿰肖毛』。」此合數本爲言也。廣韵三蕭云：「𦑝，羽翼敝皃。⿰肖毛同。」按：𦑝、⿰肖毛即作「消消」之本也。作「消」最俗，而「𦑝」與「⿰肖毛」尤俗。

風雨所漂摇

尚書大傳：「禦聽于怵攸。」鄭注：「攸，讀爲『風雨所漂颻』之『颻』。」

予維音嘵嘵

説文：「嘵，懼也。从口，堯聲。詩曰：『唯予音之嘵嘵。』」　廣韵：「嘵，懼聲。詩曰：『予維音之嘵嘵。』」　玉篇引詩：「予維音之嘵嘵。」

東山四章，章十二句。

零雨其濛

說文：「霝，雨零也。从雨，㗊象零形。詩曰：『霝雨其濛。』」石鼓文：「避來自東，霝雨奔流。」亦作「霝」。楚辭七諫：「微霜降之蒙蒙。」王逸注：「蒙蒙，盛皃。詩曰：『零雨其蒙。』」書洪範「七，稽疑」，「曰蒙」，本作「曰雺」，孔氏正義曰：「雺，聲近蒙。詩云：『零雨其蒙。』」則「蒙」是闇之義，故孔傳以「雺」爲兆蒙陰闇也。

蠋

說文：「蜀，葵中蠶也。从虫，上罒象蜀頭形，勹象其身蜎蜎。詩曰：『蜎蜎者蜀。』」淮南子曰：「蠶與蜀相類，而愛憎異也。」

果贏之實

說文：「苦蔞，果蓏也。」

伊威

爾雅：「蛜威，委黍。」釋文：「蛜，本今作『伊』。威，本或作『蝛』。」說文：「蛜威，委黍。委黍，鼠婦也。蛜，从虫，伊省聲。」

蠨蛸

爾雅：「蟰蛸，長踦。」釋文：「蟰，詩作『蠨』。」說文：「蟰蛸，長股者。」廣韻：「蟰蛸，蟲，一名長蚑。出崔豹古今注。」玉裁按：「蟰」正，「蠨」譌。風雨之「潚」誤爲「瀟」，益可證也。一切經音義引作「蟰蛸在户」，云：「上音肅，下音蕭。」此古字古音也，勝於釋文遠矣。

町畽鹿場

說文：「疃，禽獸所踐處也。詩曰：『町疃鹿場。』」玉裁按：古「重」、「童」通用。廣韻：「疃，亦作『畽』，亦作『暖』。」王逸九思：「鹿蹊兮躖躖。」亦作「躖」，音吐管切，即「疃」字也。按：說文：「躖，踐處也。」集韻作「躖」。

熠耀宵行

廣韻十八藥云：「[illegible]蜦，螢火別名。」

不可畏也

俗本誤作「亦可畏也」。

伊可懷也

鄭箋云：「伊，當作『繄』；繄，猶是也。」

鸛鳴于垤

説文：「雚，小爵也。从萑，吅聲。詩曰：『雚鳴于垤。』」又，「垤」字注引詩：「鸛鳴于垤。」又，「鳳」字注：「鸛顙。」

烝在栗薪

韓詩：「烝在薓薪，衆薪也。」玉裁按：廣韵「薓」，同蓼蕭、蓼莪之「蓼」〔四〕。「有敦瓜苦，烝在栗薪。」毛傳云：「敦，猶專專。烝，衆也。言我心苦，事又苦也。」毛意此二句於六詩爲比，内而心苦，外而事苦，正如衆苦瓜之繫於栗薪。合之韓詩「栗」作「薓」，亦無析薪之意。鄭箋以瓜苦爲比，析薪爲賦，失毛意而失詩意矣。軍士在師中至苦，而不見其室者三年，故光武之册陰后，亦曰「自我不見，于今三年」也。

栗薪

鄭箋云：「栗，析也。古者，聲『栗』、『裂』同也。」玉裁按：「栗」在十二部，「裂」在十五部，異部而相通近也。

皇駁

爾雅：「騂白，駁；黄白，騜。」郭注引詩：「騜駁其馬。」顧亭林詩本音作「駮」，誤。駮，倨牙食虎豹之獸也。見詩晨風。駁，一作「駮」，誤。

狼跋二章，章四句。

狼跋其胡

李善西征賦注：「文字集略曰：『狼狽，猶狼跋也。』孔叢子曰：『吾於狼狽，見聖人之志。』」又，陳情表注同。　玉裁按：孔叢子「狼狽」，謂狼跋之詩也。狽，即「跋」字。「跋」、「貝」古通用。說文「跋」注：「蹎也。」「貝」注：「步行獵跋也。」無「狽」字。狽，即「貝」之譌。因「狼」从犬，而「貝」誤从犬，猶「榛榛狉狉」，俗因「狉」从犬，而「榛」誤从犬，作「獉狉」。蕩詩「顛沛」，即「蹎跋」之假借。毛傳：「顛，仆也。沛，跋也今誤「拔」。」「沛」、「跋」、「貝」同在弟十五部。今「沛」、「貝」讀去聲，古與「跋」同入聲，是以通用假借。自去、入岐分，罕知「顛沛」即「蹎跋」之假借，且罕知「狽」即「貝」之譌、「貝」即「跋」之通用字。西陽襍俎又妄言狼、狽二獸，如蛩蛩之與蟨，迷誤日甚，不足與辨矣。

載疐其尾

說文：「躓，跲也。詩曰：『載躓其尾。』」

公孫

鄭箋云：「公，周公也。孫，讀當如『公孫于齊』之『孫』；孫之言孫遁也。」

赤舄几几

説文「卺」字注引：「赤舄己己。」又，「掔」字注引：「赤舄几几。」

【校勘記】

〔一〕二之日溧冽　「溧」，段玉裁毛詩故訓傳定本同，今毛詩正義諸本作「栗」，四卷節録本作「栗」。

〔二〕正瀏溧以風冽　「瀏」，底本誤作「劉」，據四卷節録本及文選改。

〔三〕則是訓公爲事　「公」，毛詩正義作「功」。

〔四〕同蓼蕭蓼莪之蓼　「莪」，底本誤作「我」，據文義及四卷節録本改。

詩經小學卷十六

金壇段玉裁撰

小雅

「小雅」，學記作「宵雅」。說文曰：「疋，足也。古文以爲詩『大雅』字。」

鹿鳴之什

鹿鳴三章，章八句。

呦呦

說文：「呦，或作『㓗』。」

示我周行

鄭箋：「示，當作『寘』，置也。」

視

鄭箋：「視，古『示』字也。」　正義曰：「古之字，以目視物，以物示人，同作『視』字。後世字異，目視物作『示』傍見，示人物作單『示』字。由是經傳之中，『視』與『示』字多相襍亂。此云『視民不恌』，謂以先王之德音示下民，當作單『示』字，而作『視』字，是其與今字異義殊〔一〕。故鄭辨之：『視，古「示」字也。』言古作『示』字，正作此『視』。辨古字之異於今也。禮記云：『幼子常視無誑。』注云：『視，今之「示」字也。』言古『視』字之義，正與今之『示』字同。言今之字異於古也。士昏禮曰：『視諸衿鞶。』注云：『示之以衿鞶者，皆託戒使識之也。「視」乃正字，今文作「示」，俗誤行之。』言『示之以衿鞶』，亦宜作『示』，而古文儀禮作『視』字，今文作『示』字。『示』字合於今世示人物之字，恐人以爲『示』是『視』非，故辨之云：『「視」乃正字，而今文「視」作「示」者，俗所誤行。』以見今世示人物爲此『示』字〔二〕，因改『視』爲『示』，而非古之正文，故云誤也。」

視民不恌

説文：「佻，愉也。」「愉，薄也。」「詩曰：『視民不佻。』」　玉篇引詩：「視民不佻。」

湛

衞風作「耽」。

四牡五章，章五句。

周道倭遲

釋文曰：「韓詩作『倭夷』。」文選秋胡詩：「行路正威遲。」注曰：「毛詩『周道倭遲』，韓詩『周道威夷』，其義同。」漢書地理志曰：「詩：『周道郁夷。』」師古曰：「詩『周道倭遲』，韓詩作『郁夷』。」玉裁按：堯典「宅嵎夷」，堯本紀作「居郁夷」。陸德明云：「尚書考靈耀及史記作『禺銕』。」文選謝莊宣貴妃誄注引毛詩：「周道逶遲。」

嘽嘽駱馬

說文引：「嘽嘽駱馬。」嘽，喘息也。又引：「痑痑駱馬。」痑，馬病也。

鵻

爾雅釋文：「隹，如字。旁或加『鳥』，非也。」玉裁按：釋文誤也。說文：「鵻，祝鳩也。从鳥，隹聲。」祝鳩，即爾雅「鵻其，鳺鴀」之鳥，亦名鵓鳩。

皇皇者華五章，章四句。

皇皇者華

毛傳：「皇皇，猶煌煌也。」

駪駪征夫

毛傳：「詵詵，衆多之皃。」字作「詵」，而義亦同螽斯。宋玉招魂：「豺狼從目，往來侁侁。」王逸注：「侁侁，行聲也。詩曰：『侁侁征夫。』」廣韵：「侁，行皃。詩云：『侁侁征夫。』」玉篇：「往來侁侁，行聲。詩云『侁侁征夫』也。」説文：「燊，盛皃。讀若詩曰『莘莘征夫』。」晉語姜氏引詩：「莘莘征夫，每懷靡及。」韋注：「莘莘，衆多也。」五經文字曰：「⿰牛先，色巾反。見詩。」所云「詩」者，「甡甡其鹿」也。玉篇「詵」、「甡」、「⿰牛先」通用，蓋唐時詩有作「⿰牛先⿰牛先其鹿」者。馬刻「⿰牛先」作「⿱牛⿰牛先」，誤。

我馬維駒

釋文曰：「本作『驕』。」説文：「馬高六尺爲驕。詩曰：『我馬維驕。』」玉裁按：説文偁毛也。後人以韵不調，改之耳。當從「驕」。

常棣八章，章四句。

常棣之華

爾雅：「唐棣，栘；常棣，棣。」説文：「栘，唐棣也。」「棣，白棣也。」唐人云「蕚不照乎栘華」，是以常棣爲唐棣，正與潘安仁以雌雉爲雄雉同也。

卾

玉裁按：毛傳：「卾，猶卾卾然。」其字當作「卾」，从卩，咢聲。今詩作从邑地名之「鄂」者，誤也。馬融長笛賦：「不占成節卾。」李善注：「卾，直也。從邑者，乃地名，非此所施。」又引字林：「卾，直言也，謂節操蹇卾而不怯懦也。」从卩、咢聲之字與从邑、咢聲迥別。坊記鄭注：「子於父母尚和順，不用卾卾。」郊特牲注：「幾，謂漆飾沂卾也。」典瑞注：「鄭司農云：『瑑，有圻卾瑑起。』」輈人注：「鄭司農云：『環灂，謂漆沂卾如環也。』」哀公問疏：「幾，謂沂卾也。」「沂卾」字皆从卩〔三〕，不从邑。張平子西京賦作「垠鍔」，韵書作「圻堮」。國語「穽卾」亦从卩，不从邑。「圻卾」、「柞卾」，皆取廉隅節制意。今字書遺「卾」字。又按：說文無「萼」字，而「韡」字注引「萼不韡韡」，「卾」之誤也。攷郭氏山海經注云：「一曰：柎，華下卾。」漢、晉時本無「萼」字，故景純亦云「華下卾」也。李善注文選引：「萼不韡韡。」

不

鄭箋：「不，當作『柎』。」古聲不、柎同。」

韡

說文華部：「韡，盛也。从華，韋聲。」今作「韡」，誤。

原隰裒矣

玉篇曰：「詩云：『原隰捊矣。』捊，聚也。本亦作『裒』。」

脊令

爾雅：「鵲鴒，雝渠。」釋文：「鵲，本亦作『䳭』。」漢書東方朔傳：「譬若鵲鴒，飛且鳴矣。」讀作「鶺」。詩作「脊令」，春秋左氏傳引詩作「䳭鴒」。婁機班馬字類。

外禦其務

春秋左氏傳富辰引詩：「外禦其侮。」外傳同。爾雅：「務，侮也。」言「務」爲「侮」字之假借。正義曰：「定本經『御』作『禦』，訓爲禁。集注亦然。俗本以傳『禦』爲『御』，爾雅無訓，疑俗本誤也。」玉裁按：此正義譌脱不可讀，當謂：定本經作「禦」，傳作「禦，禁也」；俗本經作「御」，傳作「御，禦也」。正義從定本，然「御，禦也」，見於谷風傳，俗本爲勝。又，「御，禦也。務，侮也。兄弟雖内鬩而外禦侮也」十六字，當是傳文。今注疏冠以「箋云」，「箋云」二字，恐誤衍。

烝也無戎

劉原父七經小傳云：「戎，當作『戍』，乃與『務』叶。戍，亦禦也。」玉裁按：劉未知「務」之古音阜耳。

儐爾籩豆，飲酒之飫

劉逵魏都賦注曰：「韓詩云：『賓爾籩豆，飲酒之醧。』能者飲，不能者已，謂之醧。」廣韵十虞：「醧，能者飲，不能者止也。」玉裁按：説文：「醧，私宴飲也。」正與毛傳「飫，私也」合。詳在説文解字注。

和樂且湛

中庸：「和樂且耽。」

樂爾妻帑

中庸釋文：「本又作『孥』。」

伐木六章〔四〕，章六句。

伐木丁丁

廣韵：「朾，伐木聲也。中莖切。」「丁，同朾。詩曰：『伐木丁丁。』」

矧

説文作「矤」，从矢，引省聲。

伐木許許

説文：「所，伐木聲也。从斤，户聲。詩曰：『伐木所所。』」

藇

玉篇云：「亦作『醑』。」廣韵曰：「醑，酒之美也。本亦作『藇』。」

坎坎鼓我

説文：「竷，繇也，舞也。樂有章，从章，从夅，从夊。詩曰：『竷竷舞我。』」玉裁按：説文「舞我」，乃記憶之誤。

蹲蹲舞我

説文：「壿，士舞也。从士，尊聲。詩曰：『壿壿舞我。』」爾雅：「坎坎，壿壿。」五經文字曰：「壿，千旬反。詩借『蹲』字爲之。」

天保六章，章六句。

單厚

毛傳：「單，信也。」玉裁按：釋詁云：「亶，信也。」是毛以「單」爲「亶」之假借字也。毛傳又云：「或曰：單，厚也。」玉裁按：詩「逢天僤怒」，毛云：「僤，厚也。」正義引釋詁云：「亶，厚也。」某氏曰：「詩云：『俾爾亶厚。』」

吉蠲爲饎

韓詩：「吉圭爲饎。」　儀禮士虞禮：「圭爲而哀薦之饗。」注：「圭，潔也。詩曰：『吉圭爲饎。』」　周官蜡氏注：「蠲，讀如『吉圭惟饎』之『圭』〔五〕。」　大戴禮諸侯釁廟篇曰：「孝嗣侯某潔爲而明薦之享。」注引詩：「潔蠲爲饎，是用孝享。」

禴

說文作「礿」。　禮王制：「春曰礿。」鄭注引詩：「礿祠烝嘗，于公先王。」

神之弔矣

說文：「𨑩，至也。」

如月之恒

說文：「恆，古文从月。詩曰：『如月之𠄨。』」　陸德明曰：「恒，本亦作『縆』。」

采薇六章，章八句。

彼爾維何

說文：「薾，華盛。从艸，爾聲。詩曰：『彼薾維何。』」

小人所腓

鄭箋：「腓，當作『芘』，戍役之所芘倚。」

弭

說文：「弭，或作『㢑』。」

魚服

說文：「箙，弩矢箙也。从竹，服聲。周禮：『仲秋獻矢箙。』」玉裁按：周語：「檿弧箕服。」鄭注周禮引：「檿弧箕箙。」

豈不曰戒

釋文：「曰，音越，又人栗反。」

杕杜四章，章七句。

檀車幝幝

釋文曰：「韓詩：『檀車綫綫』。」說文：「綫，偏緩也。」

魚麗六章，三章章四句，三章章二句。

罶

説文：「罶，或作『䍡』。春秋國語曰：『溝罛䍡。』」

鯊

説文：「魦，魚名，出樂浪潘國。从魚，沙省聲。」爾雅：「鯊，鮀。」釋文：「本又作『魦』。」

君子有酒旨句**，且多**

釋文：「『有酒旨』，絶句；『且多』，此二字爲句。後章放此。異此讀則非。」玉裁按：且，此也。鄭箋：「酒美而此魚又多也。」

【校勘記】

〔一〕是其與今字異義殊　「今」上，毛詩正義有「古」字。

〔二〕以見今世示人物爲此示字　「以」上，毛詩正義有「俗」字。

〔三〕沂鄂字皆从卩　「鄂」，底本誤作「鄂」，據四卷節録本改。

〔四〕伐木六章　「木」，底本誤作「本」，據文義改。

〔五〕讀如吉圭惟饎之圭　「讀」，底本誤奪，據周禮注補。

詩經小學卷十七

金壇段玉裁撰

南有嘉魚之什

南有嘉魚四章，章四句。

烝然罩罩

説文曰：「烝然鯙鯙。从魚，卓聲。」

烝然汕汕

説文引詩：「烝然汕汕。」魚游水皃。

南山有臺五章，章六句。

樂只君子

左傳襄二十四年：「詩云：『樂旨君子，邦家之基。』」杜注：「小雅。言君子樂美其道。」正義曰：「旨，美也。言有樂美之德云云。」按：左傳引詩「樂只君子」，皆作「樂旨」，非一處也，而惟淳化本不誤。俗本傳文作「只」。昭十三年引詩同。

眉壽

困學紀聞曰：「士冠禮『眉壽萬年』，古文『眉』作『麋』。博古圖雝公緘鼎銘：『用乞麋壽，萬年無疆。』」玉裁按：「麋」者，「眉」之假借。

蓼蕭四章，章六句。

零露泥泥

玉篇：「苨，草根露。」廣韻：「苨苨，濃露也。亦作『泥』。」

豈弟

廣韻曰：「愷悌，詩作『豈弟』。」玉裁按：説文有「愷」，無「悌」。禮記引詩：「凱弟君子。」載驅：「齊子豈弟。」爾雅：「愷悌，發也。」郭注引詩：「齊子愷悌。」

濃濃

玉篇水部曰：「濃，露多也。亦作『醲』。」雨部曰：「醲醲，露濃皃。」

和鸞

廣韻：「鉌鑾，亦作『和』。」

湛露四章，章四句。

厭厭夜飲

釋文：「韓詩作『愔愔』，和悦之皃。」李善魏都賦注云：「韓詩曰：『愔愔夜飲。』愔愔，和悦之皃也。」說文：「懕，安也。从心，厭聲。詩曰：『懕懕夜飲。』」

其桐其椅

初學記引韓詩，「桐」作「同」。

彤弓三章，章六句。

藏

說文無「藏」字。漢書凡「藏」皆作「臧」。

一朝右之

爾雅釋詁篇：「酬、酢、侑，報也。」毛傳：「右，勸也。」與楚茨傳「侑，勸也」同，是以「右」爲

「侑」也。說文：「婳，耦也。或作『侑』。」

菁菁者莪四章，章四句。

菁菁者莪

李善兩都賦注：「韓詩曰：『蓁蓁者莪。』薛君曰：『蓁蓁，盛皃也。』」集韵十四清曰：「詩：『葏葏者莪』。通作『菁』。」

六月六章，章八句。

我是用急

鹽鐵論引詩：「我是用戒。」顧亭林云：「當从之。」戴先生曰：「戒，猶備也。治軍事，爲備禦曰戒。譌作『急』，義似劣矣。『急』字於韵亦不合。」玉裁按：謝靈運撰征賦曰：「宣王用棘於玁狁。」是六朝時詩本有作「我是用棘」者。爾雅釋言曰：「悈、褊，急也。」釋文曰：「悈，本或作『悈』，今本作「極」，譌。又作『亟』。」詩：「匪棘其欲。」鄭箋：「棘，急也。」正義曰：「『棘，急』，釋言文。」禮器引詩：「匪革其猶。」鄭注：「革，急也。」正義曰：「『革，急』，釋言文。」素冠詩毛傳：「棘，急也。」正義亦曰：「『棘，急』，釋言文。」彼「棘」作「悈」，今本作「戒」，譌。音、義同。然則「悈」、「極」、「亟」、「棘」、「革」、「戒」六字同音，義皆急也。此詩作「棘」、作「戒」，皆協。今本作「急」者，後人用其義，改其字耳。

閑之維則

小正：「五月，頒馬，將閑諸則。」傳曰：「頒馬，分夫婦之駒也。將閑諸則，或取離駒納之法則也。」

于三十里

「三十」，唐石經作「卅」。「三十維物」、「終三十里」皆同。玉裁按：「二十」并爲「廿」，讀如入；「三十」并爲「卅」，讀如趿：即反語之始也。秦琅邪刻石文「維廿六年」，梁父刻石文「廿有六年」，之罘、東觀皆云「維廿九年」，會稽云「卅有七年」，皆四字爲句。詩「三十」字，石經作「卅」，是三字爲句，不可從也。廣韵注云：「廿，今直以爲『二十』字。」「卅，今直以爲『三十』字。」蓋唐人仍讀爲「二十」、「三十」，不讀「入」、「趿」耳。

織文

毛無傳，蓋讀與禹貢「厥篚織文」同。鳥章、帛茷，皆織帛爲之。鄭箋易爲徽織，則其字易作「識」。周禮注、左傳注及説文解字皆作「徽識」，詳説文校注。

識文鳥章

今本皆作「織文」者，誤。識，徽識也。識、幟，古今字。許君說文、鄭君周官注皆作「徽識」，後人別製「幟」字。貞觀時僧玄應一切經音義曰：「幟字，舊音與『知識』之『識』同，更無別音。」此經文鄭箋譌作「織」，非也；「徽」譌「徽」者，亦非。

白旆央央

釋文：「茷，本又作『旆』。繼旐曰茷。左傳云『蒨茷』是也。一曰：『旆』與『茷』，古今字殊。」玉裁按：「旆」，正字；「茷」，假借。出其東門正義曰：「傳言『荼，英荼』者，六月云『白旆英英』，是白皃。茅之秀者，其穗色白。」公羊宣十二年注：「繼旐如燕尾曰旆。」疏引孫氏爾雅注云：「帛續旐末亦長尋。詩云『帛旆英英』是也。」玉裁按：從公羊疏作「帛旆」爲善。正義云「以帛爲行旆」，又云「九旗之帛皆用絳」。言「帛旆」者，謂絳帛，猶通帛爲旃，亦是絳也。然則孔沖遠作正義時，經文原作「帛旆」，而出其東門正義引「白旆英英」，明荼是白色。周禮司常正義引「白旆央央」，明旆不用絳。由正義不出一人之手，唐初本已或誤作「白」也，今當據詩六月正義及公羊疏改定「白旆」爲「帛旆」，其「央央」亦當改「英英」。又按：釋名：「白旆，殷旌也，以帛繼旐末也。」其語自相乖違不貫。明堂位：「殷之大白，周之大赤。」周禮：「建大赤以朝，建大白以即戎。」大白，非帛旆也。劉成國既依明堂位，云「緌，有虞氏之旌也；緌，夏后氏之旌也」，其下當云「大白，殷旌也；大赤，周旌也」乃全。又，其下當云「旆以帛繼旐末也」，乃與爾雅「繼旐曰旆」、孫炎注「帛續旐末亦長尋」、郭璞注「帛續旐末爲燕尾者」，及毛傳「帛旆，繼旐者也」相合。今釋名乃缺誤之本耳。

輊

軒輊，即軒輖。既夕禮鄭注「輖，墊也」，作「墊」；考工記「大車之轅摯」，作「摯」；詩作「輊」。說文有「䡹」無「墊」、「輊」。潘岳射雉賦「如⿰車⿺辶重如軒」，李善曰：「毛詩：『如輊如軒。』輊，與『⿰車⿺辶重』同。」

采芑四章，章十二句。

菑

說文：「菑，或作『甾』。」

奭

五經文字作「奭」，說文作「奭」。蜀都賦李善注引毛萇詩傳：「赩，赤皃也。」是其字一本作「赩」也。說文無「赩」字。楚辭：「逴龍赩只。」

軝

說文曰：「軝，或作『⿰革氏』。」

瑲瑲

有女同車、終南、庭燎皆作「將將」。又，烈祖「約軝錯衡，八鸞鶬鶬」、載見「鞗革有鶬」，皆作「鶬」。又，韓奕「八鸞鏘鏘」，禮記「然後玉鏘鳴也」，皆作「鏘」。

隼

説文同「䧳」，一曰：䳕也。玉裁按：「䳕也」是「鷙也」之誤。

其飛戾天

後漢書：「孔融上書薦謝該曰：『尚父鷹揚，方叔翰飛。』」注引「鴥彼飛隼，翰飛戾天」，誤也。詩本作「其飛」，文舉易字麗句耳。

伐鼓淵淵

吴才老詩協韵補音序曰：「詩音舊有九家，陸德明定爲一家之學。開元中，修五經文字，『我心慘慘』爲『懆』，『伐鼓淵淵』爲『鼘』，皆與釋文異，乃知德明之學當時亦未必盡用。」

振旅闐闐

説文：「嗔，盛气也。从口，真聲。詩曰：『振旅嗔嗔。』」左思魏都賦：「振旅輷輷。」

嘽嘽焞焞

漢書韋玄成傳引此作「嘽嘽推推」。詩本音曰：「韋玄成傳引此作『燀燀推推』。」廣韵：「輴輴，車盛皃。」

今漢書「推推」，蓋「轞轞」之誤。

蠻荆

漢書韋玄成傳作「荆蠻來威」。今按：毛云：「荆州之蠻也。」然則毛詩固作「荆蠻」，傳寫誤倒易之，非也。又按：晉語：「叔向曰：『楚爲荆蠻。』」韋注：「荆州之蠻。」韋正用毛傳爲説。又按：齊語：「萊、莒、徐夷、吴、越。」韋注曰：「徐夷，徐州之夷也。」此可證「荆蠻」文法。又按：左思吴都賦：「跨躡蠻荆。」李善注引詩：「蠢爾荆蠻。」然則唐初詩不誤，左思倒字以與「并」、「精」、「坰」爲韵。又按：後漢書李膺傳：「應奉疏曰：『緄前討荆蠻，均吉甫之功。』」汲古刻不誤，汪文盛刻本譌作「蠻荆」。注引詩：「蠻荆來威。」作「蠻荆」者，俗人所改易也。

車攻八章，章四句。

我車既攻

石鼓文：「我車既工。」

甫草

鄭箋云：「鄭有甫田。」玉裁按：謂圃田也。周禮：「豫州澤藪曰圃田。」爾雅：「鄭有圃田。」王逸楚詞九歎注：「圃，野也。詩曰：『東有圃草。』」班固東都賦曰：「豐圃草以毓獸。」李善注云：「韓詩曰：『東有圃草。』薛君曰：『圃，博也。有博大茂草。』」　玉裁按：爾雅：「甫，大也。」蓋古「甫」、「圃」通用。　水經注渠水篇曰：「中牟圃田澤多麻黄草，詩所謂『東有圃草』也。」　馬融傳：「詩詠圃艸。」注引韓詩：「東有圃艸。」

薄獸于敖

薄，今各本作「搏」，非也。鄭箋：「獸，田獵搏獸也」，此釋經文「獸」字之義。倘經既云「搏獸」，又何煩箋釋乎？後人改經「薄」字爲「搏」，而經文字法之美、鄭氏訓詁之旨皆隱矣。水經注濟水篇曰：「濟水又東逕敖山北，詩所謂『薄狩于敖』者也。」作「薄」，可證「獸」作「狩」爲異本耳。　又，東京賦云：「薄狩于敖。」薛注引詩：「建旐設旄，薄獸于敖。」字皆作「薄」。東京賦作「薄狩」，與水經注同。薛注作「薄獸」，與鄭箋同。　又按：東京注引詩疑是李善注，非薛注。　又，後漢書安帝紀注引詩：「薄狩于敖。」今俗本改「薄」爲「搏」，而「狩」字不改。汲古閣刻作「薄狩」。册府元龜引亦作「薄狩」。　又按：玉裁攷得已上諸條，於庚子四月見惠定宇九經古義引徐堅初學記作「搏狩」，爲玉裁所遺。　又引何邵公公羊注、淮南高誘注、漢石門頌，證「狩」即「獸」字，而云：「若經作『博獸』，鄭氏之箋不已贅乎？」玉裁始曉然：於經文本作「薄狩」，鄭訓「狩」爲「搏獸」。今本毛詩改「狩」作「獸」，又因「薄」、「搏」音相似，改「薄」作「搏」。惠君尚未證明「薄」字。　初學記意主對偶，故以「薄狩」、「大蒐」爲儷，猶上文「三驅」、

「一面」，下文「晉鼓」、「虡旗」，皆是也。今本初學記作「搏狩」，乃淺人妄改。東京賦注作「薄獸」，「獸」字亦是妄改。徐堅在唐初，毛詩未誤。陸德明釋文：「搏獸，音博，舊音傅。」乃釋鄭箋，非釋經文。初學記云：「獵，亦曰狩，狩獸也。」鄭箋言「田獵搏獸也」，此詩經文作「薄狩」之確證。

金舄

毛傳：「舄，達屨也。」孔沖遠不得其旨，而强爲之説。玉裁按：複下曰舄，單下曰屨。「達」、「沓」字古通用，是重沓之義爾。不于狼跋言之，而于此言之者，金舄謂金飾其下，其上則赤也。達屨，蓋漢人語如此。

決拾既佽

決拾，周官經繕人作「抉拾」，鄭注引：「抉拾既次。」張衡東京賦：「決拾既次。」李善注曰：「毛詩：『決拾既次。』鄭玄曰：『次，謂手指相比也。』」玉裁按：毛傳：「佽，利也。」説文亦曰：「佽，便利也。」引詩：「決拾既佽。」是毛作「佽」，鄭作「次」也。

助我舉柴

説文：「𢫬，積也。詩曰：『助我舉𢫬。』搣頰旁也。从手，此聲。」又，骨部：「鳥獸殘骨曰骴。」張衡西京賦：「收禽舉胔。」薛注：「胔，死禽獸將腐之名。」

徒御不警

毛傳曰：「不警，警也。不盈，盈也。」鄭箋曰：「反其言，美之也。」孔沖遠正義曰：「徒行輓輦者與車上御馬者豈不警戒乎？言其相警戒也〔一〕。君之大庖所獲之禽豈不充滿乎〔二〕？言充滿也。」是作「警」字明甚。自唐石經誤作「不驚」，而各本因之。至朱子集傳云：「不驚，言比卒事，不讙譁也。不盈，言取之有度，不極欲也。」曲爲之説，而莫知其誤矣。毛傳曰：「『蕭蕭馬鳴，悠悠旆旌』，言不讙譁也。」此句言徒御警戒，乃非複贅。文選陸士衡挽歌詩：「夙駕警徒御。」注引毛詩：「徒御不警。」今俗刻文選譌「不驚」。

允矣君子

禮記緇衣篇：「詩曰：『允也君子，展也大成。』」

吉日四章，章六句。

既伯既禱

爾雅：「『既伯既禱』，伯，今本皆脱此字，猶輦者之上脱「徒」字也。馬祭也。」説文「禂」字下云：「禱牲馬祭也。」此見周官甸祝。杜子春云：「禂，禱也。禂馬，爲馬禱無疾。禂牲，爲田禱多獲禽牲。」引詩：「既伯既禱。」按：引「既伯」，證禂馬；引「既禱」，證禂牲。毛傳「伯，馬祖也。將用馬力，先爲之禱其祖」，此周禮之禂馬；「禱，禱獲也」，此周禮之禂牲。正義殊不了。又，徐鍇説文繫傳「禂」字下引詩「既禡既禂」。詩無此語。徐鍇引古，每多杜撰不合，而徐鉉乃以入説文正文，其誤不可不辨。

麀鹿麌麌

韓奕：「麀鹿噳噳。」

麀

或作「𪊋」，見説文。

其祁孔有

鄭箋：「祁，當作『麎』。麎，麋牝也。」正義曰：「注爾雅某氏亦引詩云：『瞻彼中原，其麎孔有。』」與鄭同。

儦儦俟俟

西京賦：「羣獸駓（文選作「駓」，廣韵引作「駓」）騃。」李善注引薛君韓詩章句曰：「趨曰駓，行曰騃。」後漢書馬融傳：「鄙騃譟讙。」太子賢注引韓詩曰：「駓駓騃騃，或羣或友。」（今漢書注作「俟俟」，誤。）説文：「俟，大也。詩曰：『伾伾俟俟。』」玉裁按：毛詩「儦儦俟俟」，説文作「伾伾俟俟」，韓詩作「駓駓騃騃」。

【校勘記】

〔一〕言其相警戒也　「其」，毛詩正義作「以」。

〔二〕君之大庖所獲之禽豈不充滿乎　「豈」，毛詩正義無。

詩經小學卷十八

金壇段玉裁撰

鴻鴈之什

庭燎三章，章五句。

鸞聲噦噦

說文：「鉞，車鑾聲也。从金，戉聲。詩曰：『鑾聲鉞鉞。』」徐鉉曰：今俗作「鐬」，以「鉞」作斧戉之「戉」，非是。玉裁按：采菽：「鸞聲嘒嘒。」泮水同。庭燎：「鸞聲噦噦。」

沔水三章，二章章八句，一章六句。

蹟

說文：「迹，步處也。从辵，亦聲。或作『蹟』，籀文作『速』。」玉裁按：以古韵諧聲求之，

「朿」、「責」在十六部，「亦」在弟五部；「速」、「蹟」爲正字。李陽冰云：「李丞相持『朿』作『亦』〔二〕。」「迹」字製於李斯也。

鶴鳴二章，章九句。

可以爲錯

說文：「厝，厲石也。从厂，昔聲。詩曰：『它山之石，可以爲厝。』」五經文字曰：「厝，見詩。詩又作『錯』。經典或竝用爲『措』字。」玉裁按：今詩作「錯」，爲「厝」字之假借也。

祈父三章，章四句。

祈父

鄭箋：「祈父之職，掌六軍之事，有九伐之法。『祈』、『圻』、『畿』同。」左傳襄十六年：「叔孫豹見中行獻子，賦圻父。」玉裁按：書酒誥：「圻父。」

靡所底止

說文广部：「底，山居也，下也。从广，氐聲。」厂部：「厎，柔石也。从厂，氐聲。或作『砥』。」玉裁按：物之下爲底，故至而止之爲底，如詩經「靡所底止」、「伊於胡底」，皆是也。若「底」、

「砥」字同，爲「厎厲」，説文明析可據，而經書傳寫互譌。韵書、字書以「砥」注礪石也，「厎」注致也、至也，皆不察之過。又或臆造説文所無之「底」、「㡳」字，此詩「靡所底止」，詩本音從嚴氏詩緝作「底」，謬極。爾雅：「底，止。」陸元朗曰：「字宜從厂。或作『底』，非。」玉裁按：陸説誤也。馬刻五經文字，「底」字誤少下一畫。

予王之爪牙

玉篇引祈父：「維王之爪牙。」

白駒四章，章六句。

縶

説文：「䭾，絆馬也。从馬，口其足。或作『縶』。」

所謂伊人

鄭箋：「伊，當作『緊』。緊，是也。」

於焉消搖

後漢書光武十王傳曰：「消搖仿佯，弭節而旋。」章懷注引詩：「於焉消搖。」

藿

説文：「虇，𦬁之少也。从艸，雚聲。」五經文字曰：「雚，同爾雅『鹿虇』，又作『雚』。」

在彼空谷

李善西都賦「幽林穹谷」注云：「韓詩曰：『皎皎白駒，在彼穹谷。』薛君曰：『穹谷，深谷也。』」陸機苦寒行曰：「俯人穹谷底。」注引韓詩：「在彼穹谷。」玉裁按：今毛詩作「空谷」，非與韓異本，直是譌字。爾雅釋詁曰：「穹，大也。」毛傳正用其語。今誤爲「空，大也」，古無是訓。孔沖遠遷就其説，曰：「以谷中容人隱焉，其空必大，故云『空，大』，非訓『空』爲大。」蓋知「空」之不得訓大矣。此字之誤在唐以前。

毋金玉爾音

釋文曰：「毋，本亦作『無』。」

黄鳥三章，章七句。

不可與明

鄭箋：「明，當爲『盟』，信也。」

我行其野三章，章六句。

言采其蓫

本艸：「羊蹄，一名蓄。」陶隱居曰：「今人呼名秃菜，即便蓄音之譌。詩云：『言采其蓄。』」玉裁按：圖經云：「蓫，或作『蓄』，竝恥六切。」蓋貞白所據詩作「蓄」也。説文：「堇，同『蓫』。」

求爾新特

顧亭林詩本音曰：「今本誤作『求我』，依唐石經及國子監注疏本改正。」韓詩：「求爾新直。」相當值也。

成不以富

顧亭林詩本音曰：「今本『成』作『誠』，依唐石經及國子監注疏本改正。」玉裁按：論語「誠不以富，亦祇以異」，作「誠」。

斯干九章，四章章七句，五章章五句。

無相猶矣

鄭箋：「猶，當作『瘉』。瘉，病也。」

似續妣祖

鄭箋：「似，讀如『巳午』之『巳』。巳續妣祖者，謂已成其宫廟也。」此漢人「巳午」字，讀如「巳然」之「巳」之證。

約之閣閣

玉裁按：閣，讀如絡。毛傳：「閣閣，猶歷歷也。」攷工記注引作：「約之格格，椓之橐橐。」

橐橐

廣雅：「槖槖，聲也。左从木。」

芋

蓋「訏」之假借也。鄭箋：「當作『幠』。幠，覆也。」周禮大司徒：「媺宫室。」注云：「謂約椓攻堅，風雨攸除，各有攸宇。」字作「宇」。

如跂斯翼

玉篇引詩：「如企斯翼。」

如矢斯棘

玉篇曰：「韓詩云：『如矢斯朸。』木理也。」釋文：「韓詩作『朸』。朸，隅也。」

如鳥斯革

李善景福殿賦注引毛詩「如鳥斯企」，誤。韓詩：「如鳥斯勒。」翅也。釋文。玉裁按：釋文「勒」字乃「翱」字之譌。王伯厚詩攷所引不誤。張揖廣雅兼採四家之詩。釋器云：「翱、翄，翼也。」此用韓詩。韓作「翱」，與毛作「革」異字而同音、同訓。毛時故有「翱」字，以叚借之瀍訓之〔二〕，故曰「翼也」。不然則訓「革」爲翼，理不可通。廣韻：「翱，翅也。古核切。」本韓詩也。

如翬斯飛

唐玄度九經字樣誤作「有翬斯飛」。

噲噲噦噦

鄭箋云：「噲噲，猶快快也。噦噦，猶煟煟也。」

朱芾斯皇

文選韋孟諷諫詩注：「毛詩曰：『朱黻斯皇。』」曹植責躬詩注：「毛詩曰：『朱芾斯皇。』」芾，與「紱」同。蒼頡篇曰：「紱，綬也。」玉裁按：「芾」、「黻」、「芾」，皆「市」之假借字也。說文：「市，韠也。」上古衣蔽前而已，市以象之。篆文作「韍」。玉藻作「韍」。

載衣之裼

釋文曰：「韓詩作『禘』。」說文：「禘，緥也。从衣，啻聲。詩曰：『載衣之禘。』」玉裁按：毛詩作「裼」，字之假借也。

無羊四章，章八句。

其角濈濈

釋文：「濈，本又作『䚓』，又作『戢』。」

或寢或訛

釋文曰：「訛，韓詩作『譌』。譌，覺也。」玉裁按：訛，當同破斧、兔爰作『吪』。爾雅：「訛，動也。」說文作「吪」，無「訛」字。

蓑

說文：「衰，艸雨衣，秦謂之萆。从衣，象形。」無「蓑」字。

三十維物

「三十」，唐石經作「卅」。

不騫

毛傳：「騫，虧也。」正義曰：「崔氏集注『虧』作『曜』。」玉裁按：當從集注。後人不解「曜」字，因改之耳。天保傳「不虧」，言山；此傳「不曜」，言牛羊也。攷工記「大胷燿後」，鄭注：「燿，讀爲哨。頃今「傾」字。作「頎」，譌。小也。」「燿」、「曜」古通用。

肱

說文：「厷，臂上也。或作『肱』。」

【校勘記】

〔一〕李丞相持束作亦「持」，底本誤作「以」，據郭忠恕佩觿改。

〔二〕以叚借之灋訓之「借」，底本誤作「唶」，據文義改。

詩經小學卷十九

金壇段玉裁撰

節南山之什

節南山十章，六章章八句，四章章四句。

憂心如羙

釋文曰：「韓詩作『炎』，字書作『焱』，説文作『𤈦』，小熱也。才廉反。」正義曰：「『如惔』之字，説文作『𤈦』，訓爲小孰也。」玉裁按：今本説文「小孰」爲「小熱」，當是「小爇」。又引詩「憂心𤈦𤈦」，依陸氏、孔氏，當作「憂心如𤈦」。若如今本，則陸、孔末由定爲此句之異文。説文：「羙，小爇也。从火，羊聲。詩曰：『憂心如羙。』」玉裁按：羙，羊聲。羊，讀如飪。今誤作「𤈦」，干聲，非也。小爇，一作「小熱」，一作「小孰」，皆非也。詩曰「憂心如羙」，今本説文誤爲「憂心𤈦𤈦」，尤非也。節南山釋文、正義皆引説文作「憂心如羙」，可證。此詩「如羙」，韓詩作「如炎」，不知何人加「心」作「惔」。惔，憂也。豈憂心如憂乎？又於説文「惔」字解説内妄加「詩曰『憂心如惔』」六字，又於「𤆌」字解説内妄改「憂心𤆌𤆌」，而毛詩之真没矣。毛傳於此曰：「𤆌，燔也。」瓠葉傳曰：「加火曰燔。」説文曰：「燔，爇也。」「𤆌，小爇也。」「爇」加「火」也，正本毛詩。而今毛詩譌「炎」改「惔」矣。雲漢：「如炎如焚。」毛傳曰：「炎，燎也。」而今本亦譌「惔」矣。

天方薦瘥

説文：「𤱼，殘田也。詩曰：『天方薦𤱼。』」

憯莫懲嗟

當作「朁」。

維周之氐

鄭箋：「當作『桎鎋』之『桎』。」

秉國之均

漢書律曆志：「三十斤爲鈞。」鈞者，均也。詩云：「尹氏大師，秉國之鈞。」

天子是毗

説文作「𣬉」，人臍也。今作「毗」，通爲「𣬉輔」之「𣬉」。毛詩節南山傳：「毗，厚也。」采菽傳〔一〕：「腜，厚也。」是「𦙶」、「腜」又通用也。

不宜空我師

毛傳：「空，窮也。」玉裁按：七月傳：「穹，窮也。」説文用之。此「空我師」，當作「穹我師」爲是。傳譌，抑或假借，未可定也。毛詩「空谷」，韓詩作「穹谷」。

勿罔君子

鄭箋：「勿，當作『末』。」

瑣瑣

爾雅釋文：「瑣，亦作『璅』。」

昊天不傭

韓詩作「庸」。庸，易也。釋文。

誰秉國成

禮記緇衣篇：「詩云：『昔吾有先正，其言明且清。國家以寧，都邑以成，庶民以生。誰能秉國成，不自爲政，卒勞百姓。』」陸德明云：「『昔吾有先正』至『庶民以生』總五句，今詩皆無。餘在小雅節南山篇。或皆逸詩也。」「誰能秉國成」，毛詩無「能」字。

四牡項領

毛傳：「項，大也。」玉裁按：毛以「項」爲「洪」之假借字。

正月十三章，八章章八句，五章章六句。

憂心愈愈

爾雅：「瘐瘐，病也。」郭注：「賢人失志，懷憂病也。」邢疏引詩：「憂心愈愈。」

伊誰云憎

鄭箋：「伊，讀當爲『繄』。繄，猶是也。」

局

陸德明曰：「本又作『跼』。」江賦注引聲類：「偏舉一足曰跼蹐。詩：『不敢不局。』加『足』者誤。」薛綜西京賦注作「不敢不跼」。

不敢不蹐

説文足部：「蹐，小步也。从足，脊聲。詩曰：『不敢不蹐。』」走部：「趚，側行也。从走，朿聲。詩曰：『謂地蓋厚，不敢不趚。』」

胡爲虺蜴

説文：「易，蜥易、蝘蜓、守宫也。象形。」「在壁曰蝘蜓，在艸曰蜥易。」玉裁按：説文無「蜴」

字。方言：「守宫，或謂之蜥易。其在澤中者謂之易蜴。」「蜧蜴。」郭注「蜴」皆音析，蓋「蜴」即「蜥」之或體。易蜴，即「蜥易」之倒文，猶「螽斯」亦曰「斯螽」也。説文「虺」字注引詩「胡爲虺蜥」，毛詩作「胡爲虺蜴」。蜴，當讀「析」。虺蜴，即虺蜥也。俗用「蜥蜴」成文，爲重複。古人言「蜥易」。釋文：「蜴，星歷反，字又作『蜥』。」五經文字：「蜴，先歷反。」

褒姒烕之

左氏傳昭公元年引詩：「赫赫宗周，褒姒滅之。」

亦孔之炤

中庸篇：「詩云：『潛雖伏矣，亦孔之昭。』」陸德明云：「本又作『炤』。」

憂心懆懆

毛傳：「懆懆，猶戚戚也。」「懆」在二部，「戚」在三部，音近轉注。今本作「慘」，誤。

佌佌彼有屋

説文：「佌，小皃。从人，囟聲。詩曰：『佌佌彼有屋。』」

蔌蔌方穀

陸德明云：「或多『有』字者，誤也。」玉裁按：「佌佌彼有屋」，富者也，而方受禄於朝；「民今之無禄」，煢獨者也，而又君夭之，在位椓之：故曰「哿矣富人，哀此煢獨」。「佌佌」二句，非以「屋」、「穀」爲儷也。今皆仍誤本。唐石經亦誤。後漢書蔡邕傳：「速速方轂，夭夭是加。」太子賢注曰：「詩小雅曰：『速速方穀，天夭是椓。』鄭箋云：『穀，禄也。』韓詩亦同。此作『轂』者，蓋謂小人乘寵方轂而行。方，猶竝也。劉攽曰：『正文『夭夭是加』，上『夭』當作『天』，據今詩文正然。』」玉裁按：後漢書「穀」作「轂」，「天」作「夭」，皆是譌字。錢唐張賓鶴曰，親見蜀石經作「天夭」，是蜀本誤耳。

蔌蔌

爾雅：「速速、蹙蹙，惟逑鞫也。」郭注：「陋人專禄國侵削，賢士求哀念窮迫。」

哀此惸獨

孟子：「詩云：『哿矣富人，哀此煢獨。』」

十月之交八章，章八句。

朔月辛卯

漢書劉向上災異封事引詩：「朔月辛卯。」後漢書章帝紀注内引詩：「朔月辛卯，日有食之。」後漢書丁鴻傳引詩：「朔月辛卯。」明汪文盛校刊後漢書不誤，而汲古閣妄改之。吕祖謙讀詩記作「朔月辛卯」。明馬應龍、孫開校刻毛詩鄭箋本作「朔月辛卯」。正義云「朔月辛卯之日」，又云「按此朔月辛卯」。玉裁按：唐石經「朔月辛」字今剥落，補缺者作「朔日」，不攷古之過。古月朔謂之朔月，如玉藻篇「朔月太牢」、「朔月少牢」是也。

日有食之

劉向上災異封事引詩：「朔月辛卯，日有蝕之，亦孔之醜。」

日月告凶

劉向上災異封事引詩：「日月鞫凶。」玉裁按：古「告」、「鞫」二字同部同音，故假「鞫」爲「告」。采芑傳云：「鞫，告也。」言「鞫」爲「告」之假借也。

爗爗震電

説文引：「爗爗震電。」王逸注遠遊引詩：「曅曅震電。」

百川沸騰

説文：「滕，水超涌也。从水，朕聲。」「涌，滕也。」玉篇：「詩曰：『百川沸滕。』水上涌也。」

山冢崒崩

劉向上災異封事引詩：「山冢卒崩。」

番

本亦作「潘」。韓詩作「繁」。釋文。古今人表作「司徒皮」。説詳惠氏九經古義。

家伯維宰

顧亭林詩本音曰：「今本誤作『冢宰』，依唐石經及國子監注疏本改正。按：鄭康成周禮注引詩：『家伯維宰。』宋史趙師民傳引詩：『家伯維宰。』」玉裁按：古今人表「大宰家伯」，今本「家」字譌「冢」，而惠氏九經古義據之，其誤不可不辨。

仲允膳夫

古今人表有「膳夫中術」。師古曰：「即所謂『中允膳夫』也。」

豔妻煽方處

正義曰：「中候擿雒貳云：『剡者配姬以放賢。』『剡』、『豔』，古今字耳。以『剡』對『姬』，『剡』爲其姓。以此知非褒姒也。」說文：「傓，熾盛也。从人，扇聲。詩曰：『豔妻傓方處。』」漢書谷永傳曰：「昔褒姒用國，宗周以喪，閻妻驕扇，日以不臧。」師古曰：「閻，嬖寵之族也。扇，熾也。臧，善也。魯詩小雅十月之交篇曰：『此日而食，于何不臧？』又曰：『閻妻扇方處。』言厲王無道，内寵熾盛，政化失理，故致災異，日爲之食，爲不善也。」

抑此皇父

鄭箋曰：「抑之言噫。」

黽勉從事

劉向上災異封事引詩：「蜜勿從事。」玉裁按：蜜勿，爾雅作「蠠没」。古「勿」字亦讀如没。「蜜」、「蠠」同。字今作「密勿」，非也。潘岳詩：「僶俛恭朝命。」注引毛詩：「僶俛從事。」玉裁按：五經文字曰：「僶，莫尹反。」「僶勉」之「僶」，字書無此字，經典或借「黽」字爲之。經典釋文曰：「黽，本亦作『僶』，莫尹反。」然則舊本多作「僶」，今人只依開成石經作「黽勉」耳。

讒口嚻嚻

釋文曰：「韓詩作『謷謷』。」劉向上災異封事引詩：「讒口謷謷。」

噂

説文人部：「僔，聚也。从人，尊聲。詩曰：『僔沓背憎。』」又，口部引：「噂沓背憎。」唐石經誤作「蹲」，又于石上改正。

沓

本又作「嗒」。

悠悠我里

爾雅：「悝，憂也。」郭注云：「詩曰：『悠悠我悝。』」爾雅：「痙，病也。」郭注云：「見詩。」玉篇引詩：「悠悠我痙。」玉裁按：毛傳：「里，病也。」鄭箋云：「里，居也。」釋文所引極明。

但依爾雅「瘇，病也」，郭云「見詩」，則毛詩本作「瘇」。後因鄭箋改作「里」，併改傳「病」字爲「居」字。鄭箋自是易字，而景純注「悝，憂也」，又引「悠悠我悝」，是一人所見本復不同耳。

雨無正七章，二章章十句，二章章八句，三章章六句。

昊天疾威

陸德明釋文作「旻天」，曰：「本有作『昊天』者，非也。」正義曰：「上有『昊天』，明此亦『昊天』。定本皆作『昊天』，俗本作『旻』，誤也。」詩本音曰：「今本作『旻天』，鄭氏箋作『昊天』。」按：此章上文及下章皆云『昊天』，則作『昊』爲是。其作『旻』者，因大雅召旻之文而誤也。唐石經依鄭作『昊』。」玉裁按：小旻、召旻皆有『旻天疾威』之句。爾雅曰：「春爲蒼天，夏爲昊天，秋爲旻天，冬爲上天。」毛公曰：「尊而君之，則稱皇天；元气廣大，則稱昊天；仁覆閔下，則稱旻天；自上降鑒，則稱上天；據遠視之蒼蒼然，則稱蒼天。」毛説盛於爾雅。昊天言其大，故曰「浩浩」；旻天言其仁，故曰「疾威」，疾其以刑罰威恐天下也。言各有當，作「旻天疾威」者是。鄭箋：「王既不駿昊天之德，今旻天又疾其政，以刑罰威恐天下。」

淪胥以鋪

漢書敘傳曰：「嗚呼，史遷薰胥以刑。」晉灼曰：「齊、魯、韓詩作『薰』。薰，帥也。從人得罪相坐之刑也。」師古曰：「雨無正『淪胥以鋪』，韓詩『淪』字作『薰』。」後漢書蔡邕傳：「下獲熏胥之辜。」太子賢注曰：「詩小雅：『若此無罪，熏胥以痡〔二〕。』熏，帥也。胥，相也。痡，病也。言此無罪之人，而使有罪者相帥而病之，是其大甚。見韓詩。」玉裁按：毛傳：「淪，率也。」與韓義同而字異。鄭箋：「鋪，徧也。」韓作「痡，病也」，則義、字皆異。「淪」、「熏」之爲「率」者，於音求之。

莫肯用誶

詩本音曰：「徐邈音息悴反。按：此當作『誶』，與墓門同。」

聽言則答

顧亭林曰：「新序、漢書皆作『聽言則對』。」玉裁按：「對」在十五部，「答」在第七部。古借「答」爲「對」，異部假借也。論語多作「對」，孟子多作「答」，詩、書以「答」爲「對」，皆屬漢後所改。如「聽言則答」，新序、漢書作「對」，尚書「奉答天命」，伏生大傳作「對」，可徵也。

維曰于仕

毛傳：「于，往也。」鄭箋云：「往仕乎。」今各本皆誤作「予仕」。

鼠思

朱子曰：「猶言癙憂也。」玉裁按：爾雅釋文曰：「癙，詩作『鼠』。」

小旻六章，三章章八句，三章章七句。

謀猶回遹

幽通賦：「叛回穴其若兹兮〔三〕。」曹大家注：「回，邪。穴，僻也。韓詩曰：『謀猷回穴。』」釋文：「韓詩作『馭』。」西征賦：「事回泬而好還。」注引韓詩：「謀猷回泬。」

潝潝訿訿

劉向上災異封事引詩：「歙歙訿訿。」說文曰：「呰，不思稱意也。詩曰：『翕翕呰呰。』」爾雅：「翕翕訿訿，莫供職也。」

伊于胡底〔四〕

詩本音作「厎」，古無此字。

是用不集

朱子曰：「韓詩：『是用不就。』」左氏傳引詩亦作「集」。玉裁作詩經韵表，以「集」讀「就」爲合韵。東原先生與書曰，江慎修先生以「厭」、「集」爲韵，可從也。

民雖靡膴

陸德明釋文曰：「韓詩作『民雖靡腜』。」鄭箋：「膴，法也。」蓋以爲「模」字假借。

如彼泉流

顧亭林曰：「今本誤作『流泉』，依唐石經及國子監注疏本改正。」

馮河

說文：「淜，無舟渡河也。从水，朋聲。」「馮，馬行疾也。从馬，仌聲。」玉裁按：「馮河」當作「淜河」，字之假借也。說文「巟」下引易，用「馮河」。

小宛六章，章六句。

翰飛戾天

西都賦：「砮厲天。」注引韓詩：「翰飛厲天。」薛君曰：「厲，附也。」玉裁按：厲天，猶俗云「摩天」。

螟蛉有子，蜾蠃負之

說文：「螟蠕，桑蟲也。」「蠣蠃，蒲盧。細要土蠭也。天地之性，細要純雄無子。詩曰：『螟蠕有子，蠣蠃負之。』蠣，或作『蜾』。」

填寡

韓詩作「疹」，苦也。釋文。

宜岸

說文：「豻，胡地野狗。或作『犴』。詩曰：『宜犴宜獄。』」釋文曰：「岸，如字。韋昭注漢書同。韓詩作『犴』，曰：『鄉亭之繫曰犴，朝廷曰獄。』」廣韻：「犴，獄也。」後漢書皇后紀：「圄犴之下。」李善注引毛詩：「宜犴宜獄。」「毛」，當作「韓」。

小弁八章，章八句。

弁

漢書杜欽傳：「小卞之作。」玉裁按：古無「卞」字，「弁」之隸變也。凡弁聲、反聲之字多省从「卞」。

鷽斯

說文作「鸒」。爾雅：「鷽斯，鵯鶋。」釋文曰：「斯，本多無此字。」案：「斯」是詩人協句之言，後人因將添此字也，而俗本遂斯旁作鳥，謬甚。詩正義：「斯，語辭。」以劉孝標之博學，而類苑鳥部列「鷽斯」一類，是不精也。

提提

說文：「翍，翼也。或作『翄』。」玉裁按：左思魏都賦：「翄翄精衞。」翄翄，飛皃，即「提提」也。

惄焉如擣

釋文：「擣，本或作『㿒』，同。韓詩作『疛』。」說文：「疛，小腹痛也。」與毛傳「心疾也」相近。楊用修引易林「心春」釋之，非也。

屬毛罹裏

趙宧光：「『毛』作『表』，『罹』作『務』。」臆說不可從。

鳴蜩嘒嘒

爾雅：「儵儵、嘒嘒，罹禍毒也。」郭注：「悼王道穢塞，羨蟬鳴自得，傷己失所，遭讒賊。」釋文云：「儵，樊本作『攸』。」

伎伎

釋文：「亦作『跂』。」

雊

夏小正：「雉震呴。」傳曰：「呴也者，鳴也。震也者，鼓其翼也。」初學記引之。殷本紀：「雉登鼎耳而呴。」正義引詩：「雉之朝呴。」

譬彼壞木

爾雅：「瘣木，苻婁。」郭注：「謂木病尫傴癭腫，無枝條。」説文：「瘣，病也。从疒，鬼聲。詩曰：『譬彼瘣木。』」爾雅釋文曰：「樊光引詩云：『譬彼瘣木，疾用無枝。』」

尚或墐之

説文：「殣，道中死人，人所覆也。从歺，堇聲。詩：『行有死人，尚或殣之。』」玉裁按：左氏傳曰「道殣」，毛詩作「墐」。墐，塗也，字之假借。

杝

詩本音譌爲「扡」。

巧言六章，章八句。

亂如此幠

爾雅釋詁：「幠，大也。」「幠，有也。」方言：「幠，大也。」説文：「幠，覆也。」斯干鄭箋：「幠，覆也。」玉裁按：此篇毛傳「幠，大也」，字从巾，無聲。「幠」爲大，亦爲有，郭氏爾雅注引「遂幠大東」是也；亦爲覆，鄭箋以「君子攸芋」爲「君子攸幠」是也：三義實相通。斯干正義引「亂如此幠」，郭氏爾雅注引「亂如此幠」，唐石經及今本作「憮」，不攷之過也。爾雅釋言：「幠，傲也。」亦與「大」義相近。投壺篇「毋幠毋敖」，此篇鄭箋易傳曰「幠，敖也」，鄭亦作「幠」。後人

「憮」多誤「憮」：方言「憮，大也」，誤作「憮」；又，漢書「君子之道，焉可憮也」，憮，同也，正與「大」義、「覆」義相近，今亦誤作「憮」。爾雅：「憮，撫也。」説文：「憮，愛也。」字从心，不得與「憮」溷。憮，火吴反。憮，亡甫反。

僭始既涵

毛傳：「僭，數也。」蓋以爲「譖」字。

躍躍毚兔

史記春申君列傳：「詩云：『趯趯毚兔，遇犬獲之。』」注引韓嬰章句當云「韓詩章句」：曰「趯趯，往來皃。獲，得也。言趯趯之毚兔，謂狡兔數往來逃匿其迹，有時遇犬得之。」

居河之麋

爾雅：「水草交爲湄。」郭注：「詩曰：『居河之湄。』」釋文：「湄，本或作『溜』、『瀶』、『溦』、『瀿』四字。」玉裁按：蒹葭曰：「在水之湄。」

無拳無勇

説文：「捲，气勢也。从手，卷聲。國語曰：『有捲勇。』」按：今本國語：「子之鄉有拳勇。」說文：「奰，大皃。或曰：拳勇字。」

既微且尰

爾雅釋文：「微，字書作『癥』。尰，本或作『𡰝』，竝籀文『瘇』字也。」說文：「瘇，脛气足腫。从疒，童聲。詩曰：『既微且瘇。』籀作『𡰝』。」

何人斯八章，章六句。

我心易也

韓詩：「我心施也。施，善也。」見詩釋文。

篪

說文：「𪛖，或作『篪』。」

靦

玉篇曰：「靦，姡也。」埤蒼作『䩄』，字書亦作『𩈶』。」

巷伯七章，四章章四句，一章五句，一章八句，一章六句。

萋兮斐兮

說文：「緀，白文皃。詩曰：『緀兮斐兮。』」

哆兮侈兮

説文「誃」字注引詩：「侈兮哆兮。」王伯厚詩攷引之，而作「誃兮哆兮」，其所據本「侈」譌作「誃」也。又引崔靈恩集注本作「侈兮哆兮」。然則毛詩古本上「侈」下「哆」，唐後乃倒易之。或云毛傳、鄭箋皆言因箕星之哆而侈大之，似今本爲是。玉裁謂：傳、箋釋其義耳。經文謂所侈大者，乃其本哆口者也，侈大之而成是南箕矣。文意如此。又按：因箕星之哆而侈大之，此自鄭説，非毛説也。詩「緀」、「斐」、「哆」、「侈」皆一句中用韵，「緀斐」爲重字，則「哆侈」亦重字也。毛傳當云「哆侈，大皃」，猶上章云「萋斐，文章相錯也」。又云「哆侈之言是必有因也」云云，此釋「成是南箕」，亦即釋「成是貝錦」也。轉寫改竄，遂不可讀。説文今本譌舛。崔氏集注出於讀詩記者，恐未可信，不必從上「侈」下「哆」之本也。壬子七月，閱臧氏琳經義襍記，因爲定説如此。小徐説文本作：「一曰：若詩云『侈兮』之『侈』，同。」爾雅：「誃，離也。」郭注：「誃，見詩。」邢疏云：「即『侈兮』之異文。」玉裁按：當爲「哆兮」之異文。古「哆」、「誃」同音也。

緝緝翩翩

説文：「咠，聶語也。从口，从耳。」「聶，附耳私小語也。」「詩曰：『咠咠幡幡。』」玉裁按：「咠咠」者，「緝緝」之異文。「幡幡」二字，當云「翩翩」，而誤舉下章之「幡幡」，猶引生民「或舂或舀」，而誤云「或簸或舀」也。

驕人好好

爾雅："旭旭、蹻蹻，憍也。" 玉裁按："蹻蹻"，釋板之"小子蹻蹻"也。"旭旭"，詩無其文，郭音呼老反，是爲毛詩"好好"之異文無疑。攷詩匏有苦葉釋文引説文："旭，讀若好。"今俗本説文"讀若勖"，蓋後人臆改。

取彼譖人

緇衣篇鄭注引"取彼讒人"，釋文云："本又依詩作『譖人』。"

作而作詩

釋文曰："作爲此詩，一本云『作爲作詩』。" 玉裁按："爲"字誤，當是"一本云『作而作詩』也。正義曰："當云『作而賦詩』。定本云『作爲此詩』。" 玉裁按：據此則孔氏正義原是『作而作詩』也。正義又曰："定本箋有『作，起也』、『作，爲也』二訓，自與經相乖。" 玉裁按：經文"作而作詩"，"起也"釋弟一"作"字，"爲也"釋弟二"作"字，故下云"孟子起而爲此詩"。定本既改云"作爲此詩"，而猶存此箋，可攷正義依古本"作而作詩"，乃删"作爲也"三字，誤矣。此句一譌"作爲作詩"，再改"作爲此詩"。凡一句内，字同義異，爲注以分别之。如"昔育恐育鞫"，鄭箋云："'昔育'者〔五〕，'育稚也'；'育鞫'之'育'，則從毛傳'長也'之訓。巷伯此句正類此。其他如"于以采蘩，于沼于沚"，毛傳："蘩，皤蒿也。于，於也。"分别"于沼"之"于"不同「于以」之「于」，訓往。

【校勘記】

〔一〕采菽傳　「菽」，底本誤作「叔」，據文義及毛傳改。

〔二〕熏胥以痡　「熏」，後漢書注作「勳」。後「熏帥也」同。

〔三〕叛回穴其若兹兮　「回」，文選作「迴」。下「回邪」、「回穴」同。

〔四〕伊于胡底　「于」，底本誤作「子」，據文義改。

〔五〕昔育者　「者」，底本誤作「之」，據毛詩正義改。

詩經小學卷二十

金壇段玉裁撰

谷風之什

蓼莪六章，四章章四句，二章章八句。

莪

洪适隸釋曰：「周禮注云：『「儀」、「義」二字，古皆音俄。』」愚按：漢孔耽神祠碑：「竭凱風以惆慘，惟蓼儀以愴悢。」平都相蔣君碑：「感慕詩人，蓼蓼者儀。」竝以「儀」爲「莪」。衛尉卿衡方碑：「感衛人之凱風，悼蓼義之劬勞。」司隸校尉魯峻碑：「悲蓼義之不報，痛昊天之靡嘉。」竝以「義」爲「莪」。　玉裁按：此古「義」、「儀」字讀如俄之證。

缾之罄矣

說文：「窒，空也。从穴，𡉏聲。詩曰：『瓶之窒矣。』」

拊我畜我

東原先生云:「畜,當爲『慉』。」説文:「慉,起也。」此詩鄭箋云「畜,起也」,明是易「畜」爲「慉」。

大東七章,章八句。

周道如砥

孟子引詩:「周道如厎。」玉裁按:説文:「厎,柔石也。或作『砥』。」王逸招魂注引詩「其平如砥」,誤也。

杼軸

釋文曰:「柚,本又作『軸』。」玉裁按:機軸似車軸,故同名。「柚」是「橘柚」字,因「杼」字从木,而改「軸」亦从木,非也。

佻佻公子,行彼周行

王逸九歎注引詩:「苕苕公子,行彼周道。」李善魏都賦注引爾雅:「嬥嬥、契契,愈遐急也。」廣韵上聲二十九篠曰:「嬥嬥,往來皃。韓詩云:『嬥歌,巴人歌也。』」

氿泉

爾雅:「氿泉穴出。穴出,仄出也。」説文:「厬,仄出泉也。从厂,晷聲。」玉裁按:爾雅以仄出泉爲氿，説文以水厓枯土爲氿；爾雅以水醮爲厬，説文以仄出泉爲厬：是「氿」、「厬」二字，爾雅與説文互易其訓也。

穫薪

鄭箋：「穫，落木名。」釋文曰：「依鄭，則宜作木旁。」玉裁按：穫，木名，同「檴」。見説文。

哀我憚人

爾雅：「癉，勞也。」郭注引詩：「哀我癉人。」釋文曰：「癉，或作『憚』。」

舟人之子，熊羆是裘

鄭箋：「舟，當作『周』；裘，當作『求』：聲相近故也。」

鞙鞙佩璲

爾雅：「皋皋、琄琄，刺素食也。」釋文：「亦作『鞙』，或作『贙』。」

跂彼織女

説文：「𢻫，頃也。从匕，支聲。匕，頭頃也。詩曰：『𢻫彼織女。』」

不可以服箱

李善思玄賦注引詩：「睆彼牽牛，不可以服箱。」與下文「不可以簸揚」、「不可以挹酒漿」句法一例。鄭箋云：「以，用也。不可用於牝服之箱。」爲下文二「不可以」舉例也。今各本脱「可」字。

東有啟明

爾雅：「明星謂之启明。」困學紀聞曰：「大戴禮四代篇引詩云：『東有開明。』避漢景帝諱也。」

西有長庚

毛傳：「庚，續也。」玉裁按：孔沖遠尚書疏曰：「詩云：『西有長賡。』毛傳以『賡』爲續。」「賡」、「庚」同音，而説文云：「賡，古文『續』。」以爲即「續」字，未詳。

四月八章，章四句。

徂暑

毛曰：「徂，往也。」鄭曰：「徂〔一〕，始也〔二〕。」按：鄭蓋易爲「祖」字。爾雅曰：「祖，始也。」今文尚書曰：「黎民祖飢。」

百卉具腓〔三〕

爾雅：「痱，病也。」郭注：「見詩。」文選謝靈運戲馬臺詩李善注曰：「韓詩曰：『百卉具腓。』薛君曰：『腓，變也。』毛萇曰：『痱，病也。』今本作『腓』字，非。」玉裁按：據善注，則毛詩本作「痱」；韓作「腓」，爲假借字。今毛詩本誤從韓，作「腓」，非也。

亂離瘼矣

潘岳關中詩：「亂離斯瘼，日月其稔。」李善注曰：「言亂離之道於此將散。韓詩曰：『亂離斯莫，爰其適歸。』薛君曰：『莫，散也。』毛詩曰：『亂離瘼矣。』毛萇曰：『瘼，病也。』今此既引韓詩，宜爲『莫』字。」玉裁按：趙元叔刺世疾邪賦曰：「原斯瘼之攸興，實執政之匪賢。」説苑曰：「詩不云乎：『亂離斯瘼，爰其適歸。』此傷離散以爲亂者也。」説苑與薛君合，蓋韓詩作「斯莫」，亦有作「斯瘼」者耳。

奚其適歸

朱子集傳曰：「家語作『奚』。」顧亭林曰：「古本竝作『爰』。左氏宣十二年傳引此，亦作『爰』。杜氏注：『爰，於也。言禍亂憂病於何所歸乎。』」朱子依家語改作「奚」。常璩華陽國志引：「亂離瘼矣，奚其適歸。」疑三家詩有作「奚」者。

廢爲殘賊

毛傳：「廢，大也。」本釋詁文。郭注爾雅引「廢爲殘賊」，正用毛義。鄭箋云「言大於惡」，申毛而非易毛也。陸德明本作「忕也」，云：「一本作『廢，大也』。」此是王肅義，未之深察矣。

匪鶉匪鳶

説文：「䲨，雕也。从鳥，敦聲。詩曰：『匪䲨匪鳶。』」玉裁按：今毛詩「鶉」爲「鷻」之譌，

「鳶」爲「鳶」之譌。説文無「鴡」字，「鳶」即「鴡」也。集韵以「鳶」爲古「鴡」字，今「鳶」譌爲「鳶」，又譌入二仙。其誤已久，如曹子建名都篇已讀如今音。

北山六章，三章章六句，三章章四句。

四牡彭彭

説文：「騯，馬盛也。从馬，旁聲。詩曰：『四牡騯騯。』」説文又引詩「四牡駫駫」也。

或盡瘁事國

漢書五行志引詩：「或盡顇事國。」左氏傳昭八年引詩：「或燕燕居息，或憔悴事國。」

慘慘

釋文曰：「亦作『懆』。」玉裁按：作「懆」是也。

偃仰

釋文云：「卬，本又作『仰』。」

無將大車三章，章四句。

祇自疷兮

唐石經作「疷」，與白華「疷」字皆明畫。　玉裁按：爾雅釋詁篇：「疷，病也。」説文：「疷，病也。从疒，氏聲。」詩經三用此字爲韵：小雅白華與「卑」韵，毛傳云：「疷，病也。」何人斯「祇」與「易」、「知」、「篪」、「知」、「斯」韵。毛傳云：「祇，病也。」此皆弟十六部，本音。何人斯借「地祇」字爲之，於六書爲假借。若無將大車之「疷」，毛傳亦云「病也」，而與弟十二部之「塵」韵，讀若真。此古合韵之例。宋劉彝妄謂當作「⿸疒民」，音民。攷爾雅、説文、五經文字、玉篇、廣韵皆無「⿸疒民」字，集韵始有「⿸疒民」字，非古。元戴侗謂即「痻」字之省，不知「痻」从疒，昏聲，昏聲在十三部，民聲在十二部。桑柔「痻」與「慇」、「辰」韵，不得與「塵」韵也。説文云：「昏，从日，从氏省。氏者，下也。一曰：民聲。」按：「昏」从氏省，爲會意字，非民聲。「痻」字昏聲，不得省爲「⿸疒民」也。唐人避廟諱，「愍」作「⿱⿰氏攵心」、「珉」作「⿰王氏」、「泯」作「汦」、「蟁」作「⿱氏䖵」。顧炎武以唐石經「祇自疷兮」爲諱「民」減畫作「氏」之字，由不知古合韵之例，而附會從劉彝臆説，以求得其韵，猶匏有苦葉之改「軓」爲「軌」，以韵「牡」也。　張衡賦：「思百憂以自疢。」　玉裁按：「疢」與「疷」音近。　禮記：「眕於鬼神。」鄭注：「眕，或爲『祇』也。」又，説文：「觗，一作『⿰角𠂢』。」又，古「狋氏」讀如「權精」。於此可求合韵之理。　顧亭林曰：「或作『疷』，誤。」　玉裁按：釋文：「都禮反。」是唐初誤作「疷」也。

小明五章，三章章十二句，二章章六句。

睠睠懷顧

王逸九歎注引詩：「眷眷懷顧。」

日月方奧

爾雅：「燠，煖也。」説文無「燠」字。

心之憂矣，自詒伊慼

雄雉篇正義曰：「箋以宣二年左傳趙宣子曰：『嗚呼！我之懷矣，自詒伊慼。』小明云『自詒伊慼』，爲義既同，明『伊』有義爲『緊』者，故此及蒹葭、東山、白駒各以『伊』爲『緊』。小明不易者，以『伊慼』之文與傳正同爲『緊』。可知此云『自詒伊阻』、小明云『心之憂矣』，宣子所引竝與此不同者，杜預云『逸詩也』，故文與此異。」　玉裁詳此正義正謂左傳「自詒緊慼」，字作「緊」；詩小明「自詒伊慼」，字作「伊」。鄭箋於此得其例，知古假「伊」爲「緊」。是以蒹葭、東山、雄雉、白駒皆易「伊」爲「緊」也。今本正義譌誤，致不可通，而左傳「自詒緊慼」，俗本又改爲「伊慼」，蓋古書未有不校而可讀者。

鼓鐘四章，章五句。

懷允不忘

明馬應龍本作「永懷不忘」，誤。

伐鼛

攷工記作「臯鼓」。

憂心且妯

説文：「怞，朖也。詩曰：『憂心且怞。』」

以雅以南

毛傳：「東夷之樂曰昧，南夷之樂曰南，西夷之樂曰朱離，北夷之樂曰禁。」玉裁按：明堂位曰：「任，南蠻之樂也。」古「任」、「南」同音通用。後漢書陳禪傳曰：「古者，合歡之樂舞於堂，四夷之樂陳於門，故詩云：『以雅以南，韎任朱離。』」章懷注曰：「毛詩無『韎任朱離』之文，蓋見齊、魯之詩也。」玉裁按：「韎任朱離」，自見毛詩傳。陳禪合經傳以證四夷之樂，而不知「南」、「任」一也。章懷偶未省照耳。

楚茨六章，章十二句。

楚楚者茨

鄭康成注玉藻「趨以采齊」，當爲「楚薺」之「薺」。吕祖謙曰：「當康成之世，字作『薺』。」玉裁按：説文：「薺，蒺藜也。」引詩「牆有薺」。今毛詩亦作「牆有茨」。王逸注離騷引詩「楚楚者薋」，誤也。説文：「薋，艸多皃。」玉裁按：古所云「采薺」，疑即「楚茨」。「采」、「楚」，異部而音近也。

我蓺黍稷

説文：「埶，穜也。从坴、丮。持而穜之。詩曰：『我埶黍稷。』」玉裁按：説文無「蓺」字。

我黍與與

釋文：「與，音餘。」玉裁按：張平子南都賦：「其原野則有桑桼麻苧，菽麥稷黍。百穀蕃廡，翼翼與與。」然則漢人讀上聲也。

我稷翼翼

廣韵：「䅬，黍稷蕃蕪皃。亦作『翼』。」

億

説文：「億〔四〕，安也。从人，意聲〔五〕。」「意，滿也。一曰：十萬曰意。从心，啻聲。」洪适隸釋所載泰山都尉孔宙碑、樊毅修華嶽碑、司隸校尉魯峻碑並書「億」作「啻」，巴郡太守張納碑書「億」作「意」，小黄門譙敏碑書「億」作「僮」。玉裁按：當从説文，以「意」爲「億兆」正字。

以享以祀

今俗本「享」誤作「饗」。

祝祭于祊

説文：「鬃〔六〕，門内祭，先祖所以徬徨也。从示，彭聲。詩曰：『祝祭于鬃。』或作『祊』。」

先祖是皇

鄭箋：「皇，暀也。」

莫莫

爾雅釋詁篇：「嗼，定也。」郭注曰：「見詩。」釋文：「嗼，本亦作『莫』。」

交錯

毛傳：「東西爲交，邪行爲錯。」説文作「这遣」。經典中用「錯」字，多屬假借。「獻酬交錯」應作「这遣」，「可以攻錯」應作「攻厝」，「錯綜其數」應作「縒綜」，「舉直錯枉」應作「舉措」〔七〕。攷説文：「遣，这遣也。」「厝，厲石也。」「縒，參縒也。」廣韵：「縒，倉各切。縒綜，亂也。」「措，置也。」「錯，金涂也。」「何以報之金錯刀」，乃「錯」字本義。

酢

説文：「酢，醶也。从酉，乍聲。」「醋，客酌主人也。从酉，昔聲。」玉裁按：今俗所用，與説文互異。儀禮「酬醋」字作「醋」。漢人注經云「味酢」者，皆謂酸也。

熯

玉裁按：毛傳：「熯，敬也。」本諸釋詁。但「熯」字本義是乾皃，非敬。説文曰：「戁，敬也。」則此「熯」字，是「戁」字之假借，音而善反。長發傳曰：「戁，恐也。」各隨其立辭釋之，敬者必恐懼。

苾芬孝祀

韓詩：「馥芬孝祀。」薛君曰：「馥，香皃也。」見李善蘇武詩注。

如幾

「薄送我畿」，正義曰：「畿者，期限之名。周禮『九畿』及『王畿千里』，皆期限之義，故楚茨傳曰：『畿，期也。』」玉裁按：據此，當作「如畿如式」。

既齊既稷

鄭箋：「稷之言即也。」

既匡

鄭箋作「筐」，匪。

既敕

唐石經及舊本皆作「勑」，今作「勅」。廣韻：「敕，誡也。『勅』同。今相承作『勑』。勑，本音賚。」玉裁按：說文：「敕，誡也。」「勑，勞勑也。」

鐘鼓送尸

今本多作「鼓鐘」。攷「鼓鐘將將」、「鼓鐘伐鼛」，傳云：「鼓其淫樂。」正義云：「鼓擊其鐘。」白華「鼓鐘于宮」，正義亦云：「鼓擊其鐘。」此詩上文曰「鐘鼓既戒」，此不應變文。宋書禮志四兩引皆曰：「鐘鼓送尸。」正義云：「鳴鐘鼓以送尸。」是唐初不作「鼓鐘」，而開成石經誤本流傳至今也。

神保聿歸

宋書樂志一引「神保遹歸」，又引注：「歸於天地也。」今本鄭箋「歸於天也」，無「地」字。

稽首

說文作「䭫」。

信南山六章，章六句。

維禹甸之

韓詩：「維禹敶之。」見顔師古注急就章。　周官經稍人注：「丘，乘。四丘爲甸。甸，讀與『維禹敶之』之『敶』同〔八〕。」

畇畇原隰

爾雅釋文曰：「畇，本或作『⿰田旬』。」　鄭注周禮引：「⿱𤇾田⿱𤇾田原隰。」見地官均人注。

霡

說文作「霢」。

既優既渥

說文：「瀀，澤多也。从水，憂聲。詩曰：『既瀀既渥。』」

既霑既足

玉裁按：當作「沾」。鄭司農注攷工記曰：「腛，讀如『沾渥』之『渥』。」又，漢曹全碑：「鄉明治，惠沾渥。」說文：「沾，沾益也。」　說文：「浞，濡也。」　玉裁按：信南山疑當作「既沾既浞」。

彧彧

説文：「戫，有文章也。从有，𡿧聲。」「𡿧，水流也。从川，或聲。」玉裁按：毛詩假「彧」爲「戫」，隸省「𡿧」爲「彧」。廣韵：「稶稶，黍稷盛皃。」

騂

説文無。

取其血膋

説文：「膫，牛腸脂也。从肉，尞聲。詩曰：『取其血膫。』膫，或作『膋』，从肉，勞省聲。」

苾苾芬芬

以楚茨推之，此句韓詩當作「馥馥芬芬」。

先祖是皇

鄭箋：「皇之言暀也。」

【校勘記】

〔一〕徂　「徂」，底本誤作「祖」，據四卷節録本及毛詩箋改。

〔三〕始也　「始」上，毛詩箋有「猶」字。

〔三〕百卉具痱　「痱」，底本誤作「厞」，據四卷節録本改。

〔四〕億　「億」，説文同，四卷節録本作「𢡃」。

〔五〕𡆟聲　「𡆟」，底本誤作「啚」，據四卷節録本及説文改。

〔六〕鬃　「鬃」，底本誤作「䰌」，據説文解字改。下「祝祭于鬃」同。

〔七〕舉直錯枉應作舉措　「枉」，底本誤作「往」，據四卷節録本及論語改。

〔八〕讀與維禹敶之之敶同　「與」，底本誤作「如」，據周禮注疏改。

詩經小學卷二十一

金壇段玉裁撰

甫田之什

甫田四章，章十句。

倬彼甫田

釋文：「倬，韓詩作『菿「箌」誤』，云：『菿，卓也。』」爾雅：「菿，大也。」説文：「菿，艸大也。俗本誤作「艸木倒」。从艸，到聲。」玉裁按：韓詩「菿彼甫田」，詩釋文及爾雅疏引之。俗本爾雅「菿」誤作「菿」，又誤作「箌」。俗本説文又譌作「菆」。

耘

説文：「䅏，除苗閒穢也。或从芸作『耘』。」

耔

說文作「秄」。

黍稷薿薿

漢書食貨志：「黍稷儗儗。」說文引詩：「黍稷薿薿。」

以我齊明

說文：「齍，黍稷在器以祀者。」五經文字：「齍，或作『粢』，同。禮記及諸經皆借「齊」字爲之。」玉裁按：此詩釋文云：「本又作『齍』。」是正字。

田畯至喜，攘其左右

鄭箋：「喜，當爲『饎』。攘，當爲『饟』。」

大田四章，二章章八句，二章章九句。

覃耜

張衡東京賦作「剡耜」。說文：「剡，鋭利也。」亦是假借「覃」爲「剡」。

俶載南畝

鄭箋：「俶，讀爲熾。載，讀爲『菑栗』之『菑』。民以利耜熾菑發所受之地。」玉裁按：管子：「春有以剚耕，夏有以剚耘。」「剚」、「菑」同也。

稂

説文曰：「禾粟之莠作「采」，誤，生而不成者，謂之童作「蕫」，誤。」「蓈，或作『稂』。」

螟螣、蟊賊

釋文：「螣，字亦作『蚮』，説文作『蟘』。蟊，本又作『蛑』。」説文：「蟘，蟲食苗葉者。吏乞貸則生蟘。从虫，从貸，貸亦聲。詩曰：『去其螟蟘。』」爾雅：「食苗心，螟；食葉，蚮；食節，蠈；食根，蟊。」釋文：「蚮，又作『蟘』。蠈，本今作『賊』。蟊，本亦作『蛑』，説文作『𧕢』。」玉裁按：「螣」，本「螣蛇」字，在弟六部，借爲弟一部「螟蟘」之「蟘」。此異部假借，猶「登來」之爲「得來」也。説文：「蟊，蠿蟊也。从虫，矛聲。」「𧕢，蟲食草根者。从蟲，矛象其形。吏抵冒取民財則生。」徐鍇曰：「此字象形，不從矛，書者多誤。」五經文字作「蟘」，今本説文作「蟘」，誤也。

秉畀炎火

釋文：「韓詩『秉』作『卜』。卜，報也。」玉裁按：卜畀，猶俗言「付與」也。爾雅：「卜，予也。」

有渰淒淒，興雲祁祁

釋文曰：「渰，漢書作『黤』。」呂氏春秋：「有晻淒淒。」説文：「淒，雲雨起也。从水，妻聲。詩曰：『有渰淒淒。』」　玉篇：「淒，寒風雨極也。渰，雲雨皃。詩云：『有渰淒淒。』」　廣韵：「渰，雲雨皃。詩云：『有渰淒淒。』」　毛傳：「渰，陰雲皃。淒淒，雲行皃。祁祁，徐也。」　玉裁按：毛傳不言「雨徐也」，可證「祁祁」言雲。　呂氏春秋：「興雲祁祁。」　漢書食貨志：「有渰淒淒，興雲祁祁。雨我公田，遂及我私。」　顔氏家訓曰：「『有渰萋萋，興雨祁祁。』毛傳云：『渰，陰雲皃。萋萋，雲行皃。祁祁，徐皃也。』箋云：『古者，陰陽和，風雨時，其來祁祁然，不暴疾也。』案：『渰』已是陰雲，何勞復云『興雲祁祁』耶？『雲』當爲『雨』，俗寫誤耳。班固靈臺賦云：『三光宣精，五行布序。習習祥風，祁祁甘雨。』此其證也。」　釋文：「興雨，如字。本或作『興雲』，非也。」　正義：「經『興雨』，或作『興雲』，誤也。定本作『興雨』。」　丹鉛録曰：「漢無極山碑：『興雲祁祁，雨我公田。』王介甫有雲之祁祁詩。」　明馬應龍、孫開校刻毛詩鄭箋本作「興雲祁祁」〔一〕。　玉裁按：詩人體物之工，於此二句可見。凡夏雨時行，始暴而後徐。其始陰气乍合，黑雲如鬈，淒風怒生，衝波掃葉，所謂「有渰淒淒」也。繼焉暴風稍定，白雲漫汗，彌布宇宙，雨脚如繩，所謂「興雲祁祁，雨我公田」也。「有渰淒淒」，言雲而風在其中；「興雲祁祁」，言雲而雨在其中。「雨」字分上、去聲，後儒俗説，古無是也。上句言「興雨」，下句言「雨我公田」，則無味矣。且古人雨不言「興」，如：「雲行雨施」、「天降時雨，山川出雲」、「油然作雲，霈然下雨」、「決渠降雨，荷鍤成雲」。易曰：「雲上於天。」傳曰：「著於上、見於下謂之雨。」素問曰：「地气上爲雲，天气下爲雨。」鵩鳥賦曰：「雲蒸雨降。」凡雨言降，凡雲言升。顔氏云「興雨」殊昧於古人文義。攷漢無極山碑「興雲祁祁，雨我公田」，吕氏春秋、漢書食貨志皆引詩「興雲祁祁」，韓奕曰「祁祁如雲」，宋王安石有雲之祁祁詩。詩采蘩、七月、出車、韓奕言「祁祁」，皆是衆盛、舒徐之義。「祁祁」可以言「雲」，不可言「雨」。陸德明、孔沖遠惑於顔氏之説。又，「有渰凄凄」譌爲「萋萋」，而詩人立言，摹繪之次第盡隱矣。「英英白雲，露彼菅茅」、「興雲祁祁，雨我公田」，其句法、字法正同。「雨我」之「雨」，必讀去聲，則「露彼」之「露」又將讀何聲耶？於此知「善善」、「惡惡」之類，皆俗儒分别而戾於古矣。

伊寡婦

依鄭氏箋例求之，此「伊」亦當作「緊」。緊，是也。

田畯至喜

鄭箋云：「喜，讀爲饎。」

裳裳者華四章，章六句。

裳裳者華

鄭箋：「裳裳，猶堂堂也。」

左之左之，君子宜之。右之右之，君子有之

東原先生嘗云：「當作『右之左之，左之右之』。」今按：先生集内敘劒篇引詩正如此。

桑扈四章，章四句。

樂胥

鄭箋：「胥，有才知之名。」玉裁按：周官：「胥十有二人。」注云：「胥，讀爲諝，謂其有才知，爲什長。」此詩亦讀爲諝也。説文曰：「諝，知也。」易「歸妹以須」之「須」，鄭亦讀爲諝。

受福不那

説文「儺」字注：「讀若詩『求福不儺』。」

兕觵其觩

説文：「觓，角皃。从角，丩聲。詩曰：『兕觵其觓。』」

頍弁三章，章十二句。

實維

此三章「實」字讀皆當爲「寔」。箋云：「實，猶是也。」正讀「實」爲「寔」也。小星箋：「寔，是也。」韓奕則先易其字，云「實，當爲『寔』」，而後云「寔，是也」。此不云「實，當爲『寔』」，而云「猶是也」，其理一也。

先集維霰

説文：「霰，稷雪也。或作『霓』。」爾雅：「雨霓爲霄雪。」郭注：「詩曰：『如彼雨雪，先集維霓。』霓，冰雪雜下者，謂之霄雪。」釋文：「霓，本或作『霰』、『霹』，同。」

樂酒今夕

大招：「以娱昔只。」王逸注：「昔，夜也。詩云：『樂酒今昔。』言可以終夜自娱樂也。」玉裁按：春秋「夜，恒星不見」，穀梁「夜」作「昔」，日入至於星出謂之昔。昔者，「夕」之假借字。夕，莫也。从月半見。「夜」與「夕」異時。「夜中星隕如雨」之「夜」，穀梁亦作「夜」，不作「昔」。王逸云：「昔，夜也。」未爲明審。

車舝五章，章六句。

高山仰止

説文：「卬，望，欲有所庶及也。从匕，从卪。詩曰：『高山卬止。』」禮記表記釋文：「仰止，本或作『仰之』。行止，詩作『行之』。」

以慰我心

釋文：「慰，怨也。於願反。王申爲怨恨之義。韓詩作『以愠我心』。愠，恚也。本或作『慰，安也』，是馬融義。馬昭、張融論之詳矣。」正義曰：「傳以慰爲安。箋言『慰除』，以憂除則心安，非是異於傳也。孫毓載毛傳云：『慰，怨也。』王肅云：『新昏，謂褒姒也。』大夫不遇賢女，而後徒見褒姒讒巧嫉妒，故其心怨恨。」徧檢今本，皆爲「慰，安」。凱風爲「安」，此當與之同矣。此詩五章，皆思賢女，無緣末句獨見褒姒爲恨，肅之所言，非傳旨矣。定本：「慰，安也。」

青蠅三章，章四句。

營營青蠅

説文：「謍，小聲。从言，熒省聲。詩曰：『謍謍青蠅。』」

止于樊

説文：「棥，藩也。从爻，从林。詩曰：『營營青蠅，止于棥。』」史記滑稽傳：「營營青蠅，止于蕃。愷悌君子，無聽讒言。讒言罔極，交亂四國。」

榛

説文作「亲」。蜀都賦作「槂」。

賓之初筵五章，章十四句。

殽核維旅

班固典引：「肴覈仁義。」蔡注：「肴覈，食也。肉曰肴，骨曰覈。詩云：『肴覈惟旅。』」鄭箋不同。　蜀都賦：「肴槅四陳。」

的

説文：「旳，明也。易曰：『爲旳顙。』」　廣韻曰：「的，説文作『旳』。」

賓載手仇

鄭箋：「仇，讀曰𣄣。」

僊僊

劉逵蜀都賦注引詩：「屢舞躚躚。」

威儀怭怭

説文：「佖，威儀也。从人，必聲。詩曰：『威儀佖佖。』」

側弁之俄

説文：「俄，行頃皃〔二〕。詩曰：『仄弁之俄。』」　廣韻上聲三十三哿：「䫱，側弁也。」

式勿從謂

鄭箋：「式，讀曰慝。」

匪由勿語

玩鄭箋，則「匪」字本作「勿」，後人妄改「勿由」爲「匪由」，與上「匪言勿言」成偶句耳。鄭箋云：「勿，猶無也。」此總釋「勿從謂」、「勿言」、「勿由」、「勿語」四「勿」字。又云：「俾，使。由，從也。武公見時人多說醉者之狀，或以取怨致讎，故爲設禁：醉者有過惡，女無就而謂之也，當防護之，無使顛仆，至於怠慢也。其所陳說，非所當說，無爲人說之也，亦無從而行之也，亦無以語人也，皆爲其聞之，將恚怒也。」「匪由」之本爲「勿由」，顯然。下「由醉」之言，箋云「女從行醉者之言，使女出無角之羖羊」，尤可證兩「由」字無二義，相承反覆戒之。古文奇奥，非可妄改，所當更正也。

【校勘記】

〔一〕明馬應龍孫開校刻毛詩鄭箋本作興雲祁祁　「祁祁」，馬應龍、孫開校刻毛詩鄭箋作「祈祈」。

〔二〕行頃兒　「行」，底本誤作「弁」，據說文解字改。又，段玉裁說文解字注以爲衍文。

詩經小學卷二十二

金壇段玉裁撰

魚藻之什

魚藻三章，章四句。

有頒其首

説文引同，而尚書「用宏兹賁」，正義曰：「傳云『宏、賁，皆大也』，釋詁文。樊光引周禮『其聲大而宏』，引詩『有賁其首』。樊所引，蓋三家詩與？」

有莘其尾

廣韻：「鮮，魚尾長也。詩曰：『有莘其尾。』字書作『鮮』。」

采菽五章，章八句。

衮

爾雅釋文：「衮，从衣，㕣聲。」

觱沸

説文「沸」字注：「畢沸濫泉。」廣韵：「滭沸，泉出皃。亦作『觱』，見詩。俗作『⿸厂⿱口水』。」玉裁按：司馬相如上林賦作「滭沸」，史記作「滭浡」。説文當有「滭」字，今佚。

檻泉

爾雅：「濫泉正出。正出，涌出也。」説文「濫」字注：「氾也。詩曰：『觱沸濫泉。』」

其旂淠淠，鸞聲嘒嘒

泮水：「其旂茷茷，鸞聲噦噦。」

平平左右

左氏傳襄十一年引詩曰：「樂只君子，殿天子之邦。樂只君子，福禄攸同。便蕃左右，亦是率從。」釋文：「韓詩作『便便』。」

天子葵之

郭注爾雅引詩：「天子揆之。」玉裁按：爾雅：「葵，揆也。」郭注正引詩：「天子葵之。」今本作「天子揆之」，誤也。

福禄膍之

韓詩：「福禄肶之。」説文：「膍，或作『肶』。」

角弓八章，章四句。

騂騂角弓

説文：「觲，用角低仰便也。从羊、牛、角。詩曰：『觲觲角弓。』」釋文曰：「説文作『弲』。」玉裁按：蓋唐時説文「弲」字注内引「弲弲角弓」，今本佚也。

民胥傚矣

左氏傳昭六年引詩：「民胥效矣。」説文無「傚」字。

如食宜饇

釋文：「宜，本作『儀』。注同。韓詩云：『儀，我也。』」

見晛曰消

韓詩：「曣晛聿消。」晛，詩本音誤作「睍」。釋文：「見晛，韓詩作『曣見』，云：『日出也。』」　玉裁按：説文：「暳，殅無雲也。」「晛，日見也。」劉向上災異封事引詩：「雨雪麃麃，見晛聿消。」師古注曰：「見，無雲也。晛，日气也。言雨雪之盛麃麃然，至於無雲，日气始出，而雨雪皆消釋矣。」「見」字不得訓爲無雲。依顔注，則劉向引詩經文「見」字作「暳」，正同韓詩。師古時不誤，後人妄改作「見」耳。韓詩云：「曣晛，日出也。」與説文「晛，日見也」正同。釋文當是作「曣晛」，今云作「曣見」，脱日旁，傳寫誤也。王伯厚詩攷引釋文正作「曣晛」。又按：荀卿非相引詩作「宴然聿消」，楊倞云：「宴然，當依詩作『見晛』，聲之誤也。」倞説非也。宴然，當作「晏曣」，轉寫之譌省耳。晏，同「曣」。曣，同「晛」。荀卿同韓詩也。廣雅釋詁三曰：「曣曣，煗也。」玉篇、廣韵皆云「晛」「曣」二形同。俗本荀子依詩，改「見晛」，而删注。宋本不誤。　釋文曰：「韓詩作『聿』。劉向同。」

莫肯下遺

鄭箋：「遺，讀曰隨。」

婁

鄭箋：「婁，斂也。」徐云：「鄭音樓。」爾雅：「裒、鳩、摟，聚也。」　荀子作「屢」。

髦

正義曰：「尚書：『庸、蜀、羌、髳。』彼『髳』此『髦』音義同也。」

菀柳三章，章六句。

上帝甚蹈

鄭箋：「蹈，讀曰悼。」玉裁按：檜傳：「悼，動也。」此傳「蹈，動也」，則是一字。鄭是申傳，非易傳也。戰國策：「詩曰：『上天甚神，無自瘵也。』」

無自瘵焉

鄭箋：「瘵，接也。」以爲「際」字假借。

都人士五章，章六句。

「彼都人士」首章

鄭注禮記緇衣篇云：「此詩毛氏有之，三家則亡。」孔穎達曰：「左氏傳引『行歸于周，萬民所望』，服虔曰：『逸詩也。都人士首章有之。』鄭注禮記亦云：『毛氏有之，三家則亡。』今韓詩實無此首章。」時三家列於學官，毛氏不得立，故服以爲逸。

謂之尹吉

鄭箋：「吉，讀爲姞。尹氏姞氏，周室昏姻之舊姓也。」

垂帶而厲

鄭箋：「而，如也。而厲，如鞶厲也。鞶必垂厲以爲飾。厲，當作『裂』。」内則鄭注：「鞶，小囊盛帨巾者。男用韋，女用繒。有飾緣之，則鞶裂與？詩云：『垂帶如厲。』紀子帛名裂繻，字雖今異，意實同也。」孔沖遠曰：「桓二年左傳作『鞶厲』，此云『鞶裂』，衹謂鞶囊裂帛爲之飾，故引詩『垂帶如厲』，以『厲』爲『裂』。又引紀子帛名裂繻以證之。」

采緑四章，章四句。

終朝采緑

見淇奥。

不盈一匊

顧氏誤分「匊」爲蕭尤之類，「臼」爲魚模之類，謂采緑本作「臼」〔一〕，「後人以其形近『井臼』之『臼』，改爲『匊』」。其説非是也。

薄言觀者

韓詩「觀」作「覩」。釋文。

隰桑四章，章四句。

遐不謂矣

禮記表記篇引詩：「瑕不謂矣。」

中心藏之

鄭箋：「臧，善也。」

白華八章，章四句。

英英白雲

潘岳射雉賦曰：「天泱泱而垂雲。」徐爰注曰：「泱，音英。」李善注曰：「毛詩：『英英白雲。』毛萇曰：『英英，白雲皃。』『泱』與『英』古字通。」釋文曰：「韓詩作『泱泱』。」廣韵十陽：「霙霙，白雲皃。」玉篇雨部：「霙，於黨、於良二切。霙霙，白雲皃。」「霙，於京切。雨雪襍下。」

滮池北流

説文：「淲，水流皃。从水，彪省聲。」廣韵：「淲，亦作『滮』。」

鼓鐘于宫

鄭箋云「鳴鼓鐘」，謂鼓、鐘二物也。靈臺：「於論鼓鐘。」鄭云：「鼓與鐘也。」此詩正同。正義云「鼓擊其鐘」，誤。

視我邁邁

説文：「怖，恨怒也。詩曰：『視我怖怖。』」釋文曰：「韓詩：『視我怖怖。』」玉裁按：詩本音誤於「念子懆懆」之下注云：「韓詩及説文竝作『怖怖』。」

俾我疧兮

顧亭林曰：作「疷」誤。

瓠葉四章，章四句。

有兔斯首

鄭箋：「斯，白也。今俗語『斯白』之字作『鮮』，齊、魯之閒聲近『斯』。」

漸漸之石三章，章六句。

勞矣

鄭箋云「勞勞廣闊」，正義曰：「當作『遼』，而作『勞』者，以古之字少，多相假借。音既相近，故遂用之。」

不皇朝矣

鄭箋云：「皇，王也。」詩本音曰：「今本作『遑』，依唐石經及國子監注疏本改正。下章同。」

維其卒矣

鄭箋：「卒者，崔嵬也，謂山顛之末也。」玉裁按：毛傳：「卒，竟也。」鄭意作「崒」。

蹢

爾雅：「豕四蹢皆白，豥。」蹢，蹏也。猶「馬四蹢皆白，首」也。或作「四蹢皆白，豥」，誤。張參收「蹢」字入五經文字，是不精也。

俾滂沱矣

史記仲尼弟子傳：「俾滂池矣。」困學紀聞曰：「周子醇樂府拾遺云：『孔子删詩，有全篇删者，有删二句、一句者。删二句者，如「月離于畢，俾滂沱矣。月離于箕，風揚沙矣」是也。』愚攷之周禮疏引春秋緯云『月離于箕，風揚沙』，非詩也。」玉裁按：僞魯詩又因此二句臆製一章，不待識者，乃知其僞矣。

何草不黃四章，章四句。

何人不矜

説詩者多讀爲鰥。玉裁按：鴻鴈毛傳云：「矜，憐也。」菀柳毛傳云：「矜，危也。」「何人不矜」，言夫人而危困可憐，不必讀爲鰥。詩敝笱「鰥」與「雲」韵，在弟十三部。菀柳「矜」與「天」、「臻」韵，何草不黃與「玄」、「民」韵，桑柔與「旬」、「民」、「填」、「天」韵，在弟十二部。漢人十二、十三部合用，多借「矜」爲「鰥寡」字。而書堯典、康誥、無逸、甫刑，詩鴻鴈，孟子明堂章皆作「鰥」，不假借「矜」字。惟烝民作「不侮矜寡」，則漢後所改，而左傳昭元年引「不侮鰥寡，不畏彊禦」，固作「鰥」。「何人不矜」，當從本字，非「鰥」之假借字也。

【校勘記】

〔一〕謂采綠本作臼　「采綠」，底本誤作「白華」，據文義逕改。「臼」，底本誤作「臼」，據顧炎武唐韻正及文義改。

詩經小學卷二十三

金壇段玉裁撰

大雅

文王之什

文王七章，章八句。

亹亹

或因說文無「亹」字，欲盡改詩、易、禮記、爾雅「亹亹」爲「娓娓」者，誤。

陳錫哉周

左氏傳宣十五年引詩：「陳錫載周。」外傳芮良夫引大雅：「陳錫載周。」韋注：「載成周道。」東原先生作「栽」，爲「本文」二字張本。

祼

攷工記注：「或作『淉』，或作『果』。」

𪏭

五經文字曰：「字林作『𪏭』，經典相承，隸省作『𪏭』。」

宜鑒于殷，駿命不易

禮記大學篇引詩：「儀監于殷，峻命不易。」說文：「陖，高也。亦作『峻』。」

上天之載

楊雄郊祀賦：「上天之縡。」李善注：「縡，事也。」與毛詩「上天之載」同。玉裁按：說文無「縡」字。

萬邦作孚

禮記緇衣篇引詩：「萬國作孚。」

大明八章，四章章六句，四章章八句。

天難忱斯

說文：「諶，誠諦也。从言，甚聲。詩曰：『天難諶斯。』」春秋緐露亦引：「天難諶斯，不易維王。」

摯仲氏任

毛傳：「摯國任姓之中女也。」又曰：「大任，中任也。」玉裁按：毛經、傳皆作「中」。古「中」、「仲」通用，如「中興」爲「仲興」是也。今經文譌作「仲」。

在洽之陽

説文：「郃，左馮翊郃陽縣。从邑，合聲。詩曰：『在郃之陽。』」史記正義引列女傳：「在郃之陽，在渭之涘。」水經注河水篇引：「在郃之陽，在渭之涘。」漢書地里志：「左馮翊郃陽。」應劭曰：「在郃水之陽也。」師古曰：「音合。即大雅大明之詩所謂『在郃之陽』。」

俔天之妹

釋文曰：「韓詩：『磬天之妹。』」正義曰：「此『俔』字，韓詩作『磬』。説文：『俔，諭也。』今俗語譬諭物云『磬作』。」

造舟

爾雅釋文曰：「廣雅作『艁』。」案：説文：『艁，古文「造」也。』」

莘

廣韵曰：「有㜪，國名。」

其會如林

説文：「旝，建大木，置石其上，發以機，以追敵也。春秋傳曰：『旝動而鼓。』詩曰：『其旝如林。』」

牧野

正義：「牧誓云：『至於商郊牧野，乃誓。』書序注云：『牧野，紂南郊地名。』禮記及詩作『坶野』，古字耳。今本又不同。」尚書大傳「牧」作「坶」。説文：「坶，朝歌南七十里地。周書：『武王與紂戰于坶野。』从土，母聲。」

鷹

説文：「䧹，鳥也。籀文从鳥。」

涼彼

朱子曰：「漢書作『亮』。」釋文曰：「韓詩作『亮』，相也。」

會朝清明

天問：「會鼂争盟，何踐吾期？」一作「會晁請盟」。

緜九章，章六句。

自土沮漆

漢書地里志右扶風杜陽：「杜水南入渭。詩曰：『自杜。』莽曰通杜。」師古曰：「大雅緜之詩曰：『人之初生，自土漆沮。』齊詩作『自杜』，言公劉避狄，而來居杜與漆沮之地。」按：漢書景祐二年本有「詩曰自杜」四字，王伯厚詩地理攷所引正如此。師古謂之齊詩，必漢書音義舊説。古「土」、「杜」通用，如毛「桑土」、韓「桑杜」是也。水經注漆水篇引：「民之初生，自土漆沮。」文選晉紀總論注曰：「鄭箋云：『循西水涯，漆、沮側也。謂亶父避狄，循漆、沮之水而至岐下。』」按：古本皆作「漆沮」，孔正義亦作「漆沮」。

陶復陶穴

説文：「寝，地室也。从穴，復聲。詩曰：『陶寝陶穴。』」玉篇引詩「陶寝陶穴」，「或作『㚆』，亦作『復』。」

陶

説文曰：「匋，瓦器也。」「窯，燒竈也。」

來朝走馬

玉篇「趣」字注曰：「詩曰：『來朝趣馬。』言早且疾也。」玉裁按：鄭箋：「言其避惡早且疾也。」「早」釋「來朝」，「疾」釋「趣」字。說文：「趣，疾也。」玉篇作「趣馬」，野王據漢人相傳古本也。不知何時誤爲「走馬」，而程大昌、顧炎武以爲單騎之始。趣，音走，亦音促。

滸

說文：「汻，水厓也。从水，午聲。」

周原膴膴

劉逵魏都賦注：「腜腜，美也。詩曰：『周原腜腜。』」李善注引韓詩曰：「周原腜腜。」廣雅釋言：「腜腜，肥也。」據韓詩爲訓也。

堇

說文：「堇，艸。根如薺，葉如細柳。蒸食之，甘。从艸，堇聲。」玉裁按：今誤作「堇」，詩本音亦誤。顏氏干祿字書誤作「堇」。

爰契我龜

王應麟曰：「契，漢書注作『挈』。」

迺

顧亭林曰：「依唐石經，竝作「迺」。公劉篇同。」明馬應龍本「乃召司空，乃召司徒」，二作

「乃」，餘作「迺」。　玉裁按：說文「迺」、「乃」異字、異義。俗云古今字。

俾立室家

馬應龍本「立」作「其」，俟攷。

捄之陾陾

玉篇：「詩曰：『捄之陑陑。』」　顧亭林曰：「說文引此作『捄之仍仍』。」攷說文引「捄之陾陾」，無「捄之仍仍」，顧氏誤也。　玉裁又按：廣雅釋訓曰：「仍仍、登登、馮馮，衆也。」即謂此詩。然則「陾」有作「仍」者，說文作「仍」之本不誤。今本說文皆據詩改耳。

削屢馮馮

玉裁按：「屢」，古作「婁」。婁，空也。削婁，謂削治牆空竅坳突處使平。長門賦：「離樓梧而相樘。」魯靈光殿賦：「嶔崟離樓。」說文：「廔，屋麗廔也。」「囧，牕牖麗廔闓明也。」離樓、麗廔，皆竅穴穿通之皃。

臯門有伉

鄭氏禮記注曰：「臯之言高也。」　釋文：「韓詩作『閌』。」　西京賦：「高門有閌。」善曰：「毛詩『伉』，與『閌』同。」　吴都賦：「高闈有閌。」　說文「阬」字注：「閬也。」「閬」字注：「門高也。」五經文字曰：「阬，門高。」廣韵四十二宕：「阬，門也。」玉裁按：毛詩之「伉」，古本作「阬」。屈賦：「吾與君兮齊遬，道帝之兮九阬。」九阬，謂廣開天門有九重也。

混夷駾矣

説文「駾」字注引：「昆夷駾矣。」孟子：「文王事昆夷。」魯靈光殿賦：「盜賊奔突。」張載注云：「突，唐突也。詩云：『昆夷突矣。』」

維其喙矣

毛傳：「喙，困也。」方言：「㾘，極也。」郭注：「巨畏反。今江東呼極爲㾘，倦聲之轉也。」廣韵：「㾘，困極也。詩云：『昆夷㾘矣。』本亦作『喙』。」方言：「㱡，極也。」郭注：「今江東呼極爲㱡，音喙。」外傳曰：「余病㱡矣。」玉裁按：國語：「郤獻子曰：『余病喙。』」韋昭注：「短氣皃。」爾雅：「呬，息也。」説文：「呬，息也。詩曰：『犬夷呬矣。』」玉裁按：「呬矣」者，「喙矣」之異文。

疏附

尚書大傳：「文王胥附、奔輳、先後、禦侮，謂之四鄰。」玉裁按：古「疏」、「胥」通用。

奔奏

釋文曰：「本又作『走』。」尚書大傳作「奔輳」。

曰

離騷：「忽奔走以先後兮。」王逸注引：「予聿有奔走，予聿有先後。」

棫樸五章，章四句。

追琢

趙岐孟子注：「彫琢，治飾玉也。詩云：『彫琢其章。』」

其章

周禮追師注引詩：「追琢其璋。」又，周禮正義曰：「詩云『追琢其璋』，璋是玉爲之，則『追』與『琢』皆是治玉石之名也。」玉篇引詩：「追琢其璋。」依毛詩鄭箋則是「章」字。

勉勉我王

劉向作「亹亹」。白虎通義引詩：「亹亹我王，綱紀四方。」

旱麓六章，章四句。

旱麓

春秋外傳：「單穆公引詩：『瞻彼旱鹿。』」宋明道二年本作「旱麓」。玉裁按：春秋：「沙鹿崩。」穀梁傳曰：「林屬於山爲鹿。」易：「即鹿無虞。」王弼以爲山足。是古借「鹿」爲「麓」也。

豈弟

單穆公引詩：「愷悌君子，干祿愷悌。」

瑟彼玉瓚

説文：「璱，玉英華相帶如瑟弦。从玉，瑟聲。詩曰：『璱彼玉瓚。』」

施于條枚

新序引：「延於條枚。」見後漢書黄琬傳注。呂氏春秋引：「延於條枚。」韓詩外傳引：「延於條枚。」

然則毛作「施」，韓作「延」也。

豈弟君子

禮記表記引：「凱弟君子，求福不回。」周語單襄公引詩：「愷悌君子，求福不回。」

思齊五章，二章章六句，三章章四句。

神罔時恫

説文：「侗，大皃。詩云：『神罔時侗。』」

烈假不瑕

鄭箋云：「厲、假，皆病也。」正義曰：「鄭讀『烈假』爲『癘瘕』。」玉裁按：仙人唐公房碑曰：

「癘蠱不遐。」此與鄭箋合。「瘕」之古音同「蠱」。

古之人無斁

鄭箋：「古之人，口無擇言，身無擇行。」

皇矣八章，章十二句。

求民之莫

當作「嘆」。

其政不獲

毛傳作「政」，朱子從之。唐石經依鄭箋，作「正」。

憎

朱子曰：「當作『增』。」

式郭

陸德明曰：「式郭，一本作『式廓』。」

此維與宅

論衡引作「此維與度」。

葘

爾雅：「立死，甾。」釋文曰：「甾，字林作『椔』。」郭注引詩：「其椔其翳。」詩釋文：「葘，本又作『甾』。」

翳

釋文：「韓詩作『殪』。葘，反草也。殪，因也，因高填下也。」

栵

説文：「栵，栭也。詩曰：『其灌其栵。』」玉裁按：栵，當作「槷」。槷，木相磨也。「葘」、「翳」、「灌」、「栵」一例，不應此獨爲木名。爾雅：「立死，甾。蔽者，翳。木相磨，槷。」疑是類釋此詩。不言「灌」者，已見上文矣。

串夷

釋文曰：「串，古患反。一本作『患』。」正義曰：「毛讀『患』爲『串』，鄭以詩本爲『患』，故不從耳。采薇序曰：『西有混夷之患。』是患夷者，患中國之夷，故患夷則混夷也。出車云：『薄伐西戎。』是混夷爲西戎國名也。書傳作『畎夷』，蓋『畎』、『混』聲相近，後世而作字異耳。或作『犬夷』，犬則『畎』字之省也。」

天立厥妃

惠棟曰：「當作『妃』。各本作『配』，誤。」 玉裁按：毛傳：「妃，媲也。」此詩正義引某氏注爾雅引詩：「天立厥妃。」是矣。但謂毛讀「配」爲「妃」，故云「媲也」，是未知經、傳「配」字，皆後人改「妃」爲「配」耳。

維此王季 四章首句

左傳昭廿八年成鱄引詩作「維此文王」〔一〕。孔沖遠正義云：「韓詩及王肅述毛皆作『文王』。」 玉裁按：左傳釋「比于文王」之「文」曰：「經緯天地曰文。」毛傳引之，謂比于古者經緯天地文德之王也。如「成王不敢康」，非成王、康王之謂。 鄭箋云：「必比于文王者，德以聖人爲匹。」是鄭箋雖作「維此王季」，而「比于文王」，亦非以父同子，言之不順也。 惟樂記注此詩云：「言文王之德皆能如此。」而不引「經緯天地曰文」之訓，則爲實指周文王。 然禮注言「文王」，詩箋言「王季」，説自不同。 注禮時所見詩亦是作「維此文王」。

貊其德音

釋文曰：「韓作『莫』。」 朱子曰：「春秋傳、樂記、史記樂書皆作『莫』。」

克順克比

樂記引詩：「克順克俾。」鄭注：「俾，當爲『比』，聲之誤也。」 史記樂書：「克順克俾，俾於文王。」

無然畔援

玉篇：「詩云：『無然伴換。』伴換，猶跋扈也。」漢書曰：「項氏叛換。」韋昭曰：「叛換，跋扈也。」魏都賦：「雲徹叛換。」韓詩：「叛援，武强也。」

誕先登于岸

鄭箋：「岸，訟也。」按：鄭意作「犴」。

斯怒

鄭箋：「斯，盡也。」

以按徂旅

困學紀聞曰：「孟子引詩：『以遏徂莒。』」韓非云：「文王克莒。」

以篤于周祜

孟子引詩：「以篤周祜。」無「于」字。今詩經俗本誤同孟子，少「于」字。顧亭林依唐石經及國子監注疏本改正。

度其鮮原

毛傳：「小山別大山曰鮮。」玉裁按：公劉傳又云：「巘，小山別於大山也。」是「鮮」爲「巘」之假借字。猶「獻羔」，王制作「鮮羔」。爾雅曰：「小山別大山，鮮。」釋文曰：「或作『⿰山鮮』。」玉裁按：左思吳都賦曰：「嶰澗闃。」李善注引爾雅：「小山別大山曰嶰。嶰，古買切。」玉篇：「嶰，胡買切，山不相連也。」附記之。

同爾兄弟

顧亭林曰：「後漢書伏湛傳引『同爾弟兄』，入韵。」王逸九辨注「内念君父及弟兄也」，與上文「長」、「王」、「惶」、「黨」竝「湯」韵〔二〕。今譌爲「兄弟」，則非韵矣。

與爾臨衝

韓詩：「與爾隆衝。」玉裁按：隆衝，言陷陣之車隆然高大也。毛傳以「臨」、「衝」爲二，非。

衝

説文：「幢，陷陣車也。从車，童聲。」李善文選注：「班固漢書述曰：『衝輣閑閑。』『衝』字略作『幢』，樓也。」

執訊連連

釋文云：「又作『誶』。」玉裁按：作「誶」者誤。爾雅：「訊，言也。」説文：「訊，問也。」正月毛傳：「訊，問也。」出車毛傳：「訊，辭也。」采芑鄭箋：「執其可言問、所獲敵人之衆。」皇矣鄭箋：「執所生得者而言問之。」以「言」、「辭」、「問」訓「訊」字，與「誶」字「告」義迥别。

馘

説文：「聝，軍戰斷耳也。或作『馘』。」

類、禡

爾雅曰：「是類是禡，師祭也。」五經文字曰：「五經及釋文皆作『類』，惟爾雅從示。」玉裁按：説文作「禷」。

仡仡

説文：「圪，牆高皃。詩曰：『崇墉圪圪。』从土，气聲。」張載靈光殿注曰：「屹，猶崣也，高大皃。詩云：『臨衝茀茀，崇墉屹屹。』」

靈臺五章章四句　此分章從毛、鄭五章，每章一韵。孟子引詩全舉前三章，外傳伍舉引詩全舉前二章也。朱子集傳改爲四章〔三〕，前二章章六句，乃言其所本。

白鳥翯翯

孟子引詩：「白鳥鶴鶴。」説文：「皠，鳥之白也。」玉裁按：何晏景福殿賦：「皠皠白鳥。」賈誼新書引詩作「白鳥皜皜」。

虡業維樅

説文：「虡，鐘鼓之柎也，飾爲猛獸。从虍，異象其下足。或作『鐻』，篆文作『虡』。」馬刻五經文字誤作「虛」。說文：「業，大版也，所以飾縣鐘鼓，捷業如鋸齒，以白畫之，象其鉏鋙相承也。詩曰：『巨業維樅。』」上林賦：「撞千石之鐘，立萬石之鉅。」

辟廱

他經作「辟雝」。

於論

漢以前「論」字皆讀爲倫。中庸：「經論天下之大經。」易：「君子以經論。」荀氏讀如倫。

鼉

夏小正、吕氏春秋皆作「鱓」。

逢逢

釋文曰：「逢逢，埤蒼云：『鼓聲也。』亦作『韸』。」玉裁按：廣雅：「韸韸，聲也。」高誘淮南子注引詩：「鼉鼓洋洋。」「洋」者，「韸」之誤。高誘吕氏春秋六月紀有始覽注引詩：「鼉鼓韸韸。」衆經音義引郭璞山海經注：「詩云『鼉鼓韸韸』是也。」今山海經注無此句。

矇瞍奏公

文選連珠注引韓詩：「矇瞍奏功。」

下武六章，章四句。

順德

正義曰：「定本作『慎德』。」今按：淮南繆稱訓引：「媚兹一人，應侯慎德。」鄭箋引易升象詞：「君子以順德。」易釋文曰：「順，又作『慎』。」古書「慎」、「順」通用致多。

昭兹來許，繩其祖武

後漢書祭祀志注曰：「謝沈書云，東平王蒼上言：『大雅云：「昭兹來御〔四〕，慎其祖武。」』」玉裁按：毛傳：「許，進也。」「許」無「進」訓。蔡邕獨斷云：「御，進也。」六月傳云：「御，進也。」據東平王所引毛詩正作「來御」。今作「許」，蓋聲之誤。孔沖遠未之攷也。毛傳云：「繩，戒也。」東平王作「慎」，異字同義。此爲轉注。　凡經文有由傳、注求之，的可知其字當易正者，如：「在彼空谷」，毛曰：「空，大也。」正用釋詁「穹，大也」之訓，「空」乃譌字，而韓詩「在彼穹谷」可證也。「或春或揄」，毛曰：「揄，抒臼也。」正同説文「舀」、「𦥔」、「抭」同「抒臼也」之訓，「揄」乃譌字，而周官、儀禮注引「或舂或抭」可證也。「昭兹來許」，毛曰：「許，進也。」正同六月傳「御，進也」之訓，「許」乃譌字，而謝沈後漢書東平王蒼引「昭兹來御」可證也。治經宜識此意。　玉裁此書成後，乃見惠定宇九經古義，其説正同。今讀廣雅云：「許，進也。」本諸此傳。然則作「御」者，恐三家詩，未可據以改毛詩也。癸卯九月初六日識。

文王有聲八章，章五句。

遹求厥寧

説文：「欥，詮詞也。从欠，从曰，曰亦聲。詩曰：『欥求厥寧。』」漢書敘傳幽通賦：「欥中龢爲庶幾兮。」文選作「聿」。

作邑于豐

文選西征賦注引：「作邑于酆。」説文：「酆，周文王所都，在京兆杜陵西南。」

築城伊淢

陸德明曰：「韓詩：『築城伊洫。』」玉裁按：從韓詩，則字義、聲、韵皆合矣。史記河渠書「溝洫」字亦作「淢」。

匪棘其欲，遹追來孝

禮記禮器篇引詩：「匪革其猶，聿追來孝。」鄭注禮記云：「聿，述也。」玉裁按：古「欥」、「聿」、「遹」字通用。

宅是鎬京

坊記篇引詩：「度是鎬京。」玉裁按：尚書凡「宅」字，史記多作「度」。

芑

或曰：同「荁」，水蕨也。玉裁按：説文：「菜之美者，雲夢之荁。」吕覽作「菜之美者，雲夢之芹」。郭忠恕佩觿曰：「李審言所進切韵，『芑』，切墟里、祛豨二音。」「芑」切祛豨，蓋以「芑」同「荁」，入尾韵也。

孫謀

鄭箋以「孫」爲「順」。

【校勘記】

〔一〕左傳昭廿八年成鱄引詩作維此文王　「維」，左傳作「唯」。

〔二〕與上文長王惶黨竝湯韵　「惶」，底本誤作「煌」，據王逸楚辭章句改。

〔三〕朱子集傳改爲四章　「朱」，底本誤作「未」，據文義及朱子詩集傳改。

〔四〕昭茲來御　「茲」，後漢書志劉昭注引作「哉」。下「東平王蒼引『昭茲來御』」同。

詩經小學卷二十四

金壇段玉裁撰

生民之什

生民八章，四章章十句，四章章八句。

姜嫄

玉裁按：史記作「姜原」，裴駰集解曰：「韓詩章句曰：『姜，姓。原，字。』或曰：姜原，謚號也。」

履帝武敏

爾雅：「敏，拇也。」玉裁按：敏者，「拇」之假借字也。古「敏」、「拇」、「畝」字同音，皆在今之止韻，故爾雅舍人本作「履帝武畝」，亦假借字也。爾雅引「履帝武敏」，於「敏」字斷句。王逸離騷注引「履帝武敏歆」，於「歆」字斷句。玉裁按：毛傳：「敏，疾也。」於「敏」字斷句。爾雅、鄭箋：「敏，拇也。」於「歆」字斷句。

后稷

毛傳：「后稷播百穀以利民。」韋昭注國語：「稷勤百穀而山死。」引毛詩傳曰：「稷，周棄也。勤播百穀，死於黑水之山。」裴松之注杜畿傳又引韋注：「考山海經海内經：『西南黑水之閒，有廣都之野，后稷葬焉。』又曰：『后稷之葬，山水環之。』」毛傳與山海經合也，當據韋注補毛傳之脱文。

達

説文：「羍，小羊也。从羊，大聲。」玉裁按：鄭箋易字爲「羍」，似太媟矣。本后稷之詩，不宜若是。毛傳云「達，生也」，是先生如生，不可曉。今以車攻傳「達屨」之義求之，蓋是「達，達生也」。「達」、「沓」字古通用。姜原首生后稷，便如再生、三生之易，故足其義，云「先生，姜原之子先生者也」。正如「樵彼桑薪，卬烘于煁」，傳云：「卬，我也。烘，燎也。煁，烓竈也。」乃後足其義云：「桑薪，宜以養人者也。」若依次訓釋，則「桑薪」當在「卬」上，「先生」當在「達」上。

副

説文曰：「副，籀文作『疈』。」「坼，裂也。詩曰：『不坼不疈。』」

實覃實訏

許叔重引：「實覃實吁。」

克岐克嶷

説文：「𪡏，小兒有知也。詩曰：『克岐克𪡏。』」張弨曰：「今作『嶷』，後人因『岐』所改也。」

禾役穟穟

説文：「穎，禾末也。从禾，頃聲。詩曰：『禾穎穟穟。』」

穟

説文：「穟，禾采之皃〔一〕。或作『䔹』。」

瓜瓞唪唪

説文：「唪，大笑也。讀若詩曰『瓜瓞菶菶』。」又：「玤，石之次玉者。讀若詩曰『瓜瓞菶菶』。」

茀厥豐草

釋文：「茀，韓詩作『拂』。」

實種

毛傳：「種，雍腫也。」今本譌作「襍種」。玉裁按：當作「雝種」。漢書所謂「一畝三甽，苗生三葉以上，隤壟土以附苗根，比盛暑，壟盡而根深，能風與旱也」。正義引莊子「雝腫而不中繩墨」，擬不於倫，且與「實發」相混。

邰

漢書作「斄」。

誕降嘉種

説文引詩「誕降嘉穀，惟秬惟秠」，「天賜后稷之嘉穀也」。「虋，赤苗，嘉穀也。」「芑，白苗，嘉穀也。」　文選典引李注引毛詩：「誕降嘉穀，惟秬惟秠。」

秬

山海經：「維宜芑苣，穋楊是食。」郭注曰：「管子説地所宜，云『其種穋、芑、黑黍』，皆禾類也。苣，黑黍，今字作禾旁。」　説文：「𩰪，从鬯，巨聲。或作『秬』。」　玉裁按：尚書大傳：「𩰪鬯。」

維穈維芑

爾雅：「虋，赤苗。」釋文曰：「本亦作『𧆸』，詩作『穈』。」　説文：「虋，赤苗，嘉穀也。从艸，釁聲。」　玉裁按：「穈」字，説文所無，於六書無當，宜改從爾雅、説文作「虋」。

以歸肇祀

鄭箋：「肇，郊之神位也。」是以「肇」爲「兆」之假借也。　肇，从戈，庫聲。今本作「肈」，非也。

攷書，「肇十有二州」、「肈基王迹」，及此「以歸肇祀」、「后稷肈祀」，陸氏釋文皆作「肇」。玉篇支部曰：「肇，俗『肈』字。」干禄字書曰：「肈，通。肇，正。」五經文字戈部曰：「肈，作『肇』，訛。」廣韻有「肈」無「肇」。今本説文支部有「肇」字，唐後人妄增入無疑。凡古書内「肇」字，皆當改作「肈」。

或舂或揄

説文：「舀，抒臼也。从爪、臼。詩曰：『或簸或舀。』或作『舀+欠』，或作『抗』。」玉裁按：今注疏攷證引韓詩「或舂或抗」。儀禮有司徹鄭注：「挑，讀如『或舂或抗』之『抗』。」「女舂抗」，見周官經，注引「或舂或抗」。其字从手、冘聲。「冘散」之「冘」，今在弟九部，古在弟三部。説文當云「或舂或舀」，而云「或簸或舀」者，記憶之誤也。古生民作「舀」、作「抗」，而今本作「揄」者，聲之誤也。鄭氏注三禮所引，蓋韓詩；而許氏説文解字序曰「其偁易孟氏，詩毛氏」，則毛詩故作「舀」也。

或蹂

鄭箋：「蹂之言濡也。潤濕之，將復舂之，趨于鑿也。」玉裁按：「蹂」、「濡」音近而相假。「懷柔百神」，一作「懷濡」是也。

釋之叟叟

唐石經誤作「釋」。說文：「釋，漬米也。从米，睪聲。」玉裁按：亦曰淅米，亦曰汏米。詩本音及各本作「釋」，誤。爾雅：「溞溞，淅也。」郭注：「洮米聲。」五經文字無「釋」字。

烝之浮浮

爾雅：「烰烰，蒸也。」釋文：「蒸，本今作『烝』。」說文：「烰，烝也。詩曰：『烝之烰烰。』」

后稷肇祀

禮記表記篇引詩：「后稷兆祀。」周禮：「兆五帝於四郊。」此詩鄭箋云「肇，郊之神位也」，少「當作兆」三字。說文作「垗」。

行葦七章，二章章六句，五章章四句。

敦彼行葦

李善長笛賦注引鄭箋：「團，聚皃。」

維葉泥泥

張揖作「苨苨」，云：「艸盛也。」釋文。玉裁按：此即廣雅：「苨苨，茂也。」李善蜀都賦注引毛詩：「維葉柅柅。」

肆筵設席

王逸招魂注引詩：「肆筵設机。」玉裁按：疑有誤。

醓

說文作「監醢」，从血，肬聲。

臄

說文：「谷，口上阿也。从口，上仌象其理〔二〕。或作『噱』，或作『臄』。」

敦弓

說文：「弴，畫弓也。从弓，𦎫聲。」玉裁按：敦，讀如追，不讀彫。猶「追琢其章」，不讀彫琢；鷟釋爲雕，不讀雕字。此異部轉注之理也。

敦弓既句

張衡東京賦：「彫弓斯彀。」

大斗

釋文：「斗，亦作『枓』。」楊慎曰：「當作『斝』。」說文：「斝，酒器也。或作『斝』。」

耇

說文：「从老，句聲。隸省作『耇』。」

台背

爾雅：「鮐背，壽也。」張衡南都賦：「鮐背之叜。」劉熙釋名：「九十曰鮐背。」

既醉八章，章四句。

朗

說文作「朖」。

𡈼

說文作「𡈼」，今俗作「壼」。

鳧鷖五章，章六句。

在涇

玉裁按：此篇「涇」、「沙」、「渚」、「潨」、「亹」一例，不應「涇」獨爲水名。鄭箋：「涇，水中也。」今本誤作「水名也」。按下文云「水鳥而居水中」，是直接「水中」二字。改作「水名」，則不貫矣。下章傳云：「沙，水旁也。」箋云：「水鳥以居水中爲常，今出在水旁。」承上章「在涇」爲言。爾雅云：「直波爲徑。」郭注：「言徑侹。」釋名：「水直波曰涇。涇，徑也，言如道徑也。」莊子秋水篇：「涇流之大，兩涯渚涘之閒，不辨牛馬。」司馬彪云：「涇，通也。」此詩「涇」字正合釋名、莊子、爾雅，作「侄」、作「徑」同耳，謂大水中流徑直孤往之波。故康成曰：「涇，水中也。」因下章「沙」爲水旁，故云「水中」以別之。四章因三章「渚」爲水中高地，故云「潨，水外高地」以別之。

在潨

鄭箋云：「水外之高者也。」蓋以「潨」爲「崇」之假借字也。

公尸來止熏熏

説文：「醺，醉也。从酉，熏聲。詩曰：『公尸來燕醺醺。』」

芬

説文：「芬，从中，或从艸。」

假樂四章，章六句。

假樂君子

中庸篇引詩：「嘉樂君子。」朱子曰：「春秋傳引詩亦作『嘉』。」

假樂

毛傳：「假，嘉也。」維天之命、雝傳同。「假」，皆「嘉」之假借字也。

顯顯令德

中庸篇引詩：「憲憲令德。」

保右命之

中庸篇：「保佑命之。」

且君且王

陸德明曰：「一本作『宜君宜王』。」　玉裁按：趙壹窮鳥賦曰：「且公且矦，子子孫孫。」正用假樂詩意。作「宜」，爲俗本也。

威儀抑抑

説文「⿺走戴」字注引詩「威儀秩秩」，蓋誤合二句爲一句。

民之攸塈

正義曰：「釋詁云：『呬，息也。』某氏曰：『詩云：「民之攸呬。」』郭璞曰：『今東齊呼息爲呬。』則「塈」與「呬」古今字也。」　玉裁按：「塈」者，字之假借，非與「呬」古今字也。　今本或誤作「墍」。　顔真卿書郭令公家廟碑：「民之攸⿱既心。」字從心。按：「⿱既心」是古文「㤅」字，見説文心部。玉篇云：「⿱既心，音許氣切，息也。」則以同於「呬」「屓」字，而非「㤅」字矣。然唐人引詩，已有如此者。集韵八未云：「⿱既心，通作『塈』。」

公劉六章，章十句。按：此篇名「公劉」，顧亭林音學五書誤以「篤公劉」三字爲篇名。

迺

馬應龍本「乃覯」、「乃依」、「乃造」、「乃密」作「乃」，餘作「迺」。

餱糧

釋文：「糧，本亦作『粮』。」

思輯用光

孟子引詩：「思戢用光。」

戈

鄭箋云：「句孑戟也。」今本「孑」字譌「矛」字。

無永嘆

毛傳曰：「民無長嘆，猶文王之無侮也。」謂皇矣末章「四方以無侮」也。孔沖遠譌作「無悔」，云即「其德靡悔」，非是。且「其德靡悔」，毛詩言王季，非文王。

何以舟之

玉裁按：舟之言昭也。以「玉」、「瑤」昭其有美德，以「鞞」、「琫」昭其德之有度數，以「容刀」昭其有武事。

京師之野

毛傳云：「是京乃大衆所宜居之野。」今本譌作「之也」。

既登乃依

釋文引鄭箋：「依，或『扆』字。」今本佚此四字。

于豳斯館

白虎通引：「于邠斯觀。」詩地理攷作「觀」，今本白虎通妄改作「館」。

鍛

釋文曰：「鍛，本又作『碫』，丁亂反。說文云：『碫，厲石。』字林：『大喚反。』」今本說文誤作「碬」，乎加反。玉裁按：毛傳：「碫，鍛石也。」鄭申之，曰：「鍛石，所以爲鍛質也。」經當作「碫」，傳當作「鍛石」。今本毛傳脱「碫」字〔三〕，非。毛云「碫」是鍛石，說文云「碫」是厲石。其說不同，而毛爲是。

密

毛傳：「密，安也。」玉裁按：說文：「宓，安也。」「宓」是正字，「密」是假借字。「密，山如堂者也。」「宓，从宀，必聲。」今俗讀「宓子賤」之「宓」如「伏」者，聲韵轉移，正如「苾芬孝祀」，韓詩作「馥芬」也。宓子賤之後爲漢伏生。

芮鞫之即

釋文：「芮，本又作『汭』。」周官經：「其川涇、汭。」鄭注引詩：「汭阸之即。」爾雅：「厓内爲隩，外爲鞫。」釋文云：「鞫，字林作『坭』。」漢書地里志右扶風汧縣：「芮水出西北，東入涇。詩『芮阸』，雍州川也。」顔師古曰：「詩：『芮鞫之即。』韓詩作『芮阸』。言公劉止其軍旅，欲使安静，乃就芮阸之閒耳。」玉裁按：詩箋：「芮之言内也。」周禮注及漢書皆以「芮」爲水名。「坭」、「阸」同；「鞫」，其假借字也。

洞酌三章，章五句。正義曰：「摯虞流别論云〔四〕：『詩有九言者，「洞酌彼行潦挹彼注兹」是也。』徧檢諸本，皆云『洞酌三章，章五句』，則以爲二句也。顔延之云：『詩體本無九言者，將由聲度闡緩，不協金石。仲治之言，未可據也。』」

洞酌

毛傳：「洞，遠也。」玉裁按：説文：「迥，遠也。」知是假「洞」爲「迥」。

餴

正義引説文：「饙，一蒸米也。餾，飯气流也。」今本説文：「餴，滫飯也。或作『饙』，或作『餴』。」

豈弟君子

禮記孔子閒居篇引詩：「凱弟君子，民之父母。」

卷阿十章，六章章五句，四章章六句。

彌

説文作「镾」。

似先公酋矣

爾雅郭注引詩：「嗣先公爾酋矣。」

酋

玉裁按：當作「遒」。説文：「遒，迫也。亦作『遒』。」

茀禄爾康矣

爾雅：「祓，福也。」郭注引詩：「祓禄康矣。」毛傳：「茀，小也。」依爾雅釋言，當作「芾」。芾，小也。甘棠傳云：「蔽芾，小皃。」鄭箋：「茀，福也。」依爾雅，則鄭以「茀」爲「祓」之假借。

鳳皇

說文引：「鳳皇于飛，翽翽其羽。」唐石經「鳳皇鳴矣」、「鳳皇于飛」，皆作「皇」。玉裁按：爾雅：「鶠，鳳。其雌皇。」說文：「鶠，鳥也。其雌皇。一曰：鳳皇也。」顔元孫干禄字書曰：「皇，『鳳皇』正字。俗作『凰』。」廣韻曰：「鳳凰，本作『皇』。」詩傳：『雄曰鳳，雌曰皇。』」凡古書皆作「鳳皇」，絶無「凰」字。「凰」字於字書無當。攷楊雄蜀都賦有「鷬」字，晉有鷬儀殿，視「凰」字爲雅。

雝雝喈喈

爾雅：「噰噰喈喈，民協服也。」陸德明曰：「噰，本或作『雍』，又作『廱』。」玉裁按：說文：「邕，四方有水自邕成池者。」「雝，雝鰈也。」「廱，天子饗飲辟廱也。」雝，隸變爲「雍」，借爲「雍和」、「雍塞」、「辟雍」；而「辟廱」本字，亦借爲和義，又別製「嗈」、「噰」、「壅」等字。漢蔡邕字伯喈，是漢人作「邕邕喈喈」也。雍和，古作「邕和」。

民勞五章，章十句。

無縱詭隨

左傳昭二十年引詩：「無從詭隨。」

憯不畏明

説文曰部：「朁，曾也。从曰，兓聲。詩曰：『朁不畏明。』」玉裁按：詩「胡憯莫懲」、「憯莫懲嗟」、「憯不知其故」，皆宜作「朁」，同音假借也。説文：「憯，痛也。」義别。左傳昭二十年引詩：「慘不畏明。」

惛怓

説文作「怋怓」。今本説文、釋文皆有脱誤。

是用大諫

左氏傳成公八年季孫行父引板詩：「猶之未遠，是用大簡。」玉裁按：大諫，吴棫曰：「荀子、左氏傳、高堂隆傳皆作『簡』。」

板八章，章八句。

上帝板板

爾雅：「版版，僻也。」

下民卒癉

禮記緇衣篇引詩：「下民卒亶。」釋文曰：「本亦作『癉』。」鄭注：「病也。」爾雅：「癉，病也。」郭注：「見詩。」

管管

爾雅：「痯痯、瘐瘐，病也。」郭注：「皆賢人失志，無所依也。」邢昺疏兼引「靡聖管管」。

是用大諫

見前民勞詩。

無然泄泄

說文口部：「呭，多言也。詩曰：『無然呭呭。』」言部：「詍，多言也。詩曰：『無然詍詍。』」爾雅：「憲憲、泄泄，制灋則也。」釋文曰：「泄，本或作『呭』。」郭注：「佐興虐政，設教令也。」玉裁按：今作「洩洩」，唐時因廟諱改也。張參五經文字「絏」字注曰：「絏，本文從『世』，緣廟諱偏旁，今經典並准式例變。」據此，則「絏」本作「紲」，「洩」本作「泄」，「齛」本作「齥」。說文無「洩」、「絏」、「齛」字。唐石經「洩洩其羽」、「桑者洩洩」、「無然洩洩」，不可從也。

辭之輯矣

說文「𠦜」字注：「詞之𠦜矣。从十，咠聲。」

僚

顧亭林依唐石經作「寮」。　左氏傳「同官爲寮」，作「寮」。

老夫灌灌

爾雅：「灌灌、愮愮，憂無告也。」釋文：「灌，本或作『懽』。」　廣韻：「悹悹，憂無告也。詩傳云：『悹悹，無所依。』」　尚書大傳：「禦聽於怵攸。」鄭注引：「老夫嚾嚾，小子蟜蟜。」見儀禮經傳通解。

熇熇

爾雅：「謔謔、謞謞，崇讒慝也。」

無爲夸毗

爾雅：「夸毗，體柔也。」釋文曰：「字書作『⿰身夸⿰身矢』。」

民之方殿屎

爾雅：「殿屎，呻也。」釋文曰：「或作『⿰念欠⿸尸欠』，又作『⿱殿心⿰月屎』。」說文作『唸吚』。」　說文「唸」字注：「唸吚也。从口，念聲。詩曰：『民之方唸吚。』」「吚」字注：「唸吚，呻也。从口，尸聲。」　五經文字曰：「說文作『⿰口屍』。」　廣韻三十二霰：「唸吚，呻也。亦作『⿰口殿⿸尸欠』，又作『殿屎』。」六脂：「⿸尸欠，呻吟聲。屎，同『⿸尸欠』。」　玉篇：「⿰口殿，同『唸』。」「屎，同『吚』。」

民之多僻，無自立辟

玉篇：「詩云：『民之多僻〔五〕。』僻，邪也。」　東京賦李善注引：「民之多僻。」　後漢書張衡傳：「思玄賦：『覽蒸民之多僻兮，畏立辟以危身。』」注曰：「僻，邪也。辟，法也。詩曰：『人唐時，諱「民」字，改爲「人」。之多僻，無自立辟。』」　玉裁按：毛傳「辟，法也」之上不言「辟，僻也」，蓋漢時上字作「僻」，下字作「辟」，故鄭箋云：「民之行多爲邪僻，乃汝君臣之過，無自謂所建爲法也。」各書徵引，皆上字作「僻」，下字作「辟」。陸德明亦云：「多僻，匹亦反，邪也。立辟，婢亦反，法也。」自唐石經二字皆作「辟」，而朱子併下字釋爲「邪」矣。

敬天之渝，無敢馳驅

後漢書楊秉上疏引詩：「敬天之威，不敢驅馳。」

出王

毛傳：「王，往。」以「王」爲「往」之假借也。

【校勘記】

〔一〕禾采之皃　「之皃」，底本誤作「秀也」，據説文解字及段玉裁説文解字注改。

〔二〕上仌象其理　「仌」，説文解字及段玉裁説文解字注無。

〔三〕今本毛傳脱碫字　「碫」，底本誤作「鍛」，據文義及四卷節録本改。

〔四〕摯虞流別論云「別」，底本誤作「外」，據毛詩正義改。

〔五〕詩云民之多僻「僻」，底本誤奪，據玉篇補。

詩經小學卷二十五

金壇段玉裁撰

蕩之什

蕩八章，章八句。

蕩蕩

爾雅：「蕩蕩，僻也。」釋文曰：「本或作『盪』。」

其命匪諶

説文：「忱，誠也。詩曰：『天命匪忱。』」

天降慆德

顧亭林詩本音曰：「唐石經作『滔』。嚴氏詩緝引李氏曰：『如滔天之滔。』今本作『慆』。」明馬應龍、孫開校刻毛詩鄭箋本作「滔」。

侯作

朱子曰：「作，讀爲詛。」玉裁按：陸德明曰：「作，本或作『詛』。」孔穎達曰：「作，即古『詛』字。」皆非也。毛傳「作祝詛也」四字一句，言「矦作矦祝」者，謂作祝詛之事也。詛是祝之類，故兼云「詛」。經文三字不成句，故「作」字之下益「矦」字以成之。詩中如此句法不可枚數，如：「迺慰迺止」，鄭箋云：「乃安隱其居。」「迺宣迺畝」，鄭箋云：「時耕曰宣。乃時耕其田畝。」「爰始爰謀」，鄭箋云：「於是始與豳人之從己者謀。」亦可證矣。陸、孔以毛傳「作」字爲逗，「祝詛也」爲句，甚矣，離經之難也。陸云：「作，本或作『詛』。」此臆改經文俗本也。

炰烋

魏都賦作「咆烋」。劉注引詩：「咆烋於中國。」玉裁按：炰烋之言狍鴞也。山海經曰：「鉤吾之山有獸焉，名曰狍鴞，是食人。」郭璞云：「爲物貪惏，象在夏鼎，左傳所謂『饕餮』是也。」

奰

說文作「奰」，从三大、三目。今詩作「奰」者，隸省也。或从三四、从犬，則非矣。張衡、左思賦內「贔屓」之「贔」，即「奰」之譌。正義引張衡賦：「巨靈奰屭，以流河曲。」「贔」、「屭」皆誤字，說文作「屓」。

在夏后之世

周語大子晉引詩：「殷鑒不遠，近在夏后之世。」宋明道二年刊本無「近」字。

抑十二章，三章章八句，九章章十句。

抑抑

楚語曰：「昔衛武公年九十有五矣，猶箴儆於國，曰：『自卿以下，至於師長士，苟在朝者，無謂我老耄而捨我。』於是乎作懿，戒以自儆。」韋昭云：「昭謂懿，詩大雅抑之篇也。懿，讀之曰抑。」

惟德之隅

漢酸棗令劉融碑：「養以之福，惟德之隅。」「養以之福」，可證今俗本左傳之誤。

有覺德行

禮記緇衣篇引詩：「有梏德行，四國順之。」

女雖湛樂從

唐石經「樂從」二字閒，旁添一「克」字。

如彼泉流

顧亭林詩本音曰：「今本誤作『流泉』，依唐石經及國子監注疏本改正。」

逷

説文:「逖,遠也。古文作『逷』。」

白圭之玷

説文:「刮,缺也。从刀,占聲。詩曰:『白圭之刮。』」

無言不讎

鄭箋作「售」。　玉裁按:當作左氏傳「憂必讎焉」之「讎」。

屋漏

鄭云:「屋,小帳也。」據此當作「幄」。説文無「幄」字。

不愆于儀

禮記緇衣篇引詩:「淑慎爾止,不僭于儀。」　玉裁按:説文曰:「愆,或作『寒』,从寒省。籀文作『僭』。」　左傳襄三十年引詩:「淑慎爾止,無載爾僞。」杜預以爲逸詩。然則非此詩之異文也。

虹

王逢曰:「虹,與『訌』同。」　抑、召旻傳同云:「潰也。」

告之話言

陸德明曰：「話，説文作『詁』。詁，故言也。」玉裁按：毛傳：「古之善言也。」以「古」釋「詁」，於同音求之。今説文「詩曰詁訓」四字，當作「詩曰告之詁言」六字。「話」字注内「詩曰告之話言」當作「詩曰慎爾出話」。毛詩「告之話言」，是「詁言」之譌。

我心慘慘

見采芑。

諄諄

爾雅：「夢夢、訰訰，亂也。」中庸篇：「肫肫其仁。」鄭注：「讀如『誨爾忳忳』之『忳忳』。」尚書大傳鄭注：「謂若『誨爾純純』、『聽我眊眊』之類。」

藐藐

爾雅：「儚儚、邈邈，悶也。」尚書大傳注作「眊眊」。

耄

説文作「薹」。

曰喪厥國

釋文：「韓詩作『聿喪』。」

桑柔十六章，八章章八句，八章章六句。

燼

說文作「㶳」。

國步斯頻

說文：「矉，恨張目也。詩曰：『國步斯矉。』」

秉心無競

韻補：「競，其亮切。」開元五經文字讀僵去聲。詩「秉心無倞」、「無倞維人」，今作「競」。

逢天僤怒

陸德明曰：「僤，本亦作『亶』。」

荓云不逮

荓，蓋「伻」字之假借。

好是家嗇，力民代食。家嗇維寶

釋文曰：「家，王申毛作『稼』，鄭作『家』。穡，本亦作『嗇』，王申毛作『穡』，鄭作『嗇』。鄭二字皆無『禾』。下『稼穡卒痒』始從禾。」玉裁按：鄭不云「稼穡」當作「家嗇」，則毛公本作「家嗇」

也。毛注「代食」云：「無功者食天禄也。」鄭申其意。而王肅所見之本誤衍一「代」字，云「代無功者食天禄也」，因曲爲之説，曰「有功力於民〔一〕，代無功者食天禄〔二〕」，且改「家嗇」字從禾，而不知「代無功食天禄」語最無理，豈毛公而爲之乎？

民人所瞻

漢潘乾碑：「永世支百，民人所彰。」

朋友已譖

玉裁按：鄭箋云：「譖，不信也。」則當作「僭」。

大風有隧

爾雅：「西風謂之泰風。」郭注引詩：「泰風有隧。」

反予來赫

毛傳作「赫」，鄭箋作「嚇」。　釋文曰：「赫，亦作『嚇』。」　文選注引鄭箋曰：「拒人曰嚇。」

職涼善背

毛傳：「涼，薄也。」鄭箋作「諒」，「信也」。

涼曰不可

詩本音曰：「唐石經作『諒』，與上章異。」　玉裁按：上章「職涼」，音義云：「毛音良，薄也；

鄭音亮，信也。下同。」所云「下同」者，即此「涼曰」之「涼」，是陸本皆作「涼」也。孔沖遠「職涼」正義云：「毛以爲，下民之爲此無中和之行，主爲偷薄之俗。」「涼曰不可」正義云：「我以信言諫王曰：汝所行者，於理不可。」鄭同。是孔本上章作「涼」，此章作「諒」。上章鄭易「涼」爲「諒」，而此章毛本作「諒」，非關鄭易也。唐石經上作「涼」，此作「諒」，蓋從孔本。然由文義求之，恐孔未得毛意。

雲漢八章，章十句。

蘊隆蟲蟲

韓詩：「鬱隆烔烔。」見釋文。字林：「熱氣烔烔。」見廣韵。

蟲蟲

爾雅：「爞爞、炎炎，熏也。」

后稷不克

鄭箋云：「克，當作『刻』。刻，識也。」

秏

説文有「秏」無「耗」。玉篇：「秏，減也，敗也。」引詩：「秏斁下土。」廣韵：「秏，俗作『耗』。」

斁

釋文曰：「説文、字林皆作『殬』。」玉裁按：鄭箋：「斁，敗也。」説文：「殬，敗也。」引商書：「彝倫攸殬。」與「厭斁」字別。

寧丁我躬

東原先生曰：「寧之言乃也。」

于摧

鄭箋：「摧，當作『嶊』。嶊，嗟也。」

滌滌山川

説文：「蔋，艸旱盡也。从艸，俶聲。詩曰：『蔋蔋山川。』」玉篇：「詩云：『旱既太甚，蔋蔋山川。』蔋蔋，旱气也。本亦作『滌』。」廣韵：「蔋，草木旱死也。」

旱魃

玉篇引曹憲文字指歸曰：「女妭，禿無髮〔三〕，所居之處，天不雨也。」廣韵同。

如惔如焚

後漢書章帝紀：「今時復旱，如炎如焚。」章懷注引韓詩：「旱魃爲虐，如炎如焚。」玉裁按：韓詩作「炎」爲善。毛云：「炎，燎也〔四〕。」説文云：「炎，燎也。」蓋毛公亦作「炎」也。上文「赫赫炎炎」，本或作「惔」，是其明證。

如焚

釋文曰：「本亦作『燓』。」

遯

釋文曰：「本亦作『遂』。」　玉裁按：周易遯卦，康成作「遂」。

則不我虞

玉裁按：「虞」、「娛」同，字之假借也。詩序云：「以禮自虞樂。」

敬恭明祀

釋文曰：「本或作『明神』。」　玉裁按：文選陸士衡答張士然詩：「駕言巡明祀。」李善注引毛詩：「敬恭明祀。」又按：衛覬西岳華山亭碑：「敬恭明祀，以奉皇靈。」則「明祀」爲古本。

散無友紀

朱子詩傳云：「或曰：友，疑作『有』。」

靡人不周

鄭箋：「周，當作『賙』。」

云如何里

鄭箋：「悝，憂也。」釋文曰：「里，本作『痤』。」爾雅：「痤，病也。」郭注：「見詩。」朱子曰：「與漢書『無俚』之『俚』同。」

有嘒其星

説文：「譓，聲也。詩曰：『有譓其聲。』」玉裁按：如史所云「赤氣亘天，砰隱有聲」之類也。今作「有嘒其星」，殆非。

崧高八章，章八句。

崧

亦作「嵩」。韋昭國語注云：「古通用『崇』字。」禮記孔子閒居篇引詩：「嵩高惟嶽。」玉裁按：漢碑「如山如岳，嵩如不傾」，言崇而不傾也；「如江如河，澹如不盈」，言贍而不盈也。

駿極于天

中庸篇：「峻極于天。」孔子閒居篇引詩：「峻極于天。」

甫

孔穎達曰：「詩及禮記作『甫』，尚書與外傳作『吕』。」

維周之翰

宋本禮記正義「惟周之翰」，今本譌爲「爲周之翰」。

蕃

板作「藩」。

于邑于謝、既入于謝

東方朔七諫：「偃王行其仁義兮，荆文寤而徐亡。」王逸注曰：「徐，偃王國名也，周宣王之舅申伯所封也。詩曰：『申伯番番，既入于徐。』周衰，其後僭號稱王也。」潛夫論：「炎帝苗胄，或封於申，在南陽宛北序山之下，故詩云：『亹亹申伯，王薦之事。于邑于序，南國爲式。』」

錫爾介圭

爾雅：「珪，大尺二寸，謂之玠。」郭注引詩：「錫爾玠珪。」説文：「圭，古文從玉。」「玠，大圭也。周書曰：『稱奉玠圭。』」玉裁按：今尚書作「承介圭」。

往䢋王舅

朱子集傳：「近，鄭音記。案：説文从辵、从丌。今从斤，誤。」唐韻正曰：「按：説文别有『䢋』字，『古之遒人以木鐸記詩言，从辵、从丌，讀與「記」同。』故九經音義於『近』字下多注云『「附近」之「近」』，以示學者，使讀爲其謹切，而不知古人『近』、『幾』二字通用。詩之『會言近止』、『往近王舅』，鄭康成所讀爲『記』者，又皆『「附近」之「近」』，而非『䢋』也。」按：陸云「『附近』之『近』」者，謂讀去聲，所以別於讀上聲之「近」也。凡「近遠」，讀上聲；「近之遠之」，讀去聲。寧人乃云「附近」之「近」讀其謹切，以別於「迈」字，大誤。又，「會言近止」乃「『附近』之『近』」，「往迈王舅」乃音記，語詞也。寧人亦不能分別。「會言近」者與「偕」、「邇」爲韵者，合音也。此條之誤大矣。玉裁按：「迈」字，經、傳内不常見，陸德明釋文内於「近」字每注「『附近』之『近』」者，皆以別諸上聲之「近遠」，而非別諸「迈」字也。古以「遠近」讀上聲，「親近」讀去聲。崧高傳：「迈，己也。」鄭箋：「己，辭也。此是申毛，各本作「近，辭也」，誤。讀如『彼記之子』之『記』。」蓋「往迈王舅」，言往己王舅也。古音同部假借。詩借「迈」爲「己」，故傳以「己」訓「迈」，猶淇奥借「簀」爲「積」，故傳以「積」訓「簀」；板借「王」爲「往」，故傳以「往」訓「王」。鄭箋又從而申明其説耳。詩「彼其之子」，左傳引作「彼己」，禮記引作「彼記」。鄭風大叔于田鄭箋云：「忌，辭也。讀如『彼己之子』之『己』。」劉伯莊史記音義云：「丌，古『其』字。」玉篇：「丌，古『其』字。」説文：「丌，讀若箕。」「迈，讀與『記』同。」知「其」、「己」、「記」、「忌」、「丌」、「迈」字同在之咍部，古同音假借。若「近」字，乃在諄文部，音轉讀若幾、讀若祈，在脂微部。如「會言近止」，與「偕」、「邇」爲韵；如周禮「九畿」，故書作「九近」；周易「月幾望」，或作「近望」，是也。諄文與脂微近，與之咍部相去甚遠，不相假借。崧高詩倘是「近」字，則毛不能訓爲「己」，鄭不能讀如「記」，而傳、箋之説俱無義理，不可通矣。故經文「近」字定爲「迈」字之譌，其説不可易也。毛居正曰：今字譌作「近」，不敢改也。

以時其粻

釋文曰：「如字，本又作『峙』。」

烝民八章，章八句。

天生烝民

孟子引詩：「天生蒸民。」

民之秉彝

孟子引詩：「民之秉夷。」

不侮矜寡

左氏傳昭公元年叔向引詩：「不侮鰥寡，不畏彊禦。」鴻鴈詩作「鰥寡」。

我義圖之

釋文：「我義，毛如字，宜也。鄭作『儀』；儀，匹也。」

愛莫助之

爾雅：「薆，隱也。」從毛傳，當作「薆」。

征夫捷捷

説文:「倢,佽也。」玉篇:「詩云:『征夫倢倢。』倢倢,樂事也。本亦作『捷』。」

韓奕六章,章十二句。

奕奕梁山

陳第曰:「爾雅疏『奕奕梁山』作『弈弈』,下从廾,音拱,豈古通用耶?」玉裁按:説文大部「奕」字注引「奕奕梁山」,爾雅疏作「博弈」字,誤也。

解

「懈」之假借。

虔共爾位

鄭箋:「古之『恭』字,或作『共』。」

鉤膺鏤鍚

説文:「鍚,馬頭飾也。从金,陽聲。詩曰:『鉤膺鏤鍚。』」。玉裁按:隸省作「錫」。

鞃

玉篇曰:「鞃,軾中靶也。鞃、鞃同。」

淺

爾雅：「虎竊毛謂之虦貓。」釋文：「又作『戲』。」

幭

曲禮：「素簚。」鄭注：「簚，覆笭也。」釋文曰：「簚，本又作『幭』。」疏引既夕禮：「乘惡車，白狗幦。」　玉藻：「君羔幦虎犆。」鄭注：「幦，覆笭也。」疏云：「詩大雅：『鞹鞃淺幭。』毛傳云：『幭，覆式。』幭，即幦也。又，周禮巾車作『䄙』，但古字耳。三者同也。」　少儀：「拖諸幦。」鄭注：「幦，覆笭也。」　既夕禮：「鹿淺幦。」鄭注：「幦，覆笭。」　周官經巾車「犬䄙」、「鹿淺䄙」、「然䄙」、「豻䄙」，鄭注：「䄙，覆笭也。」　春秋公羊傳昭二十五年：「以幦爲席。」何休注曰：「幦，車覆笭。」　說文：「幦，鬃布也。从巾，辟聲。周禮曰：『駹車犬幦。』」　玉裁按：韓奕當同儀禮、禮記作「幦」。「車笭」字以「幦」爲正也，「幭」、「䄙」皆假借字。「簚」又「幭」之變。

鞗革

玉裁按：說文無「鞗」字，有「鋚」字。「鋚，鐵也。一曰：轡首銅也。从金，攸聲。」石鼓詩「四車既安」之下，有「鋚勒」字。焦山周鼎有「鋚勒」字〔五〕。此鼎文未見摹本，其作「攸革」、「鋚勒」，未詳。他日往山中辨之。　博古圖周宰辟父敦銘三，皆有「攸革」字。　薛尚功鐘鼎款識周伯姬鼎有「攸勒」字，寅篋有「鋚勒」字，疑詩經文「鞗革」皆「鋚勒」之譌。鋚勒，猶唐、宋人所云「金勒」。古鐘鼎「鋚」省作「攸」，後人不知爲「鋚」字之省，輒製「攸」下从革之字。蓼蕭毛傳：「鋚〔六〕，轡也。」「轡」下蓋落「首飾」二字。鋚，所以飾轡首。下文云「沖沖，垂飾皃」，正謂此飾也。革者，「勒」字之省。轡首謂之勒。勒，馬頭絡銜，所以繫轡，故曰轡首。唐孔氏釋「轡首」云：「馬轡所靶之外，有餘而垂。」甚誤。載見：「鋚勒有鶬。」毛傳：「有鶬，謂有法度也。」玉篇：「鞗，轡也。亦作『鋚』。」「⿰革𣡕，靶也，勒也。亦作『革』。」「⿰革棘，同『⿰革𣡕』。」廣韵：「鋚，紖頭銅飾。」玉裁又按：爾雅：「轡首謂之革。」郭注：「轡，靶勒也。」語不明，當云：「轡，靶也。革，勒也。」說文：「轡，馬轡也。」「靶，轡革也。」「勒，馬頭絡銜也。」「羈，馬絡頭也。」「靮，馬羈也。」「銜，馬勒口中也。」「鑣，馬銜也。」絡頭、銜口統謂之勒，所以繫轡，故曰轡首。轡革爲人所把，故曰靶。漢書：「王良執靶。」吳都賦：「回靶。」今人曰扯手，亦曰轡頭，古之靶也、轡也，皆自人所把言之也。今人曰籠頭、曰嚼口，古之轡首也、勒也、羈靮也、銜也，皆自馬首言之也。鄴中記曰：「石虎諱『勒』，呼馬勒爲轡。」見廣韵。知「轡」、「勒」本爲二物。玉裁又按：鄭箋於采芑云：「鞗革，轡首垂也。」於韓奕云：「鞗革，謂轡也。」於載見云：「鞗革，轡首也。」絕無定說，而采芑尤誤。轡可言「垂」，轡首不可言「垂」矣。於載見云：「鎗，金飾皃。」合於以鋚飾勒之旨。乾隆戊戌閏六月，焦山僧澹寧寄予周鼎摹本，「鋚」字作「攸」，「勒」字殘蝕，而右旁一「丿」分明，定其作「勒」。初五日識於巫山署。

金厄

説文：「槅，大車扼也。」攷工記作「鬲」，説文作「槅」。西京賦：「商旅聯槅。」潘安仁傳：「發槅寫鞍。」「軶，轅前也。」「軥，軶下曲者。」左傳襄十四年：「射兩軥而還。」服注：「車軶兩邊叉馬頸者。」杜注：「車軶卷者。」昭二十六年：「射之，中楯瓦。繇朐汏輈，匕入者三寸。」杜注：「入楯瓦也。朐，車軶。」朐，即「軥」之假借。小爾雅：「衡，扼也。扼上者謂之烏啄。」當作「扼上也。扼下者謂之烏啄。」釋名：「馬曰烏啄。下向叉馬頸，似烏開口向下啄物時也。」東原先生釋車：「軶謂之衡，衡下烏啄謂之軥。大車之軶謂之鬲。」玉裁按：經文「厄」者，「軛」之假借。毛傳：「厄，烏噣也。」烏噣，即小爾雅、釋名之「烏啄」也。古「啄」、「噣」通用，如爾雅：「生噣雛。」王逸九歎注引作「生啄」。釋文曰：「噣，沈音晝。」是沈重讀「不濡其噣」之「噣」。陸氏雖誤引爾雅，而云「噣，爾雅作『蠋』」，是陸尚未譌爲「蠋」也。鞹以爲鞃，虢以爲幦，鋚以飾勒，金以飾軶，本四事也。徐廣曰：「乘輿車，文虎伏軾，龍首衡軛。」後漢書輿服志作「銜軛」。索隱曰：「謂金飾衡軛爲龍。」玉裁按：「文虎伏軾」，即經之「虢幦」；「金飾衡軛」，即經之「金軛」。鄭箋不用毛説，以「厄」爲「搤」之假借，云：「鞗革，轡也。以金爲小環，往往纏搤其轡。」合「鞗革」、「金厄」爲一事。至孔沖遠正義乃以「噣」譌「蠋」，妄云：「『厄，烏蠋』，爾雅釋蟲文。厄，大蟲，如指，似蠶。金厄者，以金接轡之端，如厄蟲然。」其説致爲無理。爾雅「蚅」、「蝺」、「蠋」，字皆从虫，與毛傳「厄烏噣」奚翅風馬牛不相及？陸氏、孔氏之牽合，奚啻以鼠腊爲荆璞也？軶，隸省作「軛」，他書亦皆「㧖」。

或曰：上文曰「錯衡」矣，又曰「金軶」，不爲複與？曰：衡謂横木，軶謂下向叉馬頸之軥。史記索隱引崔浩云：「衡車，扼上横木也。」是衡爲一物，扼即軥爲一物也。屈原賦戴氏注云：「軛，衡下兩軥也。衡亦通謂之軶。」既夕禮〔七〕：「楔，貌如軛，上兩末。」疏云：「如馬鞅，軛馬領。」鄭注云：「今文『軛』作『厄』。」此可以見「軛」爲正字，「厄」爲假借也。

出宿于屠

説文：「郃，左馮翊郃陽亭。」言左馮翊郃陽縣之郃亭也。一本作「郃陽亭」，誤。王應麟困學紀聞曰：「『韓侯出祖，出宿于屠。』毛氏曰：『屠，地名。』不言所在。滈水李氏以爲同州郃谷。今按：説文有左馮翊郃陽亭。當作「左馮翊郃陽郃亭」，王氏所見説文本誤也。馮翊即同州也。滈水之言信矣。」

鮮魚

説文：「鮮，魚名。」「鱻，新魚精也。」玉裁按：周官經：「鱻薨。」

蔌

説文：「鬻，鼎實，惟葦及蒲。或作『餗』。从食，束聲。」鄭康成周易鼎九四注：「震爲竹。竹萌曰筍。筍者，餗之爲菜也。」郭注爾雅曰：「蔌，菜茹之總名。」

諸娣

白虎通引詩：「姪娣從之，祁祁如雲。」

韓之

毛傳：「顧之，曲顧，道義也。」「曲」，或誤作「由」。惠氏定宇曰〔八〕：「列女傳：『齊孝公迎華氏之長女孟姬於其父母，三顧而出，親授之綏，自御，輪三，曲顧。姬輿遂納於宮。』淮南氾論：『昔蒼梧繞娶妻而美，以讓兄，此所謂忠愛而不可行也。』高誘注云：『蒼梧繞，乃孔子時人。以妻美好，推與其兄。於兄則愛矣，而違親迎曲顧之義，故曰不可行也。』」俗本淮南無此注。玉裁按：白虎通亦曰：「必親迎，輪三周，下車曲顧者，防淫泆也。」

實

鄭箋：「實，當作『寔』。趙魏之東，『實』、『寔』同聲。寔，是也。」

江漢六章，章八句。

洸洸

鹽鐵論作「潢潢」，蓋「僙僙」之誤也。

來旬來宣

鄭箋：「旬，當作『營』。」

矢其文德，洽此四國

禮記孔子閒居篇引詩：「弛其文德，協此四國。」鄭注：「弛，施也。」

常武六章，章八句。

鋪敦淮濆

見汝墳。

敦

鄭箋：「敦，當作『屯』。」

緜緜

釋文曰：「韓詩作『民民』。」玉裁按：常武、載芟之「緜緜」，韓詩作「民民」。小旻、緜之「膴」，韓詩皆作「腜」。知四家詩字各有義例。

徐方繹騷

鄭箋：「繹，當作『驛』。」

瞻卬七章，三章章十句，四章章八句。

懿

鄭箋曰：「懿，有所痛傷之聲也。」玉裁按：此借「懿」爲「噫」，與十月之交借「抑」爲「噫」同也。「抑」、「懿」同在十二部，入聲。大雅抑詩，外傳作「懿」。

鞫人忮忒

説文：「伎，與也。从人，支聲。詩曰：『籀人伎忒。』」

介狄

毛傳：「狄，遠也。」以爲「逖」之假借。

不弔

鄭箋：「弔，至也。」玉裁按：鄭作「迅」。

邦國殄瘁

漢書王莽傳：「邦國殄顇。」

召旻七章，四章章五句，三章章七句。

我居圉卒荒

韓詩外傳引：「我居御卒荒。」

訿訿

傳曰：「訿訿，窳不供事也。」玉裁按：「訿」，當作「呰」。説文曰：「呰，窳也。」「窳，嬾也。」史記、漢書皆曰「呰窳偷生」，皆本毛傳。然則「訿」、「呰」異字同義耳。今本説文脱「窳」字，各書誤以穴部之「窳」當之。

草不潰茂

玉裁按：毛云：「潰，遂也。」與「是用不潰于成」傳同。鄭箋云：「潰，當作『彙』。」非也。

職兄

毛傳：「兄，兹也。」桑柔傳：「兄，兹也。」與常棣傳「況，兹也」同。韋昭國語注曰：「況，益也。」説文艸部「兹」字下曰：「艸木多益也。」

頻

鄭箋：「當作『濱』。」説文：「顰，水厓。人所賓附，頻蹙不前而止。从頁、从涉。」

昔先王受命，有如召公

正義曰：「詩句有六字者，『昔者先王受命，有如召公之臣』之類也。」

【校勘記】

〔一〕有功力於民　「力於民」，底本誤作「者」，據毛詩正義及四卷節録本改。

〔二〕代無功者食天禄　「天」，底本原奪，據毛詩正義及四卷節録本補。

〔三〕秃無髮　「無」，底本原奪，據玉篇、廣韻改。

〔四〕炎燎也　毛傳作「惔燎之也」，經典釋文作「惔燎也」。

〔五〕焦山周鼎有鋚勒字　「鋚」，無叀鼎及四卷節録本作「攸」。

〔六〕鋚　「鋚」，毛詩箋及四卷節録本作「肇」。

〔七〕既夕禮　「既夕」，底本誤作「士喪」，據儀禮注疏改。

〔八〕惠氏定宇曰　「宇」，底本誤作「字」，據文義及四卷節録本改。

詩經小學卷二十六

金壇段玉裁撰

周頌

清廟之什

清廟一章，八句。

駿奔走

禮記大傳篇：「諸侯執豆籩，逡奔走。」鄭注：「逡，疾也。疾奔走，言勸事也。周頌曰：『逡奔走在廟。』」

維天之命

維天之命一章，八句。

禮記中庸篇引詩，「維」作「惟」。

於穆不巳

詩譜云：「孟仲子者，子思弟子。子思論詩『於穆不巳』，孟仲子曰『於穆不似』。」斯干正義云「師徒異讀」，非也。古「似」聲同「巳」。

假以溢我

左氏傳襄二十七年引詩：「何以恤我，我其收之。」玉裁按：杜元凱云「逸詩」，不以爲此篇異文也，而朱子集傳合爲一。但合爾雅、説文、尚書、史記求之，「謐」、「溢」、「恤」皆是慎意。「誐」、「何」、「假」乃是異文。朱子引左氏，未爲非，而「文王之神，將何以恤我」，其訓非也。説文：「誐，嘉善也。从言，我聲。詩曰：『誐以謐我。』」廣韵：「誐，嘉善也。詩曰：『誐以謐我。』」玉裁按：爾雅：「溢、慎、謐，静也。」又，「毖、神、溢，慎也。」尚書「惟刑之恤」，史記作「惟刑之静」，徐廣曰：「今文尚書作『惟刑之謐』。」維天之命或作「謐」，或作「溢」，或作「恤」，皆静慎之意也。莊子「以言其老洫也」，亦是静意。

維清一章，五句。

維周之祺

釋文曰：「祺，音其，祥也。爾雅同。徐云：『本又作「禎」，音貞。』與崔本同。」正義曰：「『祺，祥』，釋言文。舍人曰：『祺，福之祥。』某氏曰：『詩云「維周之祺」』，定本、集注「祺」字作「禎」。』」玉裁按：此當從古本作「祺」。作「禎」者，恐是改易取韵。

烈文一章，十三句。

於乎前王不忘

禮記大學篇：「詩云：『於戲前王不忘。』」

天作一章，七句。

天作高山，大王荒之

傳：「大王行道，能安天之所作也。」玉裁按：「行道能」之下有脱文，當云：「大王行道能大之，文王又能安天之所作也。」鄭箋「彼作」謂萬民。毛公仍承首句「作」字。正義云：「毛以爲，大王居岐長大，此天所生者。彼萬民居岐邦築作宫室者，文王則能安之。」訓「彼作」，失毛意，而可證毛傳有脱。荒，訓大；康，訓安也。國語鄭叔詹曰：「周頌：『天作高山，大王荒之。』荒，大之也。大天所作，可謂親有天矣。」荀子王制篇引詩：「天作高山，大王荒之。彼作矣，文王康之。」楊倞注：「荒，大也。康，安也。言天作此高山，大王則能尊大之，文王又能安之。」天論篇引此詩，注亦云：「大王能尊大岐山。」皆可證。

彼徂矣句**，岐有夷之行**

朱子集傳曰：「沈括筆談曰：『後漢書西南夷傳作「彼岨者岐」。』今按：彼書『岨』，但作『徂』，而引韓詩薛君章句，亦但訓爲『往』，獨『矣』字正作『者』。如沈氏説。然其注末復云『岐雖岨僻』〔一〕，則似又有『岨』意。韓子亦云『彼岐有岨』，疑或前有所據，故今從之，而定讀『岐』字絶句。」王應麟困學紀聞曰：「筆談云：『「彼徂矣岐，有夷之行」，朱浮傳作「彼岨者岐」』。今案：朱浮傳無此語。西南夷傳朱輔上疏曰：『彼徂者岐，有夷之行』。注引韓詩薛君傳曰：『徂，往也。』蓋誤以朱輔爲朱浮，亦無『岨』字。」玉裁按：西南夷傳朱輔疏曰：「臣聞詩云：『彼徂者岐，有夷之行。』傳曰：『岐道雖僻，而人不遠。』」太子賢注曰：「韓詩薛君傳：『徂，往也。夷，易也。行，道也。彼百姓歸文王者，皆曰岐有易道，可往歸矣。易道，謂仁義之道而易行，故岐道阻僻〔二〕，而人不難。』」「岐道阻僻」四字〔三〕，薛君先經反言以釋「夷」字，非釋「徂」字也。東原先生曰：「鄭箋云『後之往者』，薛君云『彼百姓歸文王者』，是毛、韓皆作『徂』、作『者』之證。」玉裁謂：作「徂」無疑，而作「者」則非。鄭箋釋「彼作矣」曰：「彼萬民居岐邦者」，釋「彼徂矣」曰「後之往者」，兩「矣」字一例，當以「彼徂矣」三字一句，「岐有夷之行」五字一句，不當從後漢書作「者」。劉向説苑引詩「岐有夷之行，子孫其保之」，可證漢人「岐」字下屬也。韓詩外傳引詩「政有夷之行，子孫保之」，此「政」字亦是「岐」字之譌。毛晉刻外傳，跋曰：「所載詩句，或與今不同，如『南有喬木，不可休思』，一章疊用四『思』字，確然可憑。又如『岐有夷之行』，『岐』字連下句讀，便覺『彼作矣』、『彼徂矣』句法雙妙。」玉裁按：毛氏此跋甚善，而刻內「岐」仍譌「政」。

昊天有成命一章，七句。

夙夜基命宥密

孔子閒居篇引詩：「夙夜其命宥密。」鄭注曰：「詩讀『其』爲『基』，聲之誤也。基，謀也。」詩釋文曰：「其，音基。本亦作『基』。」玉裁按：張衡傳注：「諆，謀也。」

宥密

何氏楷曰：「密，當依新書作『謐』。」

於緝熙

國語無「於」字。宋本國語有。

單厥心

國語作「亶厥心」。叔向曰：「亶，厚也。」

我將一章，十句。

我將我享，維羊維牛

詩本音曰：「隋書宇文愷傳引作『維牛維羊』，則『羊』與『享』爲韵，而『右』字不入韵也。」玉裁按：周禮羊人疏亦引：「惟牛惟羊，惟天其祐之。」但此等恐皆未可據也。

儀式刑文王之典

左氏傳昭六年叔向詒子産書引：「儀式刑文王之德。」

既右饗之

詩本音曰：「今本或作『亯』，依唐石經及國子監注疏本改正。」玉裁按：經典凡獻於上曰亯，食所獻曰饗。如詩周頌「我將我亯」，下文曰「既右饗之」；楚茨「以享以祀」，下文曰「神保是饗」；閟宫「享以騂犧」，下文曰「是饗是宜」：尤顯然可證。

時邁一章，十五句。吕叔玉云：「此篇爲肆夏也。」

莫不震疊

玉篇引詩：「莫不振疊。」

疊

說文曰：「楊雄說，以爲古理官決罪，三日得其宜，乃行之。从晶、从宜。亡新以爲『疊』从三『日』太盛，改爲三『田』。」

懷柔百神

釋文曰：「柔，本亦作『濡』。」正義曰：「定本作『柔』，集注作『濡』，『柔』是也。釋詁云：『柔，安也。』某氏引詩：『懷柔百神。』」玉裁按：宋書樂志：「宋明堂歌謝莊造登歌辭曰：『昭事先聖，懷濡上靈。』」然則六朝時本作「懷濡百神」也。「柔」「濡」古音同，是假「濡」爲「柔」耳。注爾雅者引「懷柔百神」，易其字也。集注經作「濡」，當從之。

執競一章，十四句。春秋左氏傳云：「武曰：『無競惟烈。』」吕叔玉云：「此篇爲樊遏也。」

執競

鄭氏周禮注：「吕叔玉云：『緐遏，執傹也。』」

鐘鼓喤喤

爾雅：「韹韹，樂也。」釋文：「韹韹，詩作『喤喤』，華盲反。又作『鍠』。」説文：「鍠，鐘聲也。詩曰：『鐘鼓鍠鍠。』」

磬筦將將

説文：「蹡，行皃。从足，將聲。詩曰：『管磬蹡蹡。』」

思文一章，八句。呂叔玉云：「此篇爲渠也。」

立我烝民

鄭箋：「立，當作『粒』。」

貽我來牟

文選典引注引韓詩内今本譌作「外」傳：「貽我嘉麰。」薛君曰：「麰，大麥也。」漢書楚元王傳劉向上災異封事引詩：「飴我釐麰。」「釐麰，麥也，始自天降。」説文「來」字注：「周所受瑞麥來麰。一束作「束」誤。二縫，象芒束之形。天所來也，故爲『行來』之『來』。詩曰：『詒我來麰。』」又，「䅘」字注：「齊謂麥䅘也。」又，「麰」字注：「來麰，麥也。或作『荦』。」廣韻引埤蒼曰：「䅘麰之麥，一麥二稃，周受此瑞麥。」廣韻又曰：「麳，小麥。麳，同。」玉裁按：説文「一束二縫」，或作「一束二縫」，或作「一來二縫」，而正義引説文作「一麥二夆」，均不可解。攷廣韻引埤蒼作「一麥二稃」，亦有譌誤，當作「二麥一稃」乃合。一稃二米者，后稷之嘉穀也；一稃二麥者，后稷之瑞麥也；三苗同穗者，成王之嘉禾也。見尚書大傳。旁出上合者，漢時之奇木也。說文當作「二麥一稃」，「二」、「一」互譌。「稃」、「縫」者，音之譌。或曰：說文作「一束二稃」，从束者，象其芒束之形。玉裁按：一束二稃，言二麥同一穎芒也。

【校勘記】

〔一〕然其注末復云岐雖岨僻　「注末復」，底本誤作「末復注」，據朱熹詩集傳改。

〔二〕岐道阻僻　「僻」，當從後漢書李賢注作「險」。

〔三〕岐道阻僻四字　「阻」，底本誤作「岨」，據上文改。「僻」，當從上文及後漢書李賢注作「險」。

詩經小學卷二十七

金壇段玉裁撰

臣工之什

臣工一章，十五句。

庤乃錢鎛

鄭氏攷工記注引：「偫乃錢鎛。」

艾

當作「刈」。見葛覃。

噫嘻一章，八句。

噫嘻

東原先生曰：「即曾子問注之『噫歆』也。」

率時農夫

兩都賦李善注引韓詩：「帥時農夫。」

振鷺一章，八句。

在此無斁

韓詩：「在此無射。」中庸引詩：「在此無射。」班昭女誡引詩：「在彼無惡，在此無射。」章懷注曰：「韓詩周頌之言也。射，厭也。毛詩作『斁』。」

有瞽一章，十三句。

應田縣鼓

鄭箋：「田，當作『⿰車柬』。⿰車柬，小鼓，在大鼓旁，應鞞之屬也。聲轉字誤，變而作『田』。」明堂位鄭注引：「應⿰車柬縣鼓〔一〕。」爾雅郭注引詩：「應⿰車申縣鼓。」玉裁按：說文：「⿰車申，擊小鼓引樂聲也。」今通作「⿰車柬」。

鞉

説文：「鞀，遼也。或作『鞉』，或作『鼗』，籀文作『磬』。」

圉

玉裁按：説文：「敔，禁也。一曰：樂器，椌楬也，形如木虎。从攴，吾聲。」

肅雝和鳴

爾雅：「肅噰，聲也。」郭注：「詩曰：『肅噰和鳴。』」

潛一章，六句。

潛

馬融長笛賦李善注：「韓詩薛君章句曰：『涔，漁池也。』」釋文引韓詩：「涔，魚池也。」玉裁按：此則韓詩「潛」爲「涔」。爾雅：「槮謂之涔。」陸德明曰：「槮，爾雅舊文并詩傳竝『米』旁作，小爾雅『木』旁作。郭因改『米』从『木』。字林作『罧』。涔，詩作『潛』字，小爾雅作『橬』字。」

雝一章，十六句。

雝

爾雅：「廱廱、優優，和也。」

載見一章，十四句。

和鈴央央

東京賦：「和鈴鉠鉠。」李善注引毛詩：「和鈴鉠鉠。」玉篇：「鉠，鈴聲。」廣韻：「鉠，鈴聲。」

鞗革有鶬

説文：「瑲，玉聲也。从玉，倉聲。詩曰：『鞗革有瑲。』」説文無「鞗」字，當作「鋚」。

【校勘記】

〔一〕應棘縣鼓「棘」，底本誤作「棘」，據禮記正義改。

詩經小學卷二十八

金壇段玉裁撰

閔予小子之什

閔予小子一章，十一句。

嬛嬛在疚

李善文選寡婦賦注：「韓詩曰：『惸惸余在疚〔一〕。』」匡衡戒妃匹勸經學威儀之則疏引詩：「煢煢在疚。」左氏傳：「魯哀公誄孔子曰：『煢煢余在疚。』」説文：「宊，貧病也。从宀，久聲。詩曰：『煢煢在宊。』」

敬之一章，十二句。

佛

毛云：「佛，大也。」此以「佛」爲「廢」之假借。釋詁云：「廢，大也。」古「廢」、「佛」音同。四月：「廢爲殘賊。」毛傳：「廢，大也。」郭氏爾雅注亦引「廢爲殘賊」。然則四月用正字，敬之用假借字耳。鄭箋云：「佛，輔也。」則又以爲「弼」之假借字。

小毖一章，八句。

莽蜂

爾雅：「甹夆，掣曳也。」玉裁按：毛傳作「摩曳」[二]。說文：「摩，引縱也。」

自求辛螫

韓詩作「辛赦」。赦，事也。見釋文。

拚飛

鄭箋作「翻飛」。

載芟一章，三十一句。

其耕澤澤

爾雅：「郝郝，耕也。」

侯彊侯以

顧亭林金石文字記誤作「畺」。

有略其耜

爾雅：「䂮，利也。」釋文：「䂮，詩作『略』。」說文：「剽，刀劍刃也。籀文作『䂮』。」

俶載

鄭箋：「俶載，當作『熾菑』。」

驛驛其達

爾雅：「繹繹，生也。」

緜緜其麃

釋文：「緜緜，韓詩作『民民』，衆皃。」爾雅：「緜緜，麃也。」釋文：「麃，字書作『穮』。」說文：「穮，耕禾閒也〔三〕。春秋傳曰：『是穮是衮。』」

有椒其馨

釋文曰：「椒，沈作『俶』，尺叔反。云作『椒』者，誤也。此論釀酒芬香，無取椒氣之芳也。按：唐風椒聊箋云：『椒之性芬芳。』王注云：『椒，芬芳之物。』此傳云『椒，猶飶』〔四〕，『飶，芬香』。椒是芳香之物，此正相協，無取改字爲『俶』。俶，始也，非芬香。」玉裁謂：毛傳云：「飶，芬香皃。」「俶，猶飶也。」「俶」字正取其香始升芬芳酷烈之意，與「飶」字相配。若作「椒」，是物，與「飶」字不對，傳不得云「猶飶也」。詩言「有苑」、「有奭」、「有鶬」、「有敦瓜苦」、「有俶其城」，句意皆同。今定從沈作「俶」。飶，香之皃也。俶，馨之皃也。

良耜一章，二十三句。

俶載

鄭箋：「熾菑是南畝也。」

其鎛斯趙

攷工記鄭注引：「其鎛斯𢯷。」

以薅荼蓼

說文：「薅，拔去田艸也。从蓐，好省聲。籒作『䒃』〔五〕，或作『茠』。詩曰：『既茠荼蓼。』」爾雅：「蒤，委葉。」郭璞注引詩：「以茠蒤蓼。」

穫之挃挃

說文「挃」字注引：「穫之挃挃。」廣韵：「秷，刈禾聲。」

積之栗栗

説文：「穧，積禾也。从禾，資聲。詩曰：『穧之秩秩。』」又曰：「秩，積也。从禾，失聲。詩曰：『穧之秩秩。』」

捄

當作「觓」。

絲衣一章，九句。

絲衣其紑

説文引詩：「素衣其紑。」

載弁俅俅

説文引詩：「弁服俅俅。」玉篇曰：「詩：『戴弁俅俅。』或作『頯』。柔流切。」

不吳不敖

史記封禪書作「不吳不驁」。

吳

釋文曰：「吳，舊如字。説文作『吴』。何承天曰：『「吴」字誤，當作「吳」，从口下大，故魚之大口者名吳。胡化反。』」説文：「吴，姓也，亦郡也。一曰：吴，大言也。从夨、口。」徐鍇曰：

「大言，故矢口以出聲。詩曰：『不吳不揚。』今寫詩者改『吳』作『吴』，又音乎化切。其謬甚矣。」玉裁按：方言：「吳，大也。」吳之爲大，於聲求之，大言爲吳，物之大者亦曰吳。屈賦：「齊吳榜以擊汰。」王逸曰：「齊舉大櫂也。」

酌一章，八句。春秋左氏傳作「汋」。禮經舞勺，相傳以爲即此詩也。

我龍受之

毛傳：「龍，和也。」玉裁按：此及長發，毛以「龍」爲「雝」之假借，故曰「和也」。雝，俗作「雍」。

桓一章，九句。春秋左氏傳曰：「武六章也。」

婁豐年

今本作「屢」。釋文、唐石經作「婁」。宋婁機班馬字類引詩：「婁豐年。」角弓釋文：「婁，本亦作『屢』。」

賚一章，六句。春秋左氏傳曰：「武三章也。」

敷時繹思

左氏傳宣十二年引武三章：「鋪時繹思，我徂惟求定。」

般一章，七句。

喬

爾雅釋山：「鋭而高，嶠。」　説文無「嶠」字。

裒時之對，時周之命

正義曰：「此篇末，俗本有『於繹思』三字，誤也。」　釋文：「『於繹思』。毛詩無此句，與齊、魯、韓異。今毛詩有者，衍文也。崔集注本有，是採三家之本。崔因有，故解之。」

【校勘記】

〔一〕惸惸余在疚　「惸惸」，底本誤作「懧懧」，據文選改。

〔二〕毛傳作⿸疒擘曳　「⿸疒擘」，毛傳作「⿸广⿱林糸」。

〔三〕耕禾間也　「耕」，底本誤作「耘」，據説文解字及段玉裁説文解字注改。

〔四〕此傳云椒猶飶　「傳云」，底本誤作「物」，據經典釋文改。

〔五〕籀作⿱艹⿰女辰　「⿱艹⿰女辰」，底本誤作「⿱艹⿰女寿」，據説文解字及段玉裁説文解字注改。

詩經小學卷二十九

金壇段玉裁撰

魯頌

駉四篇

駉四章，章八句。

駉駉牡馬

顏氏家訓曰：「詩云：『駉駉牡馬。』江南書皆爲『牝牡』之『牡』，河北本悉爲『放牧』之『牧』。鄴下博士見難云：『駉頌既美僖公牧於坰野之事，何論騲騭乎？』余答曰：『案毛詩云：「駉駉，良馬腹榦肥張也。」其下又云：「諸矦六閑四種：有良馬、戎馬、田馬、駑馬。」若作「放牧」之「牧」，通於牝牡，則不容限在良馬獨得駉駉之稱。良馬，天子以駕玉輅，諸矦以充朝聘郊祀，必無騲也。周禮圉人職：「良馬，匹一人。駑馬，麗一人。」圉人所養，亦非騲也；頌人舉其强駿者言之，於義爲得也。易云：「良馬逐逐。大畜九三爻辭，鄭康成本複一「逐」字。」左傳云：「以其良馬二。」亦精駿之稱，非通語也。今以詩傳良馬，通於牧騲，恐失毛生之意，且不見劉芳義證乎？』」玉裁按：李善注李陵與蘇武書引：「駉駉牧馬。」唐石經碑「牡馬」字皆改竄模糊。玩其字形，本作「牡」，又於石上改作「牧」，不欲泥於顔説也。攷周官夏官馬政，絶無郊祀、朝聘有「騭」無「騲」之文。校人職云：「凡馬，特居四之一。」鄭司農云：「三牝一牡。」康成云：「欲其乘之性相似也。」此云「凡馬」，兼指六種、五路之馬。又，康成計王馬之大數，而引詩「騋牝三千」，何嘗謂五路之馬無騲歟？良馬通謂五路之馬，倘皆無騲，則通淫游牝，豈專爲駑馬？良馬豈皆駑馬所生？康成何以云種馬謂「上善似母者」也？今俗以騋、騭爲良，自是尚力，五路之馬，不皆尚强。且詩序云「牧於坰野」，毛傳云「牧之坰野，則駉駉然」，正義云「駉駉然腹幹肥張者，所牧養之良馬也」，經文作「牧」爲是。定之方中傳：「馬七尺以上曰騋。」騋馬與牝馬也。衛之大夫「良馬四之」、「良馬五之」、「良馬六之」，晉大夫「趙旃以其良馬二濟其兄與叔父」。説卦傳：「爲良馬。」虞翻曰：「乾善，故良也。」善馬，通稱良馬。良者，對駑之稱。良馬匹一圉，駑馬麗一圉，別其貴賤，而云一馬一圉，必無「騲」，誤矣。

駉駉

玉篇曰：「駉，亦作『駫』。」詩釋文曰：「駉，説文作『驍』，又作『駫』。」據釋文，則今本説文「駫」字注引「駫駫四牡」，唐時本作「駫駫牡馬」。許所據詩此句作「駫駫牡馬」，下句作「在駉之野」，與今詩絶異。云説文作「驍」，不可攷。

在坰之野

説文：「駉，牧馬苑也。从馬，冋聲。詩曰：『在駉之野。』」玉裁按：許意，「在駉之野」，即在野之駉也，倒句以就韵。説文曰：「冂，古文作『冋』，或作『坰』。」

有驈有皇

爾雅：「黄白，騜。」説文「驈」字注引詩「有驈有騜」，而無「騜」字，蓋或有闕遺。

有騅

正義曰：「檢定本、集注及徐音，皆作『騅』字，而俗本多作『駁』字。爾雅有『騂白，駁』，謂赤白襍色，駁而不純，非黑身白鬣也。東山傳曰：『騂白曰駁。』謂赤白襍，取爾雅爲説。若此亦爲『駁』，不應傳與彼異。且注爾雅者樊光、孫炎於『騂白，駁』下乃引易『乾爲駁馬』，引東山『皇駁其馬』，皆不引此文，明此非『駁』也。其字定當爲『騅』，但不知『黑身白鬣』何所出耳。」玉裁按：文選顏延年赭白馬賦李注引劉芳毛詩義證曰：「彤白襍毛曰駁。」蓋豳風語也。且彤白曰騢，非「駮」也。

有驔

毛傳：「驔，豪骭也。」說文：「驔，驪馬黄脊也。」「騽，豪骭也。」爾雅：「驪馬黄脊，騽。」釋文云：「説文作『驔』，今爾雅本亦有作『驔』者。」

有魚

爾雅：「二目白魚。」釋文：「本又作『瞧』，字林作『䰻』。」

有駜三章，章九句。

鼓咽咽

釋文曰：「咽，本又作『淵』。」李善東京賦注引毛詩：「鼓鼝鼝。」

歲其有、詒孫子

唐石經「歲起有」、「詒孫子」，「有」字之側有「年」字，「詒」字之側有「厥」字。釋文：「歲其有，本或作『歲其有矣』，又作『歲其有年』。『矣』、『年』皆衍字也。」「詒孫子，本或作『詒厥孫子』、『詒于孫子』，皆是妄加也。」正義曰：「定本、集注皆云『歲其有年』。」周頌豐年正義引魯頌：「歲其有年。」列女傳引：「君子有穀，詒厥孫子〔一〕。」

泮水八章，章八句。

茆

説文：「茆，鳬葵也。从艸，丣聲。詩曰：『言采其茆。』」廣韵三十一巧：「茆〔二〕，鳬葵。説文作『茆』，音栁。」又，四十四有引詩：「言采其茆。」

屈

毛、韓皆云：「屈，收也。」鄭箋云：「治也。」徐云：「鄭其勿反。」玉裁按：爾雅釋詁篇：「淈，治也。」郭注云：「書序作『汩』，音同耳。」此詩毛、韓如字，鄭讀淈。孔氏正義云：「釋詁篇：『淈，治也。』某氏引此詩。」

泮宫

禮器篇鄭注〔三〕：「頖宫，宋本有「宫」字，今本無。郊之學也。詩所謂『頖宫』也。」玉裁按：王制、禮器篇皆作「頖宫」。

在泮獻馘

王制鄭注引：「在頖獻馘。」説文：「聝，或从首作『馘』。」

皋陶

古經、傳皆作「咎繇」。

狄彼東南

釋文引韓詩：「鬄，除也。」鄭云：「狄，當作『剔』。剔，治也。」玉裁按：即「用逷蠻方」之「逷」。抑傳云：「逷，遠也。」左傳：「糾逖王慝。」

烝烝皇皇

鄭箋：「皇皇，當作『暀暀』。暀暀，猶往往也。」

不吳不揚

漢衞尉衡方碑引詩：「不虞不揚。」

戎車孔博

鄭箋：「博，當作『傅』。甚傅緻。」

黮

説文：「黮，桑葚之黑也。」玉裁按：當同衛風作「葚」。

憬彼淮夷

説文「矍」字注：「讀若詩云『穬彼淮夷』之『穬』。」又，「憬」字注引詩：「憬彼淮夷。」玉裁按：釋文曰：「憬，説文作『愿』。」今説文「愿」字注内不引此詩，蓋「矍」字注内「穬」字當爲

「麃」也。　文選沈約齊故安陸昭王碑文注云：「韓詩曰：『獷彼淮夷。』薛君曰：『獷，覺寤之皃〔四〕。』」　王伯厚詩地里攷曰：「韓詩：『獷彼淮夷。』」

閟宮九章，三章章十七句，一章十六句，一章十七句，二章章八句，二章章十句。舊説「二章章十七句，一章十二句，一章三十八句，二章章八句，二章章十句」，凡八章。今從朱子集傳。

閟宮有侐

張載魯靈光殿賦注引詩：「祕宮有侐。」李善注引毛萇詩傳云：「祕，神也。」　玉裁按：毛云：「閟，閉也。」鄭云：「閟，神也。」説文：「祕，神也。」鄭以「閟」爲「祕」之假借。李善注誤以鄭箋爲毛傳。

稺

郭注方言曰：「稺，古『稚』字。」　説文「稙」字注引詩：「稙稚尗麥。」　五經文字曰：「説文作『稺』，字林作『穉』。」

實始翦商

説文：「戩，滅也。从戈，晉聲。詩曰『實始戩商。』」　毛傳：「翦，齊也。」按毛意，正當作

「蔪」。

土田

周官經大司徒鄭注引詩：「錫之山川，土地附庸。」

夏而楅衡

説文「衡」字注引詩：「設其楅衡。」　玉裁按：「設其楅衡」，見周官經。説文「楅」字注引詩：「夏而楅衡。」

白牡騂剛

公羊傳：「周公用白牡，魯公用騂犅。」説文：「犅，特牛也。」

犧尊

正義曰：「犧尊之字，春官司尊彝作『獻尊』。鄭司農云：『獻，讀爲犧。犧尊飾以翡翠，象尊以象鳳皇。或曰：以象骨飾尊。』此傳言『犧尊』者，沙羽飾，與司農『飾以翡翠』意同，則皆讀爲娑。傳言『沙』，即『娑』之字也。阮諶禮圖云：『犧尊飾以牛，象尊飾以象，於尊腹之上，畫爲牛象之形。』王肅云：『將將，盛美也。大和中，魯郡於地中得齊大夫子尾送女器，有犧尊，以犧牛爲尊。然則象尊，尊爲象形也。』王肅此言，以二尊形如牛象，而背上負尊，皆讀『犧』爲『羲』，與毛、鄭義異，未知孰是。」

荆舒是懲

史記建元以來矦者年表曰：「詩、書稱三代『戎狄是膺，荆荼是徵』。」

魯邦所詹

何氏楷曰：「韓詩外傳、説苑、風俗通俱作『瞻』。」玉裁按：毛傳：「詹，至也。」不改字。

遂荒大東

爾雅：「幠，有也。」郭注引詩：「遂幠大東。」

繹

尚書及説文作「嶧」。爾雅：「屬者，嶧。」

淮夷蠻貊

傳云「淮夷蠻貊」，此四字複舉經文，下云「而夷行也」，當有闕文。江漢傳曰：「淮夷，東國，在淮浦而夷行也。」此篇上章云「淮夷來同」，不注者，義同江漢。此云「淮夷蠻貊」，傳當云「淮夷蠻貊，謂東國，在淮浦而有夷、蠻、貊之行者也」。淮夷、淮蠻、淮貊，正是各從其所習而名之。采芑云「荆蠻」，傳云：「荆州之蠻也。」荆州不皆蠻而有蠻，淮上不皆夷、蠻、貊而有夷、蠻、貊。「夷」、「蠻」、「貊」三字皆統於「淮」字。尚書曰徐戎、淮夷，則中國有如戎行者即爲戎，有如夷行者即爲夷矣。淮夷，見禹貢、粊誓、江漢、閟宫、春秋左氏傳，毛公直謂其華人而夷行耳。尚書僞孔傳則云：「古帝王羈縻在中國者，秦始皇始逐出之。」於禹貢，又言淮、夷是二水名。

居常與許

鄭箋曰：「常，或作『嘗』，在薛之旁。莊公築臺於薛。六國時，齊有孟嘗君，食邑於薛。」

兒齒

爾雅：「黄髮、齯齒，壽也。」　説文：「齯，老人齒。」　張衡南都賦：「齯齒眉壽，鮐背之叟。」

新廟奕奕

周官隸僕鄭注云：「五寢，五廟之寢也。詩云：『寢廟繹繹。』相連貌。前曰廟，後曰寢。」　玉裁按：此巧言之異文，非閟宫「新廟奕奕」之異文也。高誘吕覽季春紀注曰：「前曰廟，後曰寢。」引詩云：「『寢廟奕奕』，言後連也。」高與鄭所引，雖一作「繹」，一作「奕」，不同，而「寢廟」二字在上則同。　乙巳五月，讀蔡氏獨斷，云：「月令曰：『先薦寢廟。』詩曰：『公矦之宫。』頌曰：『寢廟奕奕。』言相連也。」據此，言「頌曰」，則鄭、高所引，皆魯頌也。「新」作「寢」爲異。

【校勘記】

〔一〕詒厥孫子　「詒」，列女傳作「貽」。「孫」，底本誤作「生」。據列女傳改。

〔二〕茆　「茆」，底本誤作「茀」，據廣韻及四卷節録本改。

〔三〕禮器篇鄭注　「鄭」，底本誤作「郭」，據文義改。

〔四〕覺寤之皃　「寤」，底本誤作「悟」，據文選改。

詩經小學卷三十

金壇段玉裁撰

商頌

那五篇

那一章，二十二句。

置我鞉鼓

鄭箋：「置，讀曰植。」明堂位：「殷楹鼓。」鄭注引殷頌：「植我鼗鼓。」

鞉鼓淵淵

説文：「鼘，鼓聲也。詩曰：『鼗鼓鼘鼘。』」

庸鼓有斁

爾雅：「大鍾謂之鏞。」說文：「大鐘謂之鏞。」毛傳曰：「大鐘曰庸。」

萬舞有奕

東京賦李善注引毛詩：「萬舞奕奕。」

愘

說文作「𢜩」，从心，客聲。

烈祖一章，二十二句。

賚我思成

鄭箋：「賚，當作『來』。」

亦有和羹

說文：「鬻，五味盉鬻也。从𩰲、从羔。詩：『亦有和鬻。』或作『䰜』，或作『䔩』，小篆作『羹』。」

既戒

毛傳：「戒，至。」此以「戒」爲「屆」之假借字也。「戒」在弟一部，「屆」在弟十五部，「屆」訓至，而「戒」不訓至，異部假借也。爾雅：「艐，至也。」艐，說文讀若莘。郭注方言：「艐，古『屆』字。」亦合二字爲一，本非一字也。

鬷假無言

中庸篇：「奏假無言。」左氏傳昭二十年引詩：「鬷嘏無言。」玉裁按：禮記：「嘏，長也，大也。」卷阿傳：「嘏，大也。」賓筵傳：「嘏，大也。」此本字也。那傳：「假，大也。」烈祖傳：「假，大也。」皆以「假」爲「嘏」之假借字也。楚茨傳：「格，來也。」抑傳：「格，至也。」此本字也。雲漢傳：「假，至也。」泮水傳：「假，至也。」烝民、玄鳥、長發義同此，皆以「假」爲「格」之假借字也。

鬷

毛傳：「鬷，總。」言「鬷」爲「總」之假借字。鬷，釜屬。孔沖遠云：「鬷、總，古今字。」非也。

來假來亯

詩本音曰：「今本作『亯』，唐石經作『饗』。歐陽氏曰：『上云「以亯」者，謂諸矦皆來助致亯於神也。下云「來饗」者，謂神來至而歆饗也。』吕氏、嚴氏竝載此說。『亯』、『饗』二義不同，今從石經。」玉裁按：此篇二「亯」字，石經「來亯」作「饗」，誤也。經例：獻曰亯，受其獻曰饗。如楚茨、我將、閟宮諸篇，皆同此篇。「以假以亯」，鄭箋云：「以此來朝，升堂，獻其國之所有。」「來假來享」，鄭箋云：「諸矦助祭者，來升堂，來獻酒。」是皆下獻上之辭。下文「降福無疆」，鄭箋云：「神靈下與我久長之福也。」乃自神靈言之。馬應龍刊本竝作「亯」爲是。

玄鳥一章，二十二句。

宅殷土芒芒

史記三代世表褚先生引詩：「殷社芒芒。」

九有

文選册魏公九錫文注云〔一〕：「韓詩曰：『方命厥后，奄有九域。』薛君曰：『九域，九州也。』」玉裁按：有，古音如以、域，爲其入聲。常道將引洛書曰：「人皇始出，分理九州爲九囿。」九囿，即九有也。毛公曰：「囿，所以域養禽獸也。」「囿」、「域」，亦於音求之。

受命不殆，在武丁孫子

玉裁按：大戴禮用兵篇引詩：「校德不塞，嗣武于孫子。」盧注以爲逸詩。今按：恐即此二句之異文也。

邦畿千里

尚書大傳：「圻者，天子之竟也。諸侯曰竟。」鄭注周禮：「方千里曰王圻。詩曰：『邦圻千里，惟民所止。』」見路史國名紀「信」及儀禮經傳通解續。

肇域彼四海

鄭云：「肇，當作『兆』。」

景員維河

鄭云：「員，古文作『云』。河之言何也。」

員

朱子曰：「員，與下篇『幅隕』義同。」

百禄是何

春秋左氏傳隱三年引詩作「荷」。

長發七章，一章八句，四章章七句，一章九句，一章六句。

禹敷下土方

朱子曰：「『方』字絶句。天問『禹降省下土方』，蓋用此語。」

幅隕

鄭箋：「隕，當作『圓』。」

海外有截

漢書作「海水有戳」。

至于湯齊〔二〕。**湯降不遲，聖敬日躋**

孔子閒居篇引詩：「至于湯齊，湯降不遲，聖敬日齊。」鄭注云：「詩讀『湯齊』爲『湯躋』。躋，升也。齊，莊也。此詩云，殷之先君其爲政不違天之命，至于湯升爲君，又下天之政教甚疾。其聖敬日莊嚴。」釋文：「湯齊，依注，音躋。亦作『隮』〔三〕，子兮反。詩如字。日齊，側皆反。詩作『躋』。」玉裁按：董彦遠除正字謝啟所謂「書殘武殪，頌亂湯齊」是也。晉語宋襄公引商頌：「湯降不遲，聖敬日躋。」

上帝是祗

詩本音作「祇」，誤。

爲下國綴旒

禮記郊特牲篇：「郵表畷。」鄭注引詩：「爲下國畷郵。」正義曰：「所引詩者，齊、魯、韓詩也。」玉篇「畷」字注曰：「詩云：『下國畷流。』畷，表也。本亦作『綴』。」公羊傳：「君若贅旒然。」

旒

説文㫃部：「游，旌旗之流也。从㫃，汓聲。」「旒，旌旗之流也。从㫃，攸聲。」無「旒」字。

敷政優優

説文心部：「𢟪，愁也。从心、从頁。」夊部：「𡖖，和之行也。从夊，𢟪聲。詩曰：『布政𡖖憂。』」玉裁按：俗以「憂」爲「慐愁」字。左氏傳昭二十年引詩：「布政優優。」釋文：「敷，本亦作『孚』。」

百禄是遒

説文手部：「揫，束也。从手，秋聲。詩曰：『百禄是揫。』」韋部：「䪌，收束也。或作『𩏩』，或作『揫』。」

爲下國駿厖

荀子引詩：「爲下國駿蒙。」大戴禮將軍文子篇引詩：「受小共大共，爲下國恂蒙。何天之寵，傅奏其勇。」

龍

鄭箋：「龍，當作『寵』。」大戴禮作「寵」，見上。玉裁按：毛傳：「龍，和也。」蓋以爲「邕和」之假借字，其音相近。

敷

大戴禮作「傅」，見上。

不竦

毛傳：「竦，懼也。」玉裁按：當作「愯」。説文：「愯，懼也。雙省聲。」

武王載旆

荀子引詩：「武王載發。」說文：「坺，治也。一曰：臿土謂之坺。詩曰：『武王載坺。』」

鉞

說文作「戉」。

則莫我敢曷

朱子曰：「漢書作『遏』。」毛傳：「曷，害也。」玉裁按：言「曷」爲「害」之假借。

苞有三櫱

說文：「巘，伐木餘也。或作『櫱』，古文作『不』，亦作『枿』。」廣韵五肴引詩：「枹有三枿。」

韋顧

漢書古今人表：「韋、鼓。」

降予

予，俗本誤作「于」。

左右

俗有「佐」、「佑」字，說文所無。

殷武六章，三章章六句，二章章七句，一章五句。

冞入其阻

説文网部：「罙，周行也。从网，米聲。詩曰：『罙入其阻。』罙，或作『⿵冂米』。」玉裁按：今隸應作「⿱穴米」。各本作「冞」，誤。廣韵：「罙，罟也。」「冞，冞入也，冒也，周行也。」分別誤。五經文字曰：「説文作『罙』，隸省作『⿱穴米』，見詩。」

命于下國，封建厥福

左傳引商頌：「不敢怠皇，命以多福。」

商邑翼翼，四方之極

韓詩：「京師翼翼，四方是則。」見後漢書樊儵傳。王伯厚詩地里攷。漢紀康衡疏引韓詩：「京邑翼翼。」東京賦：「京邑翼翼。」

赫赫濯濯

爾雅：「赫赫躍躍，迅也。」釋文：「赫，舍人本作『奭』。躍，樊本作『濯』。」

方斲是虔

毛傳：「虔，敬也。」鄭箋：「椹，謂之虔。」玉裁按：爾雅：「椹，謂之榩。」釋文曰：「榩，本亦作『虔』。」

【校勘記】

〔一〕文選册魏公九錫文注云　「册」，底本誤作「加」，據文選改。

〔二〕至于湯齊　「于」，底本誤作「於」，據毛詩故訓傳及段玉裁毛詩故訓傳定本改。

〔三〕亦作隮　「隮」，底本誤作「躋」，據經典釋文改。

詩經小學録

刻詩經小學録序

詩經小學，金壇段君玉裁所著。初，鏞堂從翰林學士盧召弓遊〔一〕，始知段君，以鄙論尚書古今文異同四事就正。段君致書盧先生，云：「高足臧君學識遠超孫、洪之上。」盧先生由是益敬異之。既而段君自金壇過常州，攜尚書撰異來，授之讀，且屬爲挍讎，則與鄙見有若重規而疊矩者，因爲參補若干條。劉端臨訓導見之，謂段君曰：「錢少詹簽駁多非此書之旨，不若臧君箋記持論正合也。」而詩經小學全書數十篇，亦段君所授讀，鏞堂善之，爲刪煩篹要，國風、小大雅、頌各録成一卷，以自省覽。後段君來，見之喜曰：「菁華盡在此矣，當即以此付梓。」時乾隆辛亥孟秋也。竊以讀此而六書假借之誼乃明，庶免穿鑿傅會之談。段君所著尚書撰異、詩經小學、儀禮漢讀考，皆不自付梓，有代爲開雕者，又不果。而此編出鏞堂手録，卷帙無多，復念十年知己之德，遂典裘以畀剞劂氏。此等事各存乎所好之篤不篤耳，原末可以力計也。書中每言十七部者，段君自用其六書音均表之説。嘉慶丁巳季冬〔二〕，武進臧鏞堂書於南海古藥洲之譔詁齋。

【校勘記】

〔一〕鏞堂從翰林學士盧召弓遊　「召」，拜經堂文集作「紹」。

〔二〕嘉慶丁巳季冬　「丁巳」，拜經堂文集作「己未」。

詩經小學卷第一

金壇段氏

國風

關關雎鳩

爾雅、説文皆作「鵙」。

在河之洲

説文曰：「水中可居曰州。詩曰：『在河之州。』」按：爾雅、毛傳皆云：「水中可居者曰州。」許氏正用之。

君子好逑

鄭箋：「怨耦曰仇。」釋文：「逑，本亦作『仇』。」按：兔罝：「公侯好仇。」説文「逑」字注：「怨匹曰逑。」左傳：「怨耦曰仇〔一〕。」知「逑」、「仇」古通用也。

輾轉反側

按：古惟用「展轉」。詩釋文曰：「輾，本亦作『展』。呂忱從車、展。」知「輾」字起於字林。説文：「展，轉也。」

服之無斁

禮記緇衣、王逸招魂注皆引詩：「服之無射。」　按：「斁」爲本字，「射」爲同部假借。

薄澣我衣

説文作「𤅽」，今通作「澣」。　按：「榦」爲「𣘶」之俗。當作「澣」，不當作「澣」。

害澣害否

傳：「曷，何也。」　按：古「害」讀如曷，同在第十五部，於六書爲假借也。葛覃借「害」爲「曷」。長發「則莫我敢曷」，傳：「曷，害也。」是又借「曷」爲「害」。

我馬瘏矣，我僕痡矣

爾雅：「痡、瘏，病也。」釋文：「痡，詩作『鋪』。瘏，詩作『屠』。」　按：今詩不作「屠」、「鋪」，惟雨無正「淪胥以鋪」，毛傳：「鋪，病也。」爲假借。

云何盱矣

爾雅注：「詩曰：『云何盱矣。』」邢疏：「『云何盱矣』者，卷耳及都人士文也。」　按：今作「吁」，誤也。何人斯：「云何其盱。」都人士：「云何盱矣。」經文無「吁」字。

螽斯羽

爾雅：「蜤螽，蜙蝑。」釋文：「蜤，本又作『蟴』，詩作『斯』。」　按：「蟴」「蜤」同在第十六部，猶「斯」、「析」同在第十六部也。螽蟴，亦稱蟴螽，非如「鷽斯」之「斯」，不可加「鳥」。

詵詵兮

釋文曰：「説文作『㚋』。」玉篇：「㚋，多也。或作『莘』、『騂』、『⿰牜辛』、『兟』、『甡』。」五經文字：「兟，色臻反。見詩。」　按：今説文無「㚋」字。東都賦：「俎豆莘莘。」魏都賦：「莘莘蒸徒。」善注皆引毛萇詩傳曰：「莘莘，衆多也。」今詩螽斯作「詵詵」，傳：「詵詵，衆多也。」皇皇者華作「駪駪」，傳：「駪駪，衆多之貌。」桑柔作「甡甡」，傳：「甡甡，衆多也。」蓋其字皆可作「莘莘」。説文引詩小雅：「莘莘征夫。」

薨薨兮

爾雅：「薨薨、增增，衆也。」釋文：「顧舍人本『薨薨』作『雄雄』。」　按：雄，从隹，厷聲。古韻，「雄」與「薨」皆在第六部。

繩繩兮

螽斯、抑傳皆云：「繩繩，戒慎。」下武傳云：「繩，戒也。」爾雅：「兢兢、繩繩，戒也。」

揖揖兮

蓋「輯」字之假借。説文：「輯，車和輯也。」

有賁其實

按：賁，實之大也。方言：「墳，地大也。」説文：「頒，大頭也。」苕之華傳：「墳，大也。」靈臺傳：「賁，大鼓也。」韓奕傳：「汾，大也。」合數字音、義考之可見。

公侯干城

左氏傳：「公侯之所以扞城其民也，故詩曰：『赳赳武夫，公侯干城。』」蓋讀若「干掫」之「干」。毛傳：「干，扞也。」

施于中逵

按：「馗」、「逵」本同字。毛詩作「逵」，韓詩作「馗」，與「公侯好仇」爲韻。王粲從軍詩與「愁」、「由」、「流」、「舟」、「收」、「憂」、「疇」、「休」、「留」字爲韻，古音讀如求，在第三部也。至宋鮑昭〔二〕乃與「衰」、「威」、「飛」、「依」、「積」字爲韻，入於第十五部。廣韻又分別「馗」在尤韻，兼入脂韻；「逵」專在脂韻。顧炎武詩本音乃以脂韻之「逵」爲本音，而讀「仇」如「其」以協之，引史記趙王友歌證「仇」本有「其」音。不知趙王友歌乃漢人之、尤二韻合用，「逵」與「馗」一字，古皆讀如求也。禮堂按：趙王友歌、漢書高五王傳作「仇」，史記吕后紀作「讎」。

江之永矣

説文「永」字注引詩：「江之永矣。」「羕」字注「水長也」，引詩：「江之羕矣。」　按：永，古音養，或假借「養」字爲之，如夏小正「時有養日」、「時有養夜」，即永日、永夜也。

言秣其駒

説文：「䬴，食馬穀也。」無「秣」字。廣韻：「秣，同『䬴』。」

遵彼汝墳

爾雅：「汝爲濆。」注：「詩曰：『遵彼汝濆。』大水溢出别爲小水之名。」釋文：「濆，字林作『涓』。」衆爾雅本亦作『涓』。」　按：説文：「涓，小流也。」爾雅曰：『汝爲涓。』」「濆，水厓也。詩曰：『敦彼淮濆。』」此詩從毛「大防」之訓，作「墳」爲正。

惄如調飢

説文：「飢，餓也。」「饑，穀不孰也。」唐石經「飢渴」皆作「飢」，「饑饉」皆作「饑」。　按：傳：「調，朝也。」言詩假借「調」字爲「朝」字也。調，周聲；朝，舟聲。

王室如燬

按：説文：「火，燬也。」「燬，火也。」「焜，火也。」方言：楚語「焜」，齊言「燬」〔三〕。古「火」讀如「毁」，在第十五部。「焜」、「燬」皆即「火」字之異。

百兩御之

按：「御」爲「訝」之假借字。訝，或作「迓」，相迎也。古「訝」與「御」皆在第五部。

維鳩方之

按：毛「方有之也」四字一句，猶言甫有之也。下章當云「成之，能成百兩之禮也」。本或無「之」字，於「方」字作逗，而訓爲「有」。朱子從之，誤也。戴先生曰：「方，房也。古字通。」

于沼于沚

傳：「于，於。」按：恐與「于以」之「于」相亂，故言「于」者，「於」之假借也。鄭箋：「于以，猶言往以也。」

南澗之濵

説文作「顮」，無「濵」字。隸作「瀕」，省作「頻」。

于彼行潦

傳：「行潦，流潦也。」按：行，當作「洐」。洐，溝水行也。

維筐及筥

傳：「方曰筐，圓曰筥。」按：説文：「方曰匡，圜曰籧。」匡，俗作「筐」。籧，方言作「篆」。

于以湘之

傳：「湘，亨也。」按：以「湘」爲「亨」，同部假借。古「亨獻」、「亯孰」、「元亨」，同作「亯」，在

第十部。又，郊祀志云「鬺亨上帝、鬼神」者，謂煮而獻之也。亨，讀如「饗」。史記作「亨鬺」，文倒，當從漢書。師古注引韓詩：「于以鬺之。」鬺，即説文之「䰞」字，煮也。毛詩「湘」字，當爲「鬺」之假借。

有齊季女

玉篇引「有齌季女」，考説文：「齌，材也。」

勿翦勿伐

按：俗以「前」爲「歬後」字，以矢羽之「翦」爲「前斷」字。

召伯所茇

説文：「废，舍也。」引詩：「召伯所废。」「茇，艸根也。」毛詩作「茇」，字之假借。漢書禮樂志：「拔蘭堂。」又借作「拔」字。箋云：「茇，草舍也。」未免牽合其説。鏞堂按：周禮大司馬：「中夏，教茇舍。」注：「茇，讀如『萊沛』之『沛』。茇舍，草止之也。軍有草止之法。」賈疏云：「以『草』釋『茇』，以『止』釋『舍』。」此「茇」爲正字。又按：毛傳本作「茇，舍也」，故箋申之云：「止舍甘棠之下。」是毛、鄭皆以「茇」爲「废」之假借。今毛傳及陸氏引説文皆衍作「草舍」也。考正義曰：「茇者，草也。草中止舍，故云『茇舍』。」是孔氏雖不知「茇」爲「废」之假借，而孔本毛傳，原無「草」字，亦可見矣。

素絲五紽

傳：「紽，數也。」「總，數也。」釋文「數」皆入聲，音促。東門之枌「越以鬷邁」，傳曰：「鬷，數。」

邁，行也。」烈祖「鬷假無言」，傳曰：「鬷，總。假，大也。總大無言，無争也。」毛意：鬷者，「總」之假借。總者，數也，如「數罟」之「數」。九罭傳曰：「九罭〔四〕，緵罟，小魚之網也。」烈祖「鬷假」，中庸作「奏假」。奏，亦讀如蔟。古者，素絲以英裘。五總，謂素絲英飾數數然，其數有五也。緎，即縫。五緎，言素絲爲飾之縫有五也。紽，讀爲佗。佗，加也。其英飾五，故曰「五佗」。

委蛇委蛇

顧炎武唐韻正曰：「漢衛尉衡方碑：『禕隋在公。』酸棗令劉熊碑：『卷舒委隨。』成陽令唐扶頌：『在朝委隨。』」按：君子偕老：「委委佗佗。」説文：「委，隨也。」古它聲、隋聲字同在第十七部。

殷其靁

李善景福殿賦注引毛萇傳曰：「磤，雷聲也。」

莫敢或遑

説文無「遑」字。古經典多假「皇」。爾雅：「偟，暇也。」

摽有梅

廣韻引字統云：「合作『芆』，落也。」趙岐注孟子曰：「芆，零落也。詩曰：『芆有梅。』」漢書

「野有餓莩而不知發」，鄭氏曰：「莩，音『蔈有梅』之『蔈』。」按：說文有「苃」無「莩」。「苃，物落上下相付也。」「摽，擊也。」同部假借。作「莩」，俗。又按：終南傳：「梅，枏也。」墓門傳：「梅，枏也。」與爾雅、說文合。說文：「梅，枏也。」「某，酸果也。」凡梅杏當作「某」。毛於此無傳，蓋當毛時，字作「某」，後乃借「梅」爲「某」，二木相溷也。韓詩作「楳」。說文「楳」亦「梅」字。

迨其謂之

毛意：謂，會也。

不我以

爾雅：「不俟，不來也。」說文「俟」下引詩「不俟不來。」按：蓋即此句異文，故爾雅釋之曰：「不俟我者，不招來我也。」而說文仍之。廣韻云：「俟，不來。」誤。

白茅包之

按：釋文：「苞，逋茆反，裹也。」是陸本不誤。注疏本釋文改爲：「包，逋茅反。」本上聲而讀平聲矣。其誤始於唐石經。「苞苴」字皆从艸。曲禮注云：「苞苴，裹魚肉。或以葦，或以茅。」木瓜箋云：「以果實相遺者，必苞苴之。」引書：「厥苞橘柚。」今書作「包」，譌。郭忠恕云：「以草名之『苞』爲『厥包』。」其順非有如此者，失之不審。

維絲伊緍

説文：「緍，从糸，昏聲。」「昏，从日，从氐省。氐者，下也。一曰：民聲。」　按：昏以「氐省」爲正體，曰「民聲」者，非也。

我心匪鑒

匪，本「匡匪」字，詩多借「匪」爲「非」。

威儀棣棣

説文「䡕」下引詩「威儀秩秩」，即此句異文。猶「平秩東作」之作「平豑」也。

不可選也

傳：「物有其容，不可數也。」車攻序：「因田獵而選車徒。」傳：「選徒嚻嚻。嚻嚻，聲也。維數車徒者爲有聲也。」　按：「選」皆「算」字之假借。漢書引詩：「威儀棣棣，不可算也。」説文：「算，數也。」鄭注論語「何足算也」，云：「算，數也。」「算」、「選」同部音近。又，夏官司馬「羣吏撰車徒」，注：「撰，讀曰算。算車徒，謂數擇之也。」撰，亦「算」之假借。詩箋不云「選」讀曰「算」者，義具毛傳矣。

仲氏任只

傳：「任，大也。」正義曰：「釋詁文。」　按：爾雅：「壬，大也。」不作「任」。知毛作「壬」。箋易傳爲「睦婣任恤」之「任」。

願言則嚏

傳：「疐，劫也。」疏引王肅云：「疐，劫不行。」　按：毛本同豳風狼跋，作「疐」；箋作「嚏」，説文、石經並同。廣韻十二霽：「嚏，鼻气也。」玉篇口部：「嚏，噴鼻也。」詩曰：『願言則嚏。』」鼻部：「鼻、齂，二同，都計切，鼻噴气。本作『嚏』。」「嚏」字从口者，口、鼻气同出也。説文：「嚏，悟解气也。」引此詩。釋文載崔説，與説文合，而非毛、鄭意。考月令「民多鼽嚏」，鼽，謂病寒鼻塞。内則：「不敢噦噫、嚏咳、欠伸、跛倚。」嚏，鼻气也。欠，張口气悟也。若以嚏爲欠故，是内則「嚏」、「欠」複矣。説文「悟解气」之説未當。

雝雝鳴鴈

説文：「雁，鳥也。」「鴈，鵝也。」是「鴻雁」當作「雁」，「鴈鶩」當作「鴈」。

迨冰未泮

古「泮」與「判」義通。説文無「泮」字。玉篇：「泮，散也，破也。亦泮宫。」俗本字書又載「泮」字。

不我能慉

説文引詩「能不我慉」。　按：能之言而也、乃也。詩「能不我慉」、「能不我知」、「能不我甲」

皆同。今作「不我能慉」，誤也。鄭注周易「宜建侯而不寧」，「而」，讀爲能。此詩與芄蘭「能」，讀爲而。古「能」、「而」音近，同在第一部。傳「慉，興也」，與説文「慉，起也」正合。今本「興」作「養」，誤。鏞堂案：釋文云：「慉，毛：興也；王肅：養也。」是今本作「養」，從王肅也。

昔育恐育鞫

顧亭林曰：「唐石經凡詩中『鞫』字，自采芑、節南山、蓼莪之外，並作『鞫』。今但公劉、瞻卬二詩從之，餘多俗作『鞠』。」按：鞠，从革、匊聲，蹋鞠也。或作「𥷛」。𥷛，窮治罪人也。从㚔、从人、从言，竹聲。或作「𥳇」。今俗作「鞫」。毛詩傳或云「窮也」谷風、南山，或云「究也」公劉，或云「盈也」節南山，或云「告也」采芑。「告」爲假借，「窮」、「究」、「盈」皆本義，其字皆當作「鞫」。蓼莪傳云「養也」，亦當作「鞫」。鞫爲窮，亦爲養，相反而成，猶治亂曰亂也。

亦以御冬

傳：「御，禦也。」按：以「御」爲「禦」，此假借也。

既詒我肄

傳：「肄，勞也。」按：「勩」之假借字也。

胡爲乎泥中

泉水之「禰」，韓詩作「坭」，蓋即其地。廣韻：「坭，地名。」

左手執籥

説文作「龠」。玉篇引詩：「左手執龠。」　按：今以「龠」爲量器，以書僮竹笘之「籥」爲樂器。

隰有苓

爾雅、毛傳：「苓，大苦。」説文：「蘦，大苦。」從爾雅、毛傳。

毖彼泉水

釋文：「韓詩作『祕』，説文作『㳿』。」　按：説文「㳿」字注：「讀若詩云『泌彼泉水』。」不作「㳿彼泉水」。説文：「泌，俠流也。」爲正字。毛作「毖」，韓作「祕」，皆同部假借字。衡門「泌之洋洋」，傳：「泌，泉水也。」正義云：「邶風有『毖彼泉水』〔五〕，故知『泌』爲泉水。」魏都賦「温泉毖涌而自浪」，劉淵林引「毖彼泉水」，善曰：「説文曰：『泌，水駃流也。』泌，與毖同。」

不瑕有害

傳：「瑕，遠也。」箋：「瑕，過也。害，何也。」　按：毛以「瑕」爲「遐」之假借，鄭以「害」爲「曷」之假借。二子乘舟篇同。

俟我於城隅

傳：「俟，待也。」　按：俟，大。竢，待。此借「俟」爲「竢」。詩多用「于」，偶有作「於」者，如此篇及「於我乎，夏屋渠渠」是也。

愛而不見

説文：「僾，仿佛也。詩曰：『僾而不見。』」又：「薆，蔽不見也。」爾雅：「薆，隱也。」方言：「揜、翳，薆也。」郭注：「謂隱蔽也。詩曰：『薆而不見。』」　按：禮記祭義：「僾然必有見乎其位。」正義引詩：「僾而不見。」離騷：「衆薆然而蔽之。」詩之「薆而」，猶薆然也。

河水瀰瀰

説文：「瀰，滿也。从水，爾聲。」　盧紹弓曰〔六〕：「漢地理志引邶詩『河水洋洋』，師古注：『今邶詩無此句。』考玉篇水部：『洋，亡爾切，亦「瀰」字。』集韻：『瀰，或作「洋」。』然則『洋洋』乃『洋洋』之譌。」廣雅釋北有「洋」字，今亦譌爲「洋」。

新臺有洒，河水浼浼

釋文：「有洒，韓詩作『漼』。浼浼，韓詩作『浘浘』。」　按：此必首章「新臺有泚，河水瀰瀰」之異文。「漼」、「浘」字與「泚」、「瀰」同部，與「洒」、「浼」字不同部。又，毛傳：「泚，鮮明貌。」韓詩：「漼，鮮貌。」毛傳：「瀰瀰，盛貌。」韓詩：「浘浘，盛貌。」是其爲首章異文。陸德明誤屬之二章無疑。

不可襄也

按：古「襄」、「攘」通。史記龜策傳：「西襄大宛。」徐廣曰：「襄，一作『攘』。」

其之翟也

按：此篇「也」字疑古皆作「兮」。説文引「玉之瑱兮」、「邦之媛兮」，著正義引孫毓「故曰『玉之瑱兮』」，皆古本之存於今，改之未盡者也。古尚書、周易無「也」字，毛詩、周官始見，而孔門盛行之。「兮」在第十六部，「也」在第十七部，部異而音近。各書所用「也」字，本「兮」字之假借。此篇「也」字古作「兮」，遵大路二「也」字，一本皆作「兮」。尸鳩首章「兮」字，禮記、淮南引皆作「也」。鏞堂按：蝃蝀「乃如之人也」，韓詩外傳一、列女傳七皆作「乃如之人兮」。旄丘「何其處也」，韓詩外傳九作「何其處兮」。

美孟弋矣

春秋「定姒」，穀梁傳作「定弋」。弋，即姒，同在第一部。説文作「妀」。

作于楚宮

按：喪大記注云：「僞，或作『于』，聲之誤也。」

靈雨既零

按：靈，同「霝」。説文：「霝，落也。」既零，猶言既殘。説文：「零，餘雨也。」廣韻作「徐雨」，誤。

言采其蝱

「莔」之假借。爾雅、説文皆云：「莔，貝母也。」

緑竹猗猗

大學引詩：「菉竹猗猗。」爾雅：「菉，王芻。」邢疏：「詩云『瞻彼淇澳，菉竹猗猗』是也。」又，「竹，萹蓄。」邢疏：「孫炎引詩衛風云：『菉竹猗猗。』」説文：「菉，王芻也。詩曰：『菉竹猗猗。』」後漢書注引博物志：「澳水流入淇水，有菉竹草。」水經注淇水篇：「詩云：『瞻彼淇澳，菉竹猗猗。』毛云：『菉，王芻也。竹，編竹也。』漢武帝塞決河，斬淇園之竹木以爲用。寇恂爲河内伐竹淇川，治矢百餘萬，以益軍資。今通望淇川，無復此物，惟王芻編草不異。」按：毛詩作「緑」，字之假借也。離騷「薋菉葹以盈室兮」，王逸注引「終朝采菉」，今毛詩亦作「終朝采緑」。魏都賦「南瞻淇奥，則緑竹純茂」，言緑與竹同茂也，故以「冬夏異沼」麗句。上林賦「揜以緑蕙」，張揖曰：「緑，王芻也。」毛傳：「竹，萹竹也。」釋文：「竹，韓詩作『⿱艹⿰氵毒』，萹茿也。」石經亦作『⿱艹⿰氵毒』。爾雅：「竹，萹蓄。」釋文：「竹，本又作『茿』。」説文：「茿，萹茿也。」「⿱艹⿰氵毒，水萹茿也。」神農本草經：「萹蓄，味苦平。」陶貞白云：「人亦呼爲萹竹。」按：李善引韓詩作「䓯」。玉篇曰：「䓯，同『⿱艹⿰氵毒』。」

有匪君子

大學作「有斐君子」。按：考工記「匪色似鳴」，亦即「斐」字。

緑竹青青

按：淇奥、苕華之「青青」，與杕杜、菁菁者莪之「菁菁」同也。淇奥傳：「青青，茂盛貌。」杕杜傳：「菁菁，葉盛也。」菁莪傳：「菁菁，盛貌。」

緑竹如簀

韓詩：「緑蓄如簀。」簀，積也。　按：毛傳亦云：「簀，積也。」簀，即「積」之假借字。古人以假借爲詁訓多如此。

譚公維私

説文：「鄿，國也，齊桓公之所滅。」無「譚」字。

螓首蛾眉

説文：「頱，好皃。从頁，争聲。詩所謂『頱首』。」　按：頱首，即螓首。毛傳但云「顙廣而方」，不言螓爲何物。鄭箋乃云：「螓，蜻蜻也。」知毛作「頱」，鄭作「螓」。　蛾眉，毛、鄭皆無説。王逸注離騷云：「娥眉，好貌。」師古注漢書，始有「形若蠶蛾」之説。離騷及招魂注並云：「娥，一作『蛾』。」今俗本倒易之。「娥」作「蛾」，字之假借，如漢書外戚傳「蛾而大幸」，借「蛾」爲「俄」。宋玉賦「眉聯娟以蛾揚」、揚雄賦「何必颺纍之蛾眉」、「虙妃曾不得施其蛾眉」，皆「娥」之假借字。娥者，美好輕揚之意。方言：「娥，好也。秦、晉之閒，好而輕者謂之娥。」大招：「娥眉曼只。」枚乘七發：「皓齒娥眉。」張衡思玄賦：「嫮眼娥眉。」陸士衡詩：「美目揚玉澤，娥眉象翠翰。」倘從今本作「蛾」，則一句中用「蛾」，又用翠羽，稍知文義者不肯也〔七〕。毛傳蓋脱「娥，眉好貌」四字。鏞堂按：謂毛傳脱此四字，不敢信，今遽增入傳中，恐非。

朱幩鑣鑣

玉篇引詩：「朱幩儦儦。」　按：碩人、清人皆當同載驅，作「儦儦」。此誤作「鑣鑣」者，因傳有「以朱纏鑣」之文也。説文引「朱幩儦儦」，俗本亦改作「鑣鑣」。

庶姜孽孽

釋文：「韓詩作『钀钀』，長貌。」吕覽過理篇：「宋王築爲蘖臺。」高誘注：「蘖，當作『钀』；『蘖』與『钀』其音同。詩云：『庶姜钀钀。』高長貌也。」　按：爾雅：「蓁蓁、蘖蘖，戴也。」毛傳：「蘖蘖，盛飾也。」「蓁蓁，至盛也。」廣韻：「钀，頭戴物也。」此謂庶姜姿首美盛如草木枝葉。説文「钀」、「櫱」、「不」、「桙」同〔八〕。今毛詩、爾雅作「孽」，誤。

淇水滺滺

説文：「攸，行水也。从攴、从人，水省。」秦刻石嶧山文作「汥」。　按：古當作「淇水攸攸」，後人誤改爲「浟」，又誤改爲「滺」，皆未識説文「攸」字本義也。王逸楚詞九歎注：「油油，流貌。」詩曰：『河水油油。』」疑有誤。

容兮遂兮

箋云：「遂，瑞也。」是以「遂」爲「璲」之假借字。大東傳：「璲，瑞也。」

一葦杭之

說文：「斻，方舟也。从方，亢聲。」臣鉉等曰：「今俗别作『航』，非是。」按：說文「杭」同「抗」。

曾不容刀

釋文：「刀，字書作『舠』，說文作『𦨴』。」正義曰：「說文作『𦨴』：𦨴，小船也。」按：今說文脱「𦨴」字。

伯兮朅兮

玉篇引詩：「伯兮偈兮。」按：應從玉篇作「偈」。說文：「朅，去也。」無「偈」字。

彼黍離離

廣韻：「穲穲，黍稷行列也。」佩觿：「彼黍穲穲。」劉向九歎「覽芷圃之蠡蠡」，王逸注：「蠡蠡，猶歷歷。」按：蠡蠡，即離離。古「蠡」在十六部，「離」在十七部，異部音近假借也。

不與我戍許

說文作「鄦」。周許子鐘作「鄦」，見薛尚功鐘鼎款識。

還予授子之粲兮

傳：「粲，餐。」此假借也，「粲」、「餐」同部。

火烈具舉

傳：「烈，列。具，俱也。」按：言「烈」爲「列」之假借，「具」爲「俱」之假借也。鏞堂按：張平子東京賦：「火列具舉。」是三家詩「烈」作「列」。

抑釋掤忌

左氏傳：「釋甲執冰。」字之假借也。

抑鬯弓忌

秦風作「韔」，爲正字。

二矛重喬

釋文：「喬，毛音橋，鄭居橋反，雉名。韓詩作『鷮』。」按：車舝及爾雅有「鷮」字。説文「雉」下作「喬雉」，鳥部有「鷮」字。

河上乎逍遥

釋文：「逍，本又作『消』。遥，本又作『揺』。」五經文字序：「説文有不備者，求之字林。若『祧禰』、『逍遥』之類，説文漏略，今得之於字林。」臣鉉等曰：「詩只用『消揺』，此二字字林所加。」

爾雅：「徒歌曰謡。」孫炎曰：「聲消揺也。」漢書司馬相如傳：「消揺乎襄羊。」莊子：「消揺遊。」張衡思玄賦：「與仁義乎消搖。」

彼其之子

左氏襄二十七年傳引詩：「彼己之子，邦之司直。」史記匈奴傳：「彼己將帥。」裴駰引詩云：「彼己之子。」索隱云：「彼己者，猶詩人譏詞云『彼己之子』是也。」按：左氏傳云：「終不曰『公』，曰『夫己氏』。」公羊傳云〔九〕：「夫己多乎道。」夫己，猶彼己也。彼己，或作「彼記」，或作「彼其」。束晳補亡詩：「彼居之子。」居，讀如檀弓「何居」，與「彼其」、「彼己」同也。善曰：「居，未仕。」誤。

舍命不渝

管子：「澤命不渝。」澤，即釋；釋，即舍也。

摻執子之袪兮

傳：「摻，攬也。」以音近之字爲訓。

雜佩以贈之

戴先生云：「當作『貽』。」按：古人徵召爲宫徵，得來爲登來，仍孫爲耳孫。詩訓爲承也，皆之咍、職德韻與蒸登韻相通之理。此「來」「贈」爲韻，古合韻之一也，不當改爲「貽」。

顏如舜華

説文：「䑞，艸也。」「蕣，木堇，朝華莫落者。从艸，䑞聲。詩曰：『顔如蕣華。』」按：「䑞」「舜」、「蕣」「蕣」，古今字。詩當作「蕣」，轉寫脱「艹」耳。高誘注吕氏春秋仲夏紀引詩：「顔如蕣華。」

山有扶蘇

説文：「枎疏，四布也。」郭忠恕佩觿：「山有扶蘇。與『扶持』别。」

山有橋松

蓋「喬」假借字。

褰裳涉溱

説文：「潧水，出鄭國。从水，曾聲。詩曰：『潧與洧。』」「溱水，出桂陽臨武，入洭。从水，秦聲。」廣韻：「潧水南入洧。」詩作「溱洧」，誤也。按：秦聲，在今真臻韻；曾聲，在今蒸登韻。此詩一章「溱」與「人」韻，二章「洧」與「士」韻。出鄭國之水，本作「溱」，外傳、孟子皆作「溱洧」，説文及水經注作「潧」，誤也。史記南越尉陀列傳「湟谿」，索隱曰：「鄒氏、劉氏本『湟』並作『涅』，音牛結反〔一〇〕。漢書作『湟谿』，音皇。又，衛青傳云：『出桂陽，下湟水。』而姚察云，史記作『滙』，今本有『湟』、『涅』及『匯』不同，蓋由隨見輒改故也。」南越尉陀列傳又云：「下匯水。」徐廣曰：「一作『湟』。」裴駰曰：「或作『淮』字。」索隱曰：「劉氏云：『匯，當作湟。』漢書云：『下湟水也。』」説文：「洭水，出桂陽縣盧聚，至洭浦關爲桂水。」按：「洭水」，史記、漢書作「湟水」。「匯」者，「洭」之譌；「湼」者，「湟」之譌；「淮」者，「匯」之譌。「洭」，又或譌爲「泩」。附此以見古書之易譌。

風雨潚潚

説文：「潚，水清深也。」水經注湘水篇：「二妃從征，溺於湘江，神遊洞庭之淵，出入潚湘之浦。」用山海經語。又釋「潚」字云：「潚者，水清深也。」用説文語。今俗以「潚湘」爲二水名，且「潚」誤爲「瀟」矣。羽獵賦：「風廉雲師，吸嚊潚率。」西京賦：「飛罕潚箾，流鏑擂㩧。」皆形容欻忽之貌，與毛傳「潚潚，暴疾也」意正合。思玄賦「迅猋潚其媵我」，舊注：「潚，疾貌。」李善引字林：「潚，深清也。」考廣韻一屋、二蕭皆有「潚」無「瀟」。詩「風雨潚潚」，是淒清之意。入聲音肅，平聲音修，在第三部。轉入第二部，音宵。俗本誤爲「瀟」。玉裁見明刻舊本毛詩作「潚」。

在城闕兮

説文：「觖，缺也。古者，城闕其南方謂之觖。」

人實迋女

傳：「迋，誑也。」言「迋」爲「誑」之假借。

聊樂我員

釋文：「員，本亦作『云』。」正義曰：「員、云，古今字，助句辭也。」按：如秦誓之「云來」，亦作「員來」。

零露漙兮

正義曰：「『靈』作『零』字，故爲落也。」按：此則經本作「靈露」，箋作「靈，落也」，假「靈」爲「零」字。依説文，則是假「靈」爲「霝」。

並驅從兩肩兮

説文引：「並驅從兩豣兮。」豳風作「豣」，石鼓文作「豜」。

取妻如之何

釋文：「取，七喻反。」衆經音義曰：「娶，七句切，取也。詩云：『娶妻如之何。』傳曰：『娶，取婦也。』」玄應所據毛詩與陸異，或是韓詩。

其人美且鬈

箋云：「鬈，讀當爲『權』。權，勇壯也。」按：今本作「權」，誤。説文：「捲，气勢。」引國語「有捲勇」。今齊語「子之鄉有拳勇」、小雅「無拳無勇」，皆作「拳」。五經文字「權」字注云：「從手作『擢』者，古『拳握』字。」可知鄭箋从手，非从木，與『捲勇』、『拳勇』字同。今字書佚此字，而僅存於張參之書也。吴都賦「覽將帥之擢勇」，善曰：「毛詩曰：『無拳無勇。』拳，與擢同。」俗刻文選譌誤，不可。

其魚唯唯

釋文：「韓詩作『遺遺』。」玉篇：「遺遺，魚行相隨。」廣韻五旨：「遺，魚盛皃。」

齊子發夕

韓詩：「發，旦也。」　按：從韓，是發夕即旦夕也。又，方言：「發，舍車也。東齊海、岱之間謂之發。」郭注：「今通言發寫也。」詩「發夕」，蓋猶發寫。古「夕」、「寫」皆在第五部。

齊子豈弟

按：鄭以「闓圛」麗「發夕」。但以韻求之，「圛」在五部，「濟」、「瀰」、「弟」同在十五部，「圛」與「濟」、「瀰」不爲韻。上章「發夕」，或從韓詩「旦夕」之義，或爲「發卸」之假借，未嘗非疊字麗句也。

猗嗟名兮

按：薛綜西京賦注：「眳，眉睫之閒。」是「名」可从目作「眳」也。

父曰嗟予子

隸釋：「石經魯詩殘碑：『……父兮。父闕一字曰嗟予子，行役夙夜毋已。尚慎……』」　按：

「父」下所闕一字，亦必「兮」字，叠上文「父兮」而言也。近有重刻隸釋石經不闕，妄甚。「父曰嗟予子」、「母曰嗟予季」、「兄曰嗟予弟」，皆五字句。「子」與「巳」、「止」韻，「季」與「寐」、「棄」韻，「弟」與「偕」、「死」韻。「行役夙夜無巳」六字句。

陟彼屺兮

傳：「山無草木曰岵。」「山有草木曰屺。」　按：爾雅、説文皆誤，與毛傳相反。岵之言瓠，落也；屺之言荄，滋也。岵有陽道，故以言父，「無父何怙」也；屺有陰道，故以言母，「無母何恃」也。

坎坎伐輪兮

石經魯詩殘碑：「欿欿伐輪兮。」　按：此則首章、二章皆同。廣雅：「欿欿，聲也。」

山有櫙

釋文：「櫙，本或作『蓲』，烏侯反。」爾雅：「櫙，荎。」釋文：「櫙，烏侯反。本或作『蓲』。」地理志「山櫙」，師古曰：「櫙，音甌。」聲韻考曰：「詩『山有樞』，字本作『櫙』，烏侯反，刺榆之名。或不加反音，讀如『户樞』之『樞』，則失之矣。」　按：魯詩作「蓲」，毛詩作「櫙」，亦作「蓲」，相承讀烏侯反。唐石經譌爲「户樞」字，而俗本因之。

弗洒弗埽

説文：「灑，汛也。」「汛，灑也。」「洒，滌也。古文以爲『灑埽』字。」按：毛詩及論語皆作「洒」。曲禮「於大夫，曰備埽灑」，則作「灑」。蓋漢人用「灑埽」字，經典相承，借用「洒滌」字。毛傳及韋昭注國語皆云：「洒，灑也。」言假「洒」爲「灑」也。

我聞有命，不敢以告人

荀子臣道篇：「時窮居於暴國，而無所避之，則崇其美，隱其敗，言其所長，不稱其所短，以爲成俗。詩曰：『國有大命，不可以告人，妨其躬身。』」按：所引即此詩異文，前二章皆六句，此章四句，殊太短。左氏定十年傳言「臣之業，在揚水卒章之四言」者，恐漢初相傳，有脱誤。禮堂按：左傳定十年杜注云：「卒章四言，曰『我聞有命』。」是杜以一字爲一言也。

見此粲者

廣韻「㛑」字注曰：「詩傳云：『三女爲㛑。』又，美好貌。詩本亦作『粲』。説文又作『𣦼』。」

噬肯適我

傳：「噬，逮也。」方言同。按：爾雅作「遾，逮也」，爲正字。韓詩作「逝」。

采苓采苓

按：苓，大苦也。枚乘七發「蔓草芳苓」，揚雄反離騷「愍吾纍之衆芬兮，颺爗爗之芳苓，遭季夏之凝霜兮，慶夭顇而喪榮」，曹植七啟「搴芳苓之巢龜」，皆借「苓」爲「蓮」。蓋漢人讀「蓮」如

「鄰」，故假借「苓」字。史記龜策傳：「龜千歲乃遊蓮葉之上。」徐廣曰：「蓮，一作『領』，聲相近，假借。」是又借「領」爲「蓮」也。顔師古注漢書揚雄傳，但云「苓，香草名」，不知爲「蓮」之假借字。李善注文選七發，直臆斷曰「古『蓮』字」，於七啟又曰「與『蓮』同」，皆不指爲假借，以致朱彝尊引李注證唐風「苓」即「蓮」，由六書之旨不明也。漢時假借甚寬，如借「苓」、「領」爲「蓮」可證。

駟驖孔阜

石鼓文：「我馬既𩣡。」

厹矛鋈錞

禮記：「進矛戟者，前其鐓。」按：説文：「鋈，下垂也。」「錞，矛戟柲下銅鐏也。詩曰：『厹矛沃錞。』」是其字以秦風爲正也。

蒙伐有苑

箋云：「蒙，厖也。」説文：「瞂，盾也。从盾，犮聲。」玉篇：「瞂，盾也。詩曰：『蒙瞂有菀。』本亦作『伐』。」「瞂，同『瞂』。」史記蘇秦列傳「吷芮」，索隱曰：「吷，同『瞂』，謂楯也。芮，謂繫楯之紛綬也。」按：厖，同「尨」。

遡洄從之

説文：「𣴑，或作『遡』。」　爾雅作「泝」，即「𣴑」之俗。

有條有梅

爾雅：「柚，條。」毛傳：「條，槄也。」與爾雅異。

顏如渥丹

釋文：「丹，韓詩作『沰』。」　按：渥沰，即邶風之「沃赭」也。古者聲、石聲同在第五部。

百夫之防

傳：「防，比也。」　按：蓋同「方」。

隰有六駮

説文「駮」、「駁」異字。此傳云「倨牙食虎豹」之獸，是「駮」字也。東山傳云「騂白，駁」〔二〕，是「駁」字也。陸機云梓榆樹皮如駁馬〔三〕，則此宜作「駁」。陸意「六駁」與「苞櫟」爲類。按：「鵲巢」「旨苕」、「甓」「旨鷊」之等，不必「駮」與「櫟」不爲類也。

於我乎，夏屋渠渠

魯靈光殿賦注引崔駰七依：「夏屋蘧蘧。」

歌以誶止

爾雅：「誶，告也。」釋文：「誶，沈音粹，郭音碎。」説文：「誶，讓也。从言，卒聲。」國語曰：『誶申胥〔二三〕。』」廣韻六至「誶」下引詩：「歌以誶止。」　按：「誶」、「訊」義别。「誶」多譌作「訊」，如爾雅：「誶，告也。」釋文云：「本作『訊』，音信。」説文引國語作「誶」，今國語作「訊」。詩「歌以誶止，誶予不顧」，傳：「誶，告也。」「莫肯用誶」，箋：「誶，告也。」正用釋詁文。而釋文誤作「訊」，以「音信」爲正，賴王逸離騷注及廣韻所引，可正其誤耳。廣韻引「歌以誶止」，今本「止」譌「之」。列女傳作「歌以訊止」，「訊」字雖誤，「止」字尚未誤。

心焉惕惕

説文：「或作『愁』。」　按：屈賦九章云：「悼來者之愁愁。」

勞心慘兮

毛晃曰：「詩小雅白華『念子懆懆』，陸音七倒反，又引説文七感反，云：『亦作「慘」。』北山『或慘慘劬勞』，陸音七感反，字亦作『懆』。蓋俗書『懆』與『慘』更互譌舛，陸氏不加辨正而互音之，非也。白華『懆』當作草、慥二音，不當音七感反。字作『慘』，亦非。北山『慘』，當作七感反，字不當作『懆』。又陳風月出『勞心慘兮』，亦誤，當作『懆』。」

有蒲與蕑

按：鄭箋欲改「蕑」爲「蓮」，説詩稍泥，意在三章一律。「蓮」與「荷」、「菡萏」皆屬夫渠，詩人不必然也。權輿詩亦欲以後章律前章，釋「夏屋」爲食具，不知首句追念始居夏屋，次句言今「每食無餘」，次章承「每食」二字，又將今昔比較。三「每食」字，蜎蟬繾綜，最見文章之妙。載驅欲改「豈弟」爲「圛」，與「發夕」麗句。然而以韻求之，非矣。盧令二章改「鬈」爲「拳勇」字，亦非。

蜉蝣掘閲

按：古閲、穴通。宋玉風賦：「枳句來巢，空穴來風。」枳句、空穴，皆重疊字。枳句，即説文之「積椒」，木曲枝也。鄭注明堂位云：「椇之言枳椇也，謂曲橈之也。」枳椇，即積椒。陸機云：「椇曲來巢也。」空穴，即孔穴。善注引莊子「空閲來風」，司馬彪云：「門户孔空風。」善從之。掘閲，當從説文作「堀閲」，言蜉蝣出穴也。老子：「塞其兑，閉其門。」兑，即「閲」之省，假借字也。

三百赤芾

按：説文：「市，韠也。天子朱市，諸侯赤市。篆文作『韍』。」「韠，韍也，所以蔽前。从韋，畢聲。」鄭注禮記「韠」、「韍」，皆言蔽也。或借「黻」字爲之，如論語「致美乎黻冕」是也。或借「芾」字爲之，如詩候人、斯干、采菽皆作「芾」是也〔一四〕。或借「沛」字爲之，如易「豐其沛」，一作「芾」，鄭康成云「蔽䣛」是也。或借「茀」字爲之，如李善引毛詩「赤茀在股」、「朱茀斯皇」；又「三百赤芾」，釋文「一作『茀』」，廣韻「茀，同『芾』」是也。或借「紱」字爲之，如乾鑿度「朱紱方來」、「困於赤紱」是也。紱，綬也。李善引蒼頡篇。黻，黑與青相次文也。芾，小也。爾雅、毛傳同。茀，道多草不可行也。沛，水也。各有本義。而方言：「蔽膝謂之袚。」説文：「袚，蠻夷衣，一曰蔽厀。」方言：「蔽厀，江淮之閒謂之褘。」説文：「褘，蔽厀。」是「袚」字、「褘」字，又蔽厀之異名。

鳲鳩在桑

釋文：「本亦作『尸』。」　按：方言：「尸鳩，東齊海、岱之閒謂之戴南。」南，猶鵀也。

洌彼下泉

傳：「洌，寒也。」大東傳：「洌，寒意也。」唐石經誤作「洌」，詩本音從之。考易「井洌」，字从水，列聲，清也；詩「洌彼下泉」、「有洌氿泉」，字从仌，列聲，寒也。東京賦「玄泉洌清」，薛注：「洌，澄清貌。」善注引「洌彼下泉」，誤。

二之日栗烈

下泉正義：「七月云：『二之日栗洌。』字从冰，是遇寒之意。」文選長笛賦：「正瀏凓以風洌。」注：「毛傳：『凓，寒也。』」今本誤「漂」。風賦：「憯悽惏慄。」注：「毛詩傳：『慄洌，寒氣也。』」古詩十九首注：「毛詩曰：『二之日栗洌。』毛萇曰：『栗洌，寒氣也。』」説文：「凓，寒也。」玉篇：「凓洌，寒皃。」「洌，寒气也。」廣韻十七薛：「洌，寒也。」五質：「凓洌，寒風。」　按：五經文字仌部有「凓」字，知七月作「凓」也。今説文無「洌」字。「有洌氿泉」，正義引説文：「洌，寒貌。」高唐賦注引字林：「洌，寒風也。」嘯賦注引字林：「洌，寒貌。」是唐時説文、字林均有

「冽」字。今説文「冽」譌爲「瀨」。釋文云：「栗烈，説文作『颲颲』。」考風部不引此詩。按：「滭冹」、「溧冽」皆疊韻字，以説文爲正。「滭」、「溧」字在第十二部，「冹」、「冽」字在第十五部。如「氤氳」、「壹鬱」之類，「觱發」、「栗烈」皆音之譌。小雅「觱沸檻泉」，司馬相如賦作「滭沸」，一作「滭浡」。𤕟，古文「誖」字，在十五部。説文火部：「熚㶼，火皃。」上字十二部，下字十五部，正與「滭冹」、「滭沸」同。觱，从角，𤕟聲，當爲「冹」、「沸」字之假借，不爲「滭」、「滭」字之假借。且其字不古雅，當從説文所引作「滭冹」爲正。

三之日于耜

説文：「枱，耒耑也。或作『鈶』，籀文作『辝』。」

八月萑葦

説文：「萑，从艸，雈聲。」五經文字：「萑，从艸下雈。今經典或相承隸省，省『艸』作『萑』。」按：萑，从艸，雈聲，下从「雈雀」之「雈」。唐石經誤作「藋」，而後改正之。今七月、小弁「萑」字皆模糊也。

六月食鬱及薁

上林賦：「隱夫薁棣。」張揖曰：「薁，山李也。」閒居賦：「梅杏郁棣。」善曰：「郁，今之郁李。」郁，與「薁」音、義同。説文：「萑，艸也。詩曰：『食鬱及萑。』」按：掌禹錫等本草嘉祐補注、蘇頌本草圖經皆引「食鬱及藿」〔一五〕，爲韓詩，訓以爾雅：「藿，山韭。」

采荼薪樗

傳：「樗，惡木也。」玉篇誤作「樗，惡木」。廣韻同。爾雅：「栲，山樗。」説文：「梶，山樗。」今説文誤作「山樗」。

黍稷重穋

按：説文「種」爲種稑，「穜」爲穜植。字林同，見五經文字。詩作「重穋」，周官經作「種稑」。説文：「稑，或作『穋』。」

上入執宮公

今本「公」作「功」，誤也。采蘩箋云：「公，事也。」天保、靈臺傳云：「公，事也。」此箋云：「治宮中之事。」正義云：「經當云『執宮公』。定本『執宮功』，不爲『公』字。」按：今襲唐定本之誤。六月傳云：「公，功也。」今俗人用「膚功」，亦非。

零雨其濛

説文：「霝，雨零也。从雨，㗊象零形〔一六〕。詩曰：『霝雨其濛。』」石鼓文：「遬來自東，霝雨奔流。」

果臝之實

說文：「苦蔞，果蓏也。」

蠨蛸在户

釋文：「蠨，音蕭。說文作『蠨』，音夙。」爾雅：「蠨蛸，長踦。」釋文：「蠨，詩作『蠨』。」說文：「蠨蛸，長股者。」廣韻：「蠨蛸，蟲，一名長蚑。出崔豹古今注。」按：「蠨」正，「蠨」譌。風雨之「瀟」誤爲「瀟」可證。一切經音義引作「蠨蛸在户」，云：「上音肅，下音蕭。」此古字古音也，勝於釋文遠矣。

町畽鹿場

說文引作「疃」。按：古「重」、「童」通用。廣韻：「疃，亦作『畽』，亦作『暖』。」王逸九思：「鹿蹊兮躖躖。」亦作「躖」，音吐管切，即「疃」字也。說文：「躖，踐處也。」集韻作「躖」。

烝在栗薪

箋云：「栗，析也。古者，聲『栗』、『裂』同也。」按：「栗」在十二部，「裂」在十五部，異部而相通近也。韓詩作「烝在蓼薪」。廣韻「蓼」，同「蓼蕭」、「蓼莪」之「蓼」。傳云：「敦，猶專專。烝，衆也。言我心苦，事又苦也。」毛意此二句於六詩爲比，内而心苦，外而事苦，正如衆苦瓜之繫於栗薪。合之韓詩，亦無析薪之意。鄭箋以瓜苦爲比，析薪爲賦，失毛意而非詩意矣。軍士在師中至苦，而不見其室者三年，故光武之册陰后，亦曰「自我不見，于今三年」也。

狼跋其胡

李善西征賦注：「文字集略曰：『狼狽，猶狼跋也。』孔叢子曰：『吾於狼狽，見聖人之志。』」按：孔叢子「狼狽」，謂狼跋之詩也。狽，即「跋」字。「跋」、「䟴」古通用。説文：「跋，蹎也。」「䟴，步行獵跋也。」無「狽」字。狽，即「䟴」之譌。因「狼」从犬，而「䟴」誤从犬，猶「榛榛狉狉」，俗因「狉」从犬，而「榛」亦誤从犬作「獉」也。蕩詩「顛沛」，即「蹎跋」之假借。傳：「顛，仆也。沛，跋也今譌「拔」。」「沛」、「跋」、「䟴」同在第十五部。今「沛」、「䟴」讀去聲，古與「跋」同入聲，是以通用假借。自去、入岐分，罕知「顛沛」即「蹎跋」之假借，且罕知「狽」即「䟴」之譌、「䟴」即「跋」之通用字矣。

【校勘記】

〔一〕怨耦曰仇　「耦」，底本、清經解本誤作「偶」，據三十卷本及春秋左傳注疏改。

〔二〕至宋鮑昭　「昭」，清經解本及三十卷本、文選同，當作「照」，唐諱改作「昭」。

〔三〕齊言燬　「燬」，清經解本及三十卷本同，方言作「焜」。

〔四〕九罭　「罭」，底本、清經解本誤作「緎」，據毛詩箋改。

〔五〕邶風有毖彼泉水　「有」，底本、清經解本及三十卷本誤作「曰」，據毛詩正義改。

〔六〕盧紹弓曰　「紹」，清經解本同，三十卷本作「召」。

〔七〕稍知文義者不肯也　「肯」下，清經解本同，三十卷本有「爲」字。

〔八〕説文巘櫱不梓同　「梓」，底本、清經解本誤作「栟」，據三十卷本及説文解字改。

〔九〕公羊傳云　「公羊」，清經解本及三十卷本同，當作「穀梁」。

〔一〇〕音牛結反　「牛」，清經解本同，史記索隱作「年」。

〔一一〕東山傳云騂白駁　「白」下，清經解本及三十卷本同，毛詩箋有「曰」字。

〔一二〕陸機云梓榆樹皮如駁馬　「機」，清經解本及三十卷本作「璣」。後「陸機」同。

〔一三〕誶申胥　「胥」，底本、清經解本誤作「音」，據三十卷本及國語改。

〔一四〕如詩候人斯干采菽皆作芾是也　「菽」，底本、清經解本及三十卷本誤作「叔」，據文義及毛詩改。

〔一五〕掌禹錫等本草嘉祐補注蘇頌本草圖經皆引食欝及藿　「補注」，底本、清經解本奪，據三十卷本補。

〔一六〕㗊象䨼形　「䨼」，底本、清經解本奪，據三十卷本及説文解字、段玉裁説文解字注補。

詩經小學卷第二

金壇段氏

小雅

周道倭遲

漢書地理志：「周道郁夷。」按：尚書「宅嵎夷」，五帝本紀作「居郁夷」。

翩翩者鵻

爾雅釋文：「隹，如字。旁或加鳥，非也。」按：釋文誤也。説文：「鵻，祝鳩也。从鳥，隹聲。」祝鳩，即爾雅「鵻其，鳺鴀」之鳥，亦名鵓鳩。

鄂不韡韡

傳：「鄂，猶鄂鄂然。」按：鄂字从卩，咢聲。今詩作从邑地名之「鄂」者，誤也。馬融長笛賦：「不占成節鄂。」李善注：「鄂，直也。從邑者，乃地名，非此所施。」又引字林：「鄂，直言也，謂節操蹇鄂而不怯懦也。」从卩、咢聲之字與从邑、咢聲迥别。坊記注：「子於父母尚和順，不用鄂鄂。」郊特牲注：「幾，謂漆飾沂鄂也。」典瑞注：「鄭司農云：『瑑，有圻鄂瑑起。』」輈人注：「鄭司農云：『環灂，謂漆沂鄂如環也。』」哀公問疏：「幾，謂沂鄂也。」「沂鄂」字皆从卩，不从邑。張平子西京賦作「垠鍔」，韻書作「圻堮」。國語「穽鄂」亦从卩。「圻鄂」、「柞鄂」，皆取廉隅節制意。今字書遺「鄂」字。説文無「萼」字，「韡」下引「萼不韡韡」，「鄂」之誤也。郭注山海經云：「一曰柎，華下鄂。」漢、晉時無「萼」字，故景純亦作「鄂」。

外禦其務

春秋内、外傳引詩：「外禦其侮。」爾雅：「務，侮也。」　按：言「務」爲「侮」字之假借。

飲酒之飫

韓詩：「飲酒之醧。」廣韻十虞：「醧，能者飲，不能者止也。」　按：説文：「醧，私宴歓也。」正與毛傳「飫，私也」合。

矧伊人矣

説文：「矤，从矢，引省聲。」

坎坎鼓我

説文引詩「竷竷舞我」，乃記憶之誤。

俾爾單厚

傳：「單，信也。或曰：單，厚也。」按：釋詁：「亶，信也。」是毛以「單」爲「亶」之假借也。又，「逢天僤怒」，傳：「僤，厚也。」正義：「釋詁云：『亶，厚也。』某氏曰：『詩云：「俾爾亶厚。」』」

禴祀烝嘗

說文作「礿」。禮王制：「春曰礿。」鄭注引詩：「礿祀烝嘗。」

神之弔矣

說文：「𨑩，至也。」

象弭魚服

說文：「箙，弩矢箙也。从竹，服聲。周禮：『仲秋獻矢箙。』」按：周語：「檿弧箕服。」鄭注周禮引：「檿弧箕箙。」

檀車幝幝

釋文：「幝幝，韓詩作『䌿䌿』。」按：說文：「䌿，偏緩。」

鱨鯊

說文：「魦，魚名，出樂浪潘國。从魚，沙省聲。」爾雅：「鯊，鮀。」釋文：「本又作『魦』。」

且多

按：且，此也。箋云：「酒美而此魚又多也。」

一朝右之

傳：「右，勸也。」與楚茨傳「侑，勸也」同，是以「右」爲「侑」也。説文：「姷，耦也。或作『侑』。」釋詁：「酬、酢、侑，報也。」

我是用急

鹽鐵論引詩：「我是用戒。」顧寧人云：「當從之。」戴先生曰：「戒，猶備也。治軍事，爲備禦曰戒。譌作『急』，義似劣，於韻亦不合。」按：謝靈運撰征賦：「宣王用棘於獫狁。」是六朝時詩本有作「我是用棘」者。釋言：「悈、褊，急也。」釋文：「悈，本或作『㥛』，今本作「極」，譌。又作『亟』。」詩：「匪棘其欲。」箋：「棘，急也。」正義曰：「『棘，急』，釋言文。」禮器引詩：「匪革其猶。」注：「革，急也。」正義曰：「『革，急』，釋言文。」素冠傳：「棘，急也。」正義曰：「『棘，急』，釋言文。」彼「棘」作「悈」，今本作「戒」，譌。音、義同，然則「悈」、「㥛」、「亟」、「棘」、「革」、「戒」六字同音，義皆急也。此詩作「棘」、作「戒」，皆協。今作「急」者，後人用其義，改其字耳。

于三十里

「三十」，唐石經作「卅」。「三十維物」、「終三十里」皆同。按：「二十」并爲「廿」，讀如入；「三十」并爲「卅」，讀如趿：即反語之始也。秦琅邪刻石文「維廿六年」，梁父刻石文「廿有六年」，之罘、東觀皆云「維廿九年」，會稽云「卅有七年」，皆四字爲句。唐石經詩「三十」作「卅」，是三字爲句，不可從也。廣韻云：「廿，今直以爲『二十』字。」「卅，今直以爲『三十』字。」蓋唐人仍讀爲「二十」、「三十」，不讀「入」、讀「趿」耳。

織文鳥章

毛無傳，蓋讀與禹貢「厥匪織文」同。鳥章、帛茷，皆織帛爲之。鄭箋易爲「徽識」，則當作「識文」。今本皆作「織文」者，誤。識，徽識也。識、幟，古今字。許君説文、鄭君周官注皆作「徽識」，後人别製「幟」字。貞觀時僧玄應一切經音義曰：「幟字，舊音與『知識』之『識』同，更無别音。」

白旆央央

出其東門正義曰：「傳言『荼，英荼』者，六月云『白旆英英』，是白貌。茅之秀者，其穗色白。」公羊宣十二年注：「繼旐如燕尾曰旆。」疏曰：「繼旐曰旆。孫氏云：『帛續旐末亦長尋。』詩云『帛旆英英』是也。」按：從孫炎注作「帛旆」爲善。此正義云「以帛爲行旆」，又云「九旗之帛皆用絳」〔一〕。言「帛旆」者，謂絳帛，猶通帛爲旃，亦是絳也。然則孔氏作正義時，經文原作「帛旆」。而出其東門疏引「白旆英英」，明荼是白色。周禮司常疏引「白旆央央」，明旆不用絳。由疏不出一人之手，唐初本已或誤作「白」也，今當據正義六月及公羊疏改定「白旆」爲「帛旆」，其

「央央」亦當改「英英」。又按：釋名：「白旆，殷旌也，以帛繼旐末也。」其語自相乖違不貫。明堂位：「殷之大白，周之大赤。」周禮：「建大赤以朝，建大白以即戎。」大白，非帛旆也。釋名既依明堂位，云「緌，有虞氏之旌也；綏，夏后氏之旌也」，其下當云「大白，殷旌也；大赤，周旌也」乃全。又，其下當云「旆以帛繼旐末也」，乃與爾雅釋天、毛詩傳相合。今釋名乃缺誤之本。

如輊如軒

按：軒輊，即軒輖。既夕禮鄭注「輖，蟄也」，作「蟄」；考工記「大車之轅摯」，作「摯」；詩作「輊」。説文有「蟄」無「蟄」、「輊」。潘岳射雉賦「如轅如軒」，李善引此詩，云：「輊，與『轅』同。」

路車有奭

説文作「奭」，五經文字作「奭」。按：蜀都賦善注引毛萇詩傳：「赩，赤貌也。」是其字一本作「赩」也。説文無「赩」字。楚辭：「逴龍赩只。」

八鸞瑲瑲

有女同車、終南、庭燎皆作「將將」。又，烈祖「約軧錯衡，八鸞鶬鶬」、載見「鞗革有鶬」，皆作「鶬」。又，韓奕「八鸞鏘鏘」，禮記「玉鏘鳴也」，皆作「鏘」。

鴥彼飛隼

說文同「雝」，一曰：雃也。　按：「雃也」是「鶩也」之誤。

其飛戾天

後漢書：「孔融上書薦謝該曰：『尚父鷹揚，方叔翰飛。』」注引「鴥彼飛隼，翰飛戾天」，誤也。詩本作「其飛」，文舉易字麗句耳。

伐鼓淵淵

吴才老詩協韻補音序曰：「詩音舊有九家，陸德明定爲一家之學。開元中，修五經文字，『我心慘慘』爲『懆』，『伐鼓淵淵』爲『鼘』，皆與釋文異，乃知德明之學當時亦未必盡用。」

振旅闐闐

魏都賦：「振旅輷輷。」

蠢爾蠻荆

韋玄成傳引：「荆蠻來威。」　按：毛云：「荆州之蠻也。」然則毛詩固作「荆蠻」，傳寫誤倒之也。晉語：「叔向曰：『楚爲荆蠻。』」韋注：「荆州之蠻。」，正用毛傳爲説。又，齊語：「萊、莒、徐夷、吴、越。」韋注「徐夷，徐州之夷也」，可證「荆蠻」文法。又按：吴都賦：「跨躡蠻荆。」李善注引詩：「蠢爾荆蠻。」然則唐初詩不誤，左思倒字以與「并」、「精」、「坰」爲韻。後漢李膺傳：「應奉疏曰：『緄前討荆蠻，均吉甫之功。』」毛刻不誤，汪文盛本譌倒作「蠻荆」。注引「蠻荆來威」

者，俗人所改易也。文選王仲宣誄：「遠竄荆蠻。」注引毛詩「蠢爾荆蠻」，亦誤倒。禮堂按：漢書陳湯傳引詩：「蠻荆來威。」師古曰：「令荆土之蠻亦畏威而來。」是本作「荆蠻」。

嘽嘽焞焞

韋玄成傳引詩：「嘽嘽推推。」按：廣韻：「䡅䡅，車盛皃。」疑漢書字誤。

我車既攻

石鼓文：「我車既工。」

薄狩于敖

後漢安帝紀注引詩：「薄狩于敖。」俗刻今改爲「搏」，而「狩」字不改。毛刻作「薄狩」。册府元龜、王氏詩考引作「薄狩」。水經注濟水篇：「濟水又東逕敖山。詩所謂『薄狩于敖』者也。」作「薄狩」。東京賦：「薄狩于敖。」作「薄狩」。薛注引詩：「薄獸于敖。」「薄」字不誤，「獸」字係妄改。後見惠定宇九經古義引徐堅初學記作「搏狩」，又引何休公羊注、高誘淮南子注、漢石門頌，證「狩」即「獸」字，故箋云：「田獵搏獸也。」若經作「搏獸」，箋不已贅乎？玉裁始曉然：於經文本作「薄狩」，鄭訓「狩」爲「搏獸」。釋文云：「搏獸，音博，舊音傅。」乃爲鄭箋作音義，非釋經也。初學記意主對偶，故以「薄狩」、「大蒐」爲儷，猶上文「三驅」、「一面」，下文「晉鼓」、「虞旗」，皆是也。今本作「搏狩」，乃淺人妄改。初學記云：「獵，亦曰狩，狩獸也。」鄭箋言「田獵搏獸也」，此經作「薄狩」之確證。惠君尚未考明「薄」字。

赤芾金舄

傳：「舄，達屨也。」按：複下曰舄，單下曰屨。「達」、「沓」字古通用，是重沓之義爾。不於狼跋言之，而於此言之者，金舄謂金飾其下，其上則赤也。達屨，蓋漢人語如此。孔沖遠不得其旨，而强爲之說。

决拾既佽

傳：「佽，利也。」箋云：「佽，謂手指相次比也。」按：說文亦曰：「佽，便利也。」引詩：「决拾既佽。」鄭注周官繕人引：「抉拾既次。」是毛作「佽」，鄭作「次」也。

助我舉柴

說文：「𢪱，積也。詩曰：『助我舉𢪱。』搣頰旁也。从手，此聲。」骨部：「鳥獸殘骨曰骴。」西京賦：「收禽舉胔。」薛注：「胔，死禽獸將腐之名。」

徒御不警

唐石經誤作「不驚」，今本因之。文選陸士衡挽歌詩：「夙駕警徒御〔二〕。」注引毛詩：「徒御不警。」今俗刻作「不驚」。

儦儦俟俟

說文作「伾伾俟俟」，韓詩作「駓駓騃騃」。後漢書注引韓詩作「俟俟」，誤。

鸞聲噦噦

說文引詩：「鑾聲鉞鉞。」　按：采菽：「鸞聲嘒嘒。」泮水同。庭燎：「鸞聲噦噦。」

念彼不蹟

說文：「迹，步處也。从辵，亦聲。或作『蹟』，籀文作『速』。」　按：以古韻諧聲求之，「朿」、「責」在第十六部，亦在第五部；「速」、「蹟」爲正字。李陽冰云：「李丞相持『朿』作『亦』〔三〕。」「迹」字制於李斯也。

可以爲錯

按：「錯」爲「厝」之假借字。

靡所底止

說文广部：「底，山居也，下也。从广，氐聲。」厂部：「底，柔石也。从厂，氐聲。或作『砥』。」　按：物之下爲底，故至而止之爲底，如尚書「震澤底定」，孟子「瞽瞍底豫」，詩「靡所底止」、「伊於胡底」，皆是也。若「底」、「砥」字同，爲「底厲」，說文明析可據，而經書傳寫互譌。韻書、字書以「砥」注礪石也，「底」注致也、至也，皆不察之過。又或臆造說文所無之「底」、「底」字，如「靡所底止」，詩本音從嚴氏詩緝作「底」，謬極。爾雅：「底，止。」釋文云：「字宜從厂。或作『底』，非。」此陸氏誤也。鏞堂按：爾雅釋詁：「底，待也。」「底，止也。」即説文广部字。詩祈父：「靡所底止。」毛傳：「底，至也。」小旻：「伊於胡底。」箋云：「底，至也。」晉語四：「戾久將底。」韋注：「底，止也。」玉篇、廣韻皆云：「底，止也，下也。」是爾雅釋言「厎，致也」，即説文厂部字。書禹貢「震澤厎定」，孔傳曰「致定」，夏本紀作「震澤致定」。孟子離婁上：「瞽瞍厎豫。」趙注：「厎，致也。」孫宣公音義作「厎，之爾反」。玉篇、廣韻皆云：「厎，致也，平也。」是凡加工致平曰厎，故訓致、訓平，與「厎厲」爲一字，與「底止」爲二字。記此俟面質之。

在彼空谷

按：毛詩作「空谷」，非直與韓詩異文，直是譌字。釋詁：「穹，大也。」毛傳正用其語。今誤爲「空，大也」，古無是訓。孔沖遠遷就其説，曰：「以谷中容人隱焉，其空必大，故云『空大』，非訓『空』爲大。」蓋知「空」之不得訓大矣。

君子攸芋

傳：「芋，大也。」　按：蓋「訏」之假借也。周禮大司徒：「媺宫室。」注云：「謂約椽攻堅，風雨攸除，各有攸宇。」賈疏：「宇，居也。」

如鳥斯革

張揖廣雅兼采四家之詩。釋器云：「䩐、𦐇，翼也。」此用韓詩。韓作「䩐」，與毛作「革」異字而同音、同訓。毛時故有「䩐」字，以假借之法訓之，故曰「翼也」。若訓「革」爲翼，理不可通。廣韻：「䩐，翅也。古核切。」本韓詩也。

載衣之裼

說文引作「褅」。　按：作「裼」，字之假借也。

不騫不崩

傳：「騫，虧也。」正義曰：「崔氏集注『虧』作『曜』。」　按：當從集注。後人不解「曜」字，因改之耳。天保傳：「不虧，言山。」此傳「不曜」，言牛羊也。考工記「大胷燿後」，鄭注：「燿，讀爲哨。頃今「傾」字。作「頎」，譌。小也。」「燿」、「曜」古通用。

憂心如惔

說文：「⿱羊火，小爇也。从火，羊聲。詩曰：『憂心如⿱羊火。』」　按：⿱羊火，羊聲。羊，讀如飪。今作「⿱天火」，干聲，誤也。小爇，一作「小熱」，或作「小孰」，皆非也。憂心如⿱羊火，作「憂心⿱天火⿱天火」，更非。釋文、正義於此句皆云：「說文作『⿱天火』。」若依今本，陸、孔末由定爲此句之異文。蓋毛詩本作「如⿱羊火」，或同韓詩作「如炎」，不知何人始加「心」作「惔」。惔，憂也。豈憂心如憂乎？又於說文「惔」下妄加「詩曰『憂心如惔』」六字，而毛詩之真没矣。此傳曰：「⿱羊火，燔也。」瓠葉傳曰：「加火曰燔。」說文：「燔，爇也。」「⿱羊火，小爇也。」「爇」加「火」也，與毛傳合。而今詩譌「炎」改「惔」。雲漢：「如炎如焚。」傳：「炎，燎也。」而今本亦譌「惔」矣。

憯莫懲嗟

當作「瞀」。

天子是毗

説文作「𣬉」，人臍也。今作「毗」，通爲「毗輔」之「𣬉」。此傳：「毗，厚也。」采菽傳〔四〕：「膍，厚也。」是「𣬉」、「膍」又通用也。

不宜空我師

傳：「空，窮也。」按：七月傳：「穹，窮也。」説文用之。此「空我師」，當作「穹我師」爲是。傳譌，抑或假借，未可定也。毛詩「空谷」，韓詩作「穹谷」。

四牡項領

傳：「項，大也。」按：毛以「項」爲「洪」之假借字。

胡爲虺蜴

説文：「易，蜥易，蝘蜓，守宫也。象形。」「在壁曰蝘蜓，在艸曰蜥易。」按：説文無「蜴」字。方言：「守宫，或謂之蜥易。其在澤中者謂之易蜴。」「脈蜴。」郭注「蜴」皆音析，蓋「蜴」即「蜥」之或體。易蜴，即「蜥易」之倒文，猶「螽斯」亦曰「斯螽」也。説文「虺」下引詩「胡爲虺蜥」，今詩作「胡爲虺蜴」。蜴，當讀「析」。虺蜴，即虺蜥也。俗用「蜥蜴」成文，爲重複。古人言「蜥易」。釋文：「蜴，字又作『蜥』。」

憂心慘慘

傳：「慘慘，猶戚戚也。」按：「慘」在二部，「戚」在三部，音近轉注。今本作「慘」，誤。

蔌蔌方穀

按：「佌佌彼有屋」，富者也，而方受禄於朝；「民今之無禄」，煢獨者也，而又君夭之，在位椓之：故曰「哿矣富人，哀此煢獨」。「佌佌」二句，非以屋、穀爲儷也。又，蔡邕傳：「速速方穀，天夭是加。」「穀」作「轂」，「夭」作「夭」，皆是譌字。錢唐張賓鶴云親見蜀石經作「夭夭」，是蜀本誤耳。

日月告凶

劉向引詩：「日月鞫凶。」按：古「告」、「鞫」二字同部同音，故假借「鞫」爲「告」。采芑傳：「鞫，告也。」言「鞫」爲「告」之假借也。

黽勉從事

劉向引詩：「蜜勿從事。」按：蜜勿，爾雅作「蠠没」。古「勿」字亦讀如没。「蜜」、「蠠」同。字今作「密勿」，非也。

悠悠我里

按：傳：「里，病也。」箋：「里，居也。」釋文所引極明。依爾雅「痗，病也」，郭云「見詩」，則毛詩本作「痺」。後因鄭箋改作「里」，併改傳「病」字爲「居」字。又，爾雅：「悝，憂也。」郭注引：「悠悠我悝。」是一人所見本復不同耳。鏞堂按：十月之交：「悠悠我里。」傳：「里，病也。」爲「痺」字之假借。雲漢：「云如何里。」箋云：「里，憂也。」爲「悝」字之假借。三家詩當有作「痺」、「悝」者。毛詩作「痺」，則皆後人所改。鄭箋十月之交，云：「里，居也。」作如字讀，可證。王肅注雲漢云：「痺，病也。」蓋竊取十月之交傳義，改經以異鄭。郭注爾雅：「悝，憂也。」當引詩「云如何悝」。今引作「悠悠我悝」，誤也。

淪胥以鋪

按：毛傳：「淪，率也。」與韓義同而字異。鄭箋：「鋪，徧也。」韓作「痡，病也」，則義、字皆異。「淪」、「熏」之爲「率」者，於音求之。

聽言則荅

新序、漢書皆作「聽言則對」。按：「對」在十五部，「荅」在七部。古借「荅」爲「對」，異部假借也。論語多作「對」，孟子多作「荅」，詩、書以「荅」爲「對」，皆屬漢後所改。如「聽言則荅」，新序、漢書作「對」，尚書「奉荅天命」，伏生大傳作「對」，可徵也。

民雖靡膴

按：鄭箋：「膴，法也。」蓋以爲「模」字假借。

不敢馮河

説文：「淜，無舟渡河也。从水，朋聲。」「馮，馬行疾也。从馬，仌聲。」按：「馮河」當作「淜河」，字之假借也。説文「巟」下引易，用「馮河」。

翰飛戾天

韓詩：「翰飛厲天。」　按：厲天，猶俗云「摩天」。

弁彼鸒斯

杜欽傳：「小卞之作。」　按：古無「卞」字，「弁」之隸變也。凡弁聲、反聲之字多省从「卞」。

歸飛提提

説文：「翍，翼也。或作『翄』。」　按：魏都賦「翄翄精衞」，即「提提」也。善曰：「翄翄，飛貌。」

尚或墐之

説文引詩：「尚或殣之。」　按：左氏傳曰「道殣」，毛詩作「墐」。墐，塗也，字之假借。

亂如此幠

釋詁：「幠，大也。」「幠，有也。」方言：「幠，大也。」説文：「幠，覆也。」　按：此傳云「幠，大也」，字从巾，無聲。幠爲大，亦爲有，郭注爾雅引「遂幠大東」是也；亦爲覆，鄭箋「君子攸芋」爲「攸幠」是也：三義實相通。斯干正義引「亂如此幠」，郭注爾雅引「亂如此幠」，今本作「憮」，誤也。釋言：「幠，傲也。」亦與「大」義相近。投壺「毋幠毋敖」，此箋云「幠，敖也」，是鄭亦作「幠」。後人「幠」多誤「憮」：如方言「幠，大也」，今作「憮」；漢書「君子之道，焉可幠也」，幠，同也，正與「大」義、「覆」義相近，今亦譌作「憮」。考爾雅：「憮，撫也。」説文：「憮，愛也。」字从心，不得與「幠」溷。幠，火吴反。憮，亡甫反。

僭始既涵

按：傳：「潛，數也。」蓋以爲「譖」字。禮堂按：一切經音義五引詩：「譖始既涵。」

居河之麋

蒹葭：「在水之湄。」

哆兮侈兮

爾雅：「誃，離也。」郭注：「誃，見詩。」邢疏云：「即『侈兮』之異文。」 按：當爲「哆兮」之異文。古「哆」、「誃」同音也。

緝緝翩翩

説文引詩：「咠咠幡幡。」 按：咠咠，即「緝緝」之異文。「幡幡」二字，當云「翩翩」，而誤舉下章之「幡幡」，猶引生民「或舂或舀」，而誤云「或簸或舀」也。

驕人好好

按：爾雅：「旭旭、蹻蹻，憍也。」「蹻蹻」，釋板之「小子蹻蹻」也。「旭旭」，詩無其文，郭音呼老反，是爲毛詩「好好」之異文無疑。匏有苦葉釋文引説文：「旭，讀若好。」今説文作「讀若勖」，蓋後人臆改。

作而作詩

釋文：「作爲此詩，一本云『作爲作詩』。」按：「爲」字誤，當是「一本云『作而作詩』」也。正義曰：「當云『作而按：舊無此「而」字。賦詩』。定本云『作爲此詩』。」據此則孔氏原是『作而作詩』也。正義又曰：「定本箋有『作，起也』『作，爲也』二訓，自與經相乖。」非也。按經文「作而作詩」，「起也」釋第一「作」字，「爲也」釋第二「作」字，故下云「孟子起而爲此詩」。定本既改云「作爲此詩」，而猶存此箋，可考正義依古本「作而作詩」，乃删「作爲也」三字，誤矣。此句一譌「作爲作詩」，再改「作爲此詩」。一句内〔五〕字同義異，爲注以别之。如「昔育恐育鞫」，箋云：「昔育」者〔六〕，「育稚也」；「育鞫」之「育」，則從毛傳「長也」之訓。此箋與前正相類。又如「于以采蘩，于沼于沚」，傳：「蘩，皤蒿也。于，於也。」分别「于沼」之「于」，不同「于以」之「于」訓往。

拊我畜我

戴先生云：「畜，當爲『慉』。」説文：「慉，起也。」此箋「畜，起也」，明是易「畜」爲「慉」。

杼柚其空

釋文：「柚，本又作『軸』。」按：機軸似車軸，故同名。「柚」是「橘柚」字，因「杼」字从木，而改「軸」亦从木，非也。鏞堂按：太玄掜云：「棘木爲杼，削木爲軸。杼軸既施，民得以燠。」可證「杼軸」之「軸」本不从木。太平御覽四百八十四、又八百二十五俱引詩：「杼軸其空。」是唐以前本皆从車。

有冽氿泉

爾雅：「氿泉穴出。穴出，仄出也。」說文：「厬，仄出泉也。从厂，晷聲。」按：爾雅以仄出泉爲氿，說文以水厓枯土爲氿；爾雅以水醮爲厬，說文以仄出泉爲厬：是氿、厬二字，爾雅與說文互易其訓也。

薪是穫薪

箋云：「檴，落木名。」釋文：「依鄭，則宜作木傍。」按：檴，木名，同「樗」。見說文。

不可以服箱

李善思玄賦注引詩：「睆彼牽牛（七），不可以服箱。」與下文「不可以簸揚」、「不可以挹酒漿」句法一例。箋云：「以，用也。不可用於牝服之箱。」爲下文二「不可以」舉例也。各本脱「可」字。

西有長庚

傳：「庚，續也。」按：書益稷正義：「詩曰：『西有長賡。』毛傳以『賡』爲續。」「賡」、「庚」同音，而說文云：「賡，古文『續』。」以爲即「續」字，未詳。

六月徂暑

傳：「徂，往也。」箋云：「徂，始也〔八〕。」　按：鄭蓋易爲「祖」字。爾雅：「祖，始也。」今文尚書曰：「黎民祖飢。」

百卉具痱

按：李善注謝靈運戲馬臺詩，則毛詩本作「痱」；韓詩作「腓」，爲假借字。今本毛詩誤從韓，作「腓」，非也。

廢爲殘賊

按：傳：「廢，大也。」本釋詁文。郭注爾雅引「廢爲殘賊」，正用毛義。箋云「言大於惡」，申毛而非易毛也。釋文作「忕也」，云：「一本作『大也』。」此是王肅義，未之深察矣。鏞堂按：毛傳：「廢，忕也。」箋云：「言忕於惡。」郭注爾雅訓爲「大」，用王肅義也。陸氏之言最爲有據。「廢」、「忕」亦同在十五部。

匪鶉匪鳶

説文：「鷻，雕也。从鳥，敦聲。詩曰：『匪鷻匪鳶。』」　按：今詩「鶉」爲「鷻」之譌，「鳶」爲「鳶」之譌。説文無「鳶」字，「鳶」即「鳶」也。集韻以「鳶」爲古「鳶」字，譌爲「鳶」，又譌入二仙。其誤已久，如曹子建名都篇已讀如今音。

祇自疷兮〔九〕

按：釋詁：「疷，病也。」説文：「疷，病也。从疒，氏聲。」毛詩三用此字爲韻：白華與「卑」韻，傳：「疷，病也。」何人斯「祇」與「易」、「知」、「篪」、「知」、「斯」韻，傳：「祇，病也。」此皆十六部，本音。何人斯借「祇」字爲之〔一〇〕，於六書爲假借。無將大車傳亦云：「疷，病也。」而與十二部之「塵」韻，讀若真。此古合韻之例。宋劉彝妄謂當作「⿸疒民」，音民。考爾雅、説文、五經文字、玉篇、廣韻皆無「⿸疒民」字，集韻始有，非古。元戴侗謂即「痻」字之省，不知「痻」从疒，昏聲，昏聲在十三部，民聲在十二部。桑柔「痻」與「愍」、「辰」韻，不得與「塵」韻也。説文云：「昏，从日，从氏省。氏者，下也。一曰：民聲。」按：「昏」从氏省，爲會意字，非民聲。「痻」字昏聲，不得省爲「⿸疒民」也。唐人避廟諱，「愍」作「⿱⿰氏攵心」、「珉」作「⿰王氏」、「蟁」作「⿱氏䖵」。顧炎武以唐石經「祇自疷兮」爲諱「民」減畫作「氏」之字，由不知古合韻之例，而附會劉彝臆説，以求得其韻也。張衡賦「思百憂以自疢」，「疢」與「疷」音近。禮記：「眕於鬼神。」鄭注：「眕，或爲『祇』也。」又，説文：「⿰舟氏，一作『⿰舟辰』。」又，古「狋氏」讀如「權精」，於此可求合韻之理。釋文：「疷兮，都禮反。」是陸氏誤「疷」。

日月方奥

爾雅：「燠，煖也。」説文無「燠」字。鏞堂按：古「燠」字多作「奥」。書堯典「厥民燠」、洪範「時燠若」，皆有作「奥」者。

以雅以南

後漢陳禪傳：「古者，合歡之樂舞於堂，四夷之樂陳於門，故詩云：『以雅以南，韎任朱離。』」按：「韎任朱離」，自見毛詩傳。陳禪合經以證四夷之樂，而不知「南」、「任」一也。章懷謂「韎任朱離」，蓋見齊、魯詩，誤。

楚楚者茨

按：古所云「采薺」，疑即「楚茨」。「采」、「楚」，異部而音近也。

我黍與與

釋文：「音餘。」按：張平子南都賦：「其原野則有桑桼麻苧，菽麥稷黍，百穀蕃廡，翼翼與與。」然則漢人讀上聲也。

我庾維億

説文：「億，安也。从人，𢡃聲。」「𢡃，滿也。一曰：十萬曰𢡃。从心，啻聲。」洪适隸釋載泰山都尉孔宙碑、樊毅修華嶽碑、司隸校尉魯峻碑並書「億」作「啻」，巴郡太守張納碑書「億」作「𢡃」，小黄門譙敏碑書「億」作「⿰亻啻」。按：當从説文，以「𢡃」爲「億兆」正字。

獻酬交錯

傳：「東西爲交，邪行爲錯。」按：説文作「𨒅逪」。經典中用「錯」字，多屬假借。「獻酬交錯」應作「迨遣」，「可以攻錯」應作「攻厝」，「錯綜其數」應作「縒綜」，「舉直錯枉」應作「舉措」。考説文：「遣，迨遣也。」「厝，厲石也。」「縒，參縒也。」廣韻：「縒，倉各切。縒綜，亂也。」「措，置也。」「錯，金涂也。」「何以報之金錯刀」，乃「錯」字本義。

萬壽攸酢

説文：「酢，醶也。从酉，乍聲。」「醋，客酌主人也。从酉，昔聲。」按：今俗所用，與説文互異。儀禮「酬醋」字作「醋」。漢人注經云「味酢」者，皆謂酸也。

我孔熯矣

按：毛傳：「熯，敬也。」本釋詁。但「熯」字本義是乾皃，非敬。説文：「戁，敬也。」則此「熯」字，是「戁」字之假借，音而善反。長發傳：「戁，恐也。」各隨其立詞釋之，敬者必恐懼。

如幾如式

「薄送我畿」，正義曰：「畿者，期限之名。周禮『九畿』及『王畿千里』，皆期限之義，故楚茨傳曰：『畿，期也。』」按：此當作「如畿如式」。

既匡既勑

廣韻：「敕，誡也。『勅』同。今相承作『勑』。勑，本音賚。」按：説文：「敕，誡也。」「勑，勞勑也。」

鐘鼓送尸

今本多作「鼓鐘」。考「鼓鐘將將」、「鼓鐘伐鼛」，傳云：「鼓其淫樂。」正義云：「鼓擊其鐘。」白華「鼓鐘于宫」，正義亦云：「鼓擊其鐘。」此篇上文曰「鐘鼓既戒」，此不應變文。宋書禮志四兩引皆曰：「鐘鼓送尸。」正義云：「鳴鐘鼓以送尸。」是唐初不作「鼓鐘」。今本承開成石經之誤。

神保聿歸

宋書樂志一引「神保遹歸」，又引注：「歸於天地也。」今鄭箋無「地」字。

既霑既足

按：疑當作「既沾既浞」。説文：「沾，沾益也。」「浞，濡也。」鄭司農注考工記曰：「腥，讀如『沾渥』之『渥』。」漢曹全碑：「鄉明治，惠沾渥。」

黍稷彧彧

説文：「䵥，有文章也。从有，𢧵聲。」「𢧵，水流也。从川，或聲。」按：毛詩假「彧」爲「䵥」，隸省「𢧵」爲「彧」。廣韻：「稢稢，黍稷盛貌。」

從以騂牡

説文無「騂」。

苾苾芬芬

以楚茨推之，此句韓詩當作「馥馥芬芬」。

倬彼甫田

爾雅：「菿，大也。」説文：「菿，艸大也。俗本誤作「艸木倒」。从艸，到聲。」按：韓詩「菿彼甫田」，詩釋文及爾雅疏引之。俗本爾雅「菿」誤「箌」，説文又譌作「菽」。

或耘或耔

説文：「䅽，除苗閒穢也。或从芸，作『䒳』。」又，「耔」作「秄」。

以我齊明

説文：「齍，黍稷在器以祀者。」五經文字：「齍，或作『粢』，同。禮記及諸經皆借「齊」字爲之。」按：此釋文云：「本又作『齍』。」是正字。

以我覃耜

東京賦作「剡耜」。説文：「剡，鋭利也。」亦是假借「覃」爲「剡」。

俶載南畝

箋云：「載，讀爲『菑栗』之『菑』。」按：管子：「春有以剚耕，夏有以剚耘。」「剚」、「菑」同也。

不稂不莠

説文：「禾粟之莠「采」，誤，生而不成者，謂之童。「蕫」誤。」「蓈，或作『稂』。」

去其螟螣

按：「螣」，本「螣蛇」字，在六部，借爲一部「螟蟘」之「蟘」。此異部假借，猶「登來」之爲「得來」也。五經文字作「蟘」，今説文作「蟘」，誤。

秉畀炎火

釋文：「秉，韓詩作『卜』。」　按：卜畀，猶俗言「付與」也。爾雅：「卜，予也。」

有渰淒淒，興雲祁祁

按：詩人體物之工，於此二句可見。凡夏雨時行，始暴而後徐。其始陰氣乍合，黑雲如髺，淒風怒生，衝波掃葉，所謂「有渰淒淒」也。繼焉暴風稍定，白雲漫汗，彌布宇宙，雨脚如繩，所謂「興雲祁祁，雨我公田」也。「有渰淒淒」，言雲而風在其中；「興雲祁祁」，言雲而雨在其中。「雨」字分上、去聲，後儒俗説，古無是也。上句言「興雨」，下又言「雨我公田」，則無味矣。「英英白雲，露彼菅茅」、「興雲祁祁，雨我公田」，其句法、字法正同。「雨我」之「雨」，必讀去聲，則「露彼」之「露」又將讀何聲耶？於此知「善善」、「惡惡」之類，皆俗儒分別而戾於古矣。

伊寡婦之利

依鄭氏箋例求之，此「伊」亦當作「緊」。

君子樂胥

箋云：「胥，有才知之名。」按：周官：「胥十有二人。」注：「胥，讀爲『諝』，謂其有才知，爲什長。」此箋亦讀爲「諝」。説文：「諝，知也。」易「歸妹以須」之「須」，鄭亦讀爲「諝」。

實維伊何

此三章「實」字皆當爲「寔」。箋云：「寔，猶是也。」正讀「實」爲「寔」也。小星箋：「寔，是也。」韓奕則先易其字，云「實，當爲『寔』」，而後云「寔，是也」。

樂酒今夕

大招：「以娱昔只。」王逸注：「昔，夜也。詩云：『樂酒今昔。』言可以終夜自娱樂也。」按：春秋「夜，恒星不見」，穀梁「夜」作「昔」，日入至于星出謂之昔。昔者，「夕」之假借字。夕，暮也。从月半見。「夜」與「夕」異時。「夜中星隕如雨」之「夜」，穀梁亦作「夜」，不作「昔」。王逸云：「昔，夜也。」未爲明審。

殽核維旅

班固典引：「肴覈仁義。」蔡注：「肴覈，食也。肉曰肴，骨曰覈。詩云：『肴覈惟旅。』」蜀都賦：「肴槅四陳。」

匪由勿語

按鄭箋，則「匪」字本作「勿」，後人妄改「勿由」爲「匪由」，與上「匪言勿言」成偶句耳。箋云：

「勿，猶無也。」此總釋「勿從謂」、「勿言」、「勿由」、「勿語」四「勿」字。又云：「俾，使。由，從也。武公見時人多説醉者之狀，或以取怨致讎〔二〕，故爲設禁：醉者有過惡，女無就而謂之也，當防護之，無使顛仆，至於怠慢也。其所陳説，非所當説，無爲人説之也，亦無從而行之也，亦無以語人也，皆爲其聞之，將恚怒也。」「匪由」之本爲「勿由」，顯然。下「由醉」之言，箋云「女從行醉者之言，使女出無角之羖羊」，尤可證兩「由」字無二義，相承反覆戒之。古文奇奥，非可妄改，所當更正也。

觱沸檻泉

按：司馬相如上林賦作「滭沸」，史記作「滭浡」。説文當有「滭」字，今佚。

騂騂角弓

説文「觲」下引詩：「觲觲角弓。」釋文：「説文作『弲』。」按：蓋唐時説文「弲」下引「弲弲角弓」，今本佚也。

民胥傚矣

左傳：「民胥效矣。」按：説文無「傚」。

見晛曰消

按：説文：「㬫，姓無雲也。」「晛，日見也。」劉向引詩：「雨雪麃麃，見晛聿消。」師古曰：「見，無雲也。晛，日氣也。言雨雪之盛瀌瀌然，至於無雲，日氣始出，而雨雪皆消釋矣。」「見」字不得訓爲無雲。依顔注，則劉向引詩「見」字作「𣈶」，正同韓詩。師古時不誤，後人妄改作「見」耳。韓詩：「曣晛，日出也。」與説文「晛，日見也」正同。釋文引作「曣見」，誤。詩考作「晛」。

上帝甚蹈

箋云：「蹈，讀曰『悼』。」　按：檜傳：「悼，動也。」此傳「蹈，動也」，則是一字。箋申傳，而非易傳也。

無自瘵焉

按：箋云：「瘵，接也。」以爲「際」字假借。

英英白雲

韓詩作「泱泱」。潘岳射雉賦：「天泱泱而垂雲。」徐爰注：「泱，音英。」善曰：「毛詩：『英英白雲。』『泱』與『英』古字通。」

鼓鐘于宫

箋云「鳴鼓鐘」，謂鼓與鐘二物也。靈臺：「於論鼓鐘。」鄭云：「鼓與鐘也。」此詩正同。孔云「鼓擊其鐘」，誤。

有豕白蹢

爾雅：「豥四蹢皆白，豥。」蹢，蹄也。猶「馬四蹢皆白，首」也。或作「四豴皆白，豥」，誤。張參收「豴」字入五經文字，不精也。

何人不矜

按：鴻雁傳：「矜，憐也。」菀柳傳：「矜，危也。」此蓋言夫人而危困可憐，不必讀爲「鰥」。詩敝笱「鰥」與「雲」韻，在十三部。菀柳「矜」與「天」、「臻」韻，何草不黄與「玄」、「民」韻，桑柔與「旬」、「民」、「填」、「天」韻，在十二部。漢人十二、十三部合用，多借「矜」爲「鰥寡」字。而書堯典、康誥、無逸、甫刑，詩鴻雁，孟子明堂章皆作「鰥」，不假借「矜」字。惟烝民作「不侮矜寡」，則漢後所改，而左傳昭元年引「不侮鰥寡，不畏彊禦」，固作「鰥」。「何人不矜」，當從本字讀。

【校勘記】

〔一〕又云九旗之帛皆用絳　「云九」，底本、清經解本誤作「充」，據三十卷本及毛詩正義改。

〔二〕夙駕警徒御　「駕」，底本、清經解本誤作「夜」，據三十卷本及文選改。

〔三〕李丞相持束作亦　「持」，底本、清經解本及三十卷本均誤作「以」，據郭忠恕佩觿改。

〔四〕采菽傳　「菽」，底本、清經解本及三十卷本均誤作「叔」，據文義及毛傳改。

〔五〕一句内　「一」上，三十卷本有「凡」字，當從。

〔六〕昔育者　「者」，底本、清經解本及三十卷本均誤作「之」，據毛詩正義改。

〔七〕睆彼牽牛　「睆」，底本、清經解本誤作「晥」，據三十卷本及毛詩箋改。

〔八〕始也　「始」上，毛詩箋有「猶」字。

〔九〕祇自疧兮　「祇」，底本、清經解本誤作「祗」，據三十卷本及段玉裁毛詩故訓傳定本改。後「何人斯祇與易」、「傳祇病也」、「唐石經祇自疧兮」、「眕或爲祇也」同。

〔一〇〕何人斯借祇字爲之　「何人斯」，底本、清經解本誤奪，據三十卷本補。

〔一一〕或以取怨致讎　「致」，底本、清經解本誤奪，據三十卷本及毛詩箋改。

詩經小學卷第三

金壇段氏

大雅

亹亹文王

或因説文無「亹」字，欲盡改易、詩、禮記、爾雅「亹亹」爲「娓娓」者，誤。

摯仲氏任

傳：「摯國任姓之中女也。」又：「大任，中任也。」 按：毛經、傳皆作「中」。古「中」、「仲」通用，如「中興」爲「仲興」是也。今經作「仲」，譌。

會朝清明

天問：「會鼂争盟，何踐吾期？」一作「會晁請盟」。

自土沮漆

文選于令升晉紀總論：「帥西水滸，至于岐下。」李善注：「毛詩大雅文。鄭玄曰：『循西水涯，漆、沮今本詩箋依經，倒。側也。謂亶父避狄，循漆、沮之水而至岐下。』」鏞堂按：孔氏正義本作「自土漆沮」，今疏中雖爲後人所改，然尚有改之未盡者。如：釋經云：「於漆、沮之旁。」釋傳云：「禹貢雍州『漆沮既從』，是漆、沮俱爲水也」，又「漆、沮爲一」」。釋箋云：「豳有漆、沮之水」，又「是周地亦有漆、沮也」。釋下「率西水滸」箋云：「上言『漆、沮』，此言『循滸』，明是循此漆、沮之側也。」又釋下「周原膴膴」傳云：「周原在漆、沮之閒，以時驗而知之。」據此可知正義本作「自土漆沮」。今釋文作「沮漆」，恐非陸氏之舊。

來朝走馬

玉篇「趣」字注：「詩曰：『來朝趣馬。』言早且疾也。」按：鄭箋：「言避惡早且疾也。」「早」釋「來朝」，「疾」釋「趣」字。說文：「趣，疾也。」玉篇作「趣馬」，野王據漢人相傳古本也。鏞堂按：棫樸：「左右趣之。」傳：「趣，趨也。」箋云：「左右之諸臣皆促疾於事。」彼箋以「趣」爲「疾」，與此正同，可驗「走馬」之本作「趣馬」。程大昌、顧炎武以爲單騎之始，誤。「趣」，音走，亦音促。

周原膴膴

廣雅釋言：「腜腜，肥也。」據韓詩爲訓也。

蓳荼如飴

說文：「蓳，艸。根如薺，葉如細柳。蒸食之，甘。从艸，堇聲。」今詩譌作「堇」。

迺慰迺止

唐石經並作「迺」。明馬應龍本「乃召司空，乃召司徒」，二作「乃」，餘作「迺」。按：說文

「迺」、「乃」異字、異義。俗云古今字。

捄之陾陾

顧寧人曰：「説文引作『捄之仍仍』。」按：廣雅釋訓：「仍仍、登登、馮馮，衆也。」即釋此詩。然則「陾」有作「仍」者，今説文同詩。未詳顧氏所本。

削屢馮馮

按：「屢」，古作「婁」。婁，空也。削婁，謂削治牆空竅坳突處使平。長門賦：「離樓梧而相掌。」魯靈光殿賦：「嶔崟離樓。」説文：「廔，屋麗廔也。」「囧，牕牖麗廔闓明也。」離樓、麗廔，皆竅穴穿通之貌。

臯門有伉

説文：「阬，閬也。」「閬，門高也。」五經文字：「阬，門高。」廣韻四十二宕：「阬，門也。」按：毛詩之「伉」，古本作「阬」。屈賦：「吾與君兮齊遬，道帝之兮九阬。」九阬，謂廣開天門有九重也。

維其喙矣

方言：「㾊，極也。」郭注：「巨畏反。今江東呼極爲㾊，倦聲之轉也。」廣韻：「㾊，困極也。」詩云：『昆夷㾊矣。』本亦作『喙』。」方言：「㱮，極也。」郭注：「今江東呼極爲㱮，音喙。」外傳曰：「余病殆矣。」爾雅：「呬，息也。」説文：「呬，息也。詩曰：『犬夷呬矣。』」按：國語：「郤獻子曰：『余病喙。』」韋昭注：「短氣貌。『呬兮』者，『喙兮』之異文。」

追琢其章

周禮追師注引詩：「追琢其璋。」疏曰：「璋是玉爲之，則追與琢皆是玉石之名也。」按：毛、鄭是「章」字。

求民之莫

當作「嘆」。

其灌其栵

説文：「栵，栭也。詩曰：『其灌其栵。』」按：栵，當作「槷」。槷，木相磨也。菑、翳、灌、槷一例，不應此獨爲木名。爾雅：「立死，甾。蔽者，翳。木相磨，槷。」疑是類釋此詩。不言「灌」者，已見上文矣。

天立厥妃

惠棟曰：「當作『妃』。各本作『配』，誤。」按：傳：「妃，媲也。」正義引某氏注爾雅：「詩云：『天立厥妃。』」是矣。但謂毛讀「配」爲「妃」，故云「媲也」，是未知經、傳「配」字，皆後人改「妃」爲「配」耳。鏞堂按：毛詩作「配」，爲假借；三家詩作「妃」，爲正字。惠氏、戴氏、段氏未詳此爲古今文之異，故説多誤。

維此王季

左傳、韓詩、王肅作「維此文王」。　按：左傳釋「比于文王」曰：「經緯天地曰文。」毛傳本之，謂比于古者經緯天地文德之王也。如「成王不敢康」，非成王、康王。箋云：「必比于文王者，德以聖人爲匹。」是鄭箋雖作「維此王季」，而「比于文王」，亦非以父同子，言之不順也。惟樂記注云：「言文王之德皆能如此。」而不引「經緯天地曰文」，則爲實指周文王。所見詩亦是「維此文王」。然禮注言「文王」，詩箋言「王季」，説自不同。

無然畔援

玉篇：「詩云：『無然伴換。』伴換，猶跋扈也。」漢書：「項氏叛換。」韋昭曰：「叛換，跋扈也。」魏都賦：「雲徹叛換。」

誕先登于岸

箋云：「岸，訟也。」　按：鄭意作「犴」。

同爾兄弟

顧寧人曰：「伏湛傳引『同爾弟兄』，入韻。」　按：王逸九辨注：「内念君父及弟兄也。」與上文「長」、「王」、「惶」、「黨」並「湯」韻〔一〕。今譌爲「兄弟」，則非韻矣。

與爾臨衝

韓詩：「與爾隆衝。」按：隆衝，言陷陣之車隆然高大也〔二〕。毛傳以臨衝爲二，非。説文：「䡴，陷陣車也。从車，童聲。」

執訊連連

釋文：「又作『誶』。」按：作「誶」者誤。爾雅：「訊，言也。」説文：「訊，問也。」正月傳〔三〕：「訊，問也。」出車傳：「訊，辭也。」采芑箋：「執其可言問、所獲敵人之衆。」此箋：「執所生得者而言問之。」以「言」、「辭」、「問」訓「訊」字，與「誶」字「告」義別。

白鳥翯翯

説文：「皠，鳥之白也。」按：景福殿賦：「皠皠白鳥。」

於論鼓鐘

漢以前「論」字皆讀爲倫。中庸：「經論天下之大經。」易：「君子以經論。」

鼉鼓逢逢

釋文：「逢逢，亦作『韸』。」作「韼」，譌。按：淮南時則訓注引詩：「鼉鼓洋洋。」「洋」，即「韸」譌。吕氏春秋有始覽注引詩：「鼉鼓韸韸。」衆經音義引郭璞山海經注：「詩云『鼉鼓韸韸』是也。」今山海經注缺。廣雅：「韸韸，聲也。」

昭兹來許，繩其祖武

傳：「許，進。繩，戒。」　按：續漢祭祀志注引謝沈書云：「東平王蒼上言：『大雅云：「昭兹來御〔四〕，慎其祖武。」』」六月傳亦云：「御，進也。」據東平引作「來御」。此傳訓爲「進」，疑作「許」，是聲之誤。惠定宇說同。後見廣雅：「許，進也。」本此傳。則毛詩本作「許」。作「御」者，蓋三家。東平王作「慎」，異字同義，此爲轉注。

遹求厥寧

說文引作「欥」。漢書敘傳幽通賦：「欥中龢爲庶幾兮。」文選作「聿」。

築城伊淢

按：韓詩作「洫」，則字義、聲皆合矣。史河渠書「溝洫」字亦作「淢」。

遹追來孝

禮記引作「聿」。　按：古「欥」、「聿」、「遹」字通用。

履帝武敏

爾雅「履帝武敏」，於「敏」字斷句。王逸離騷注「履帝武敏歆」，於「歆」字斷句。　按：毛傳：「敏，疾也。」於「敏」字斷句。爾雅、鄭箋：「敏，拇也。」於「歆」字斷句。古「敏」、「拇」、「畝」字同音，皆在今之止韻，故爾雅舍人本作「履帝武畝」，亦假借字也。

先生如達

按：鄭箋易字爲「羍」，似太媟矣。本后稷之詩，不宜若是。傳云：「達，生也。」以車攻傳「達屨」之義求之，蓋是「達，達生也」。「達」、「沓」字古通用。姜原首生后稷，便如再生、三生之易，故足其義，云「先生，姜原之子先生者也」。如「樵彼桑薪，卬烘于煁」，傳云：「卬，我也。烘，燎也。煁，烓竈也。」乃後足其義云：「桑薪，宜以養人者也。」若依次訓釋，則「桑薪」當在「卬」上，「先生」當在「達」上。

實種實褎

傳：「種，雍腫也。」　按：當作「雝種」。漢書所謂「一畝三甽，苗生三葉以上，隤壟土以附苗根，比盛暑，壟盡而根深，能風與旱也」。正義引莊子「雝腫而不中繩墨」，擬不於倫，且與「實發」相混。

維秬維秠

山海經：「維宜芑苣，穋楊是食。」郭注云：「管子説地所宜，云『其穜穋、芑、黑黍』，皆禾類也。苣，黑黍，今字作禾旁。」

維穈維芑

按：「穈」字，説文所無，於六書無當，宜從爾雅、説文作「虋」。

以歸肈祀

按：箋云：「肈，郊之神位也。」是以「肈」爲「兆」之假借也，或少「當作兆」三字。禮記引下文作「后稷兆祀」，周官經「兆五帝於四郊」，説文作「垗」。肈，从戈，肁聲。今本作「肇」，非也。考書，「肈十有二州」、「肈基王迹」，及此「以歸肈祀」、「后稷肈祀」，釋文皆作「肇」。玉篇攴部：「肇，俗『肈』字。」五經文字戈部：「肈，作『肇』，訛。」唐石經此詩二「肈」皆从戈。廣韻有「肈」無「肇」。今本説文攴部有「肇」字，唐後人妄增入無疑。凡古書「肇」字，皆當改作「肈」。

或春或揄

説文：「舀，抒臼也。从爫、臼。詩曰：『或簸或舀。』或作『𦥔』，或作『抗』。」按：周禮春人注、儀禮有司徹注皆引詩「或春或抗」，其字从手、宂聲。「宂散」之「宂」，今在第九部，古在第三部。説文當云「或春或舀」，而云「或簸或舀」者，記憶之誤也。今詩作「揄」者，聲之誤也。鄭氏注三禮所引，蓋韓詩；而説文序云「詩毛氏」，則毛詩故作「舀」也。

釋之叟叟

説文：「釋，漬米也。从米，睪聲。」　按：亦曰淅米〔五〕，亦曰汏米。唐石經誤作「釋」，諸本承之。

敦彼行葦

李善長笛賦注引鄭箋：「團，聚貌。」

醓醢以薦

說文作「監醢」，从血，肬聲。

嘉殽脾臄

說文：「谷，口上阿也。从口，上仌象其理[六]。或作『啣』，或作『臄』。」

敦弓既堅

說文：「弴，畫弓也。从弓，𦎫聲。」　按：敦，讀如追，不讀彫。猶「追琢其章」，不讀彫琢；鷲釋爲雕，不讀雕字。此異部轉注之理也。

酌以大斗

釋文：「斗，亦作『枓』。」說文：「鐙，酒器也。或作『豋』。」

高朗令終

說文作「朖」。

鳧鷖在涇

按：此篇「涇」、「沙」、「渚」、「潨」、「亹」一例，不應「涇」獨爲水名。鄭箋：「涇，水中也。」今本誤作「水名也」。故下云「水鳥而居水中」，是直接「水中」二字。改作「水名」，則不貫矣。下章傳：

「沙，水旁也。」箋云：「水鳥以居水中爲常，今出在水旁。」承上章「在涇」爲言。爾雅：「直波爲徑。」郭注：「言徑侹。」釋名：「水直波曰涇。涇，徑也，言如道徑也。」莊子秋水篇：「涇流之大，兩涯渚涘之閒，不辨牛馬。」司馬彪云：「涇，通也。」義皆與此詩合。「涇」、「徑」字同，謂大水中流徑直孤往之波，故箋云：「涇，水中也。」因下章「沙」爲水旁，故云「水中」以別之。四章因三章「渚」爲水中高地，故云「潨，水外高地」以別之。蓋以「潨」爲「崇」字之假借也。

假樂君子

傳：「假，嘉也。」　按：維天之命傳、雝傳同。「假」，皆「嘉」之假借字也。

且君且王

釋文：「一本作『宜君宜王』。」　按：趙壹窮鳥賦：「且公且侯，子子孫孫。」正用假樂詩意。作「宜」，爲俗本也。

民之攸塈

正義：「釋詁云：『呬，息也。』某氏曰：『詩云：「民之攸呬舊作「塈」。」』郭璞曰：『今東齊呼息爲呬。』則『塈』與『呬』古今字。」　按：「塈」者，字之假借，非古今字。

而無永嘆

按：傳：「民無長嘆，猶文王之無侮也。」謂皇矣末章「四方以無侮」也。孔沖遠譌作「無悔」，云即「其德靡悔」，非是。且「其德靡悔」，毛詩言王季，非言文王。

何以舟之

按：舟之言昭也。以「玉」、「瑶」昭其有美德，以「鞞」、「琫」昭其德之有度數，以「容刀」昭其有武事。

取厲取鍛

釋文：「説文云：『碫，厲石。』字林：『大喚反。』」　按：今本説文誤作「碬」，乎加反。毛傳：「碫，鍛石也。」鄭申之，云：「鍛石，所以爲鍛質也。」經當作「碫」，傳當作「鍛石」。今本經譌「鍛」，傳中脱「碫」字。毛云「碫」是鍛石，説文云「碫」是厲石。其説不同，而毛爲是。

止旅迺密

傳：「密，安也。」　按：説文：「宓，安也。」「宓」是正字，「密」是假借字。「密，山如堂者也。」「宓，从宀，必聲。」今俗讀「宓子賤」之「宓」如「伏」者，聲韻轉移，正如「苾芬孝祀」，韓詩作「馥芬」也。宓子賤之後爲漢伏生。

芮鞫之即

周官經：「其川涇、汭。」鄭注引詩：「汭坑之即。」漢書地理志右扶風汧縣：「芮水出西北，東入涇。詩『芮阬』，雍州川也。」師古曰：「詩：『芮鞫之即。』韓詩作『芮阬』。」　按：詩箋：「芮之言内也。」周禮注及漢書皆以「芮」爲水名。「坃」、「阮」同;「鞫」,其假借字也。

泂酌彼行潦

傳:「泂,遠也。」 按:説文:「迥,遠也。」知是假「泂」爲「迥」。

可以餴饎

正義引説文:「饙,一蒸米也。餾,飯气流也。」今説文:「𩞀,滫飯也。或作『饙』,或作『餴』。」

似先公酋矣

按:當作「遒」。説文:「𨓏,迫也。亦作『遒』。」

茀禄爾康矣

傳:「茀,小也。」箋云:「茀,福。」爾雅:「祓,福也。」郭注引詩:「祓禄康矣。」 按:毛依爾雅釋言,當作「芾」。芾,小也。甘棠傳:「蔽芾,小貌。」鄭依爾雅釋詁,以「茀」爲「祓」之假借。

鳳皇于飛

説文引:「鳳皇于飛,翽翽其羽。」唐石經「鳳皇于飛」、「鳳皇鳴矣」,皆作「皇」。 按:爾雅:「鶠,鳳。其雌皇。」説文:「鶠,鳥也。其雌皇。一曰:鳳皇也。」顔元孫干禄字書:「皇,『鳳皇』正字。俗作『凰』。」廣韻:「鳳凰,本作『皇』。詩傳:『雄曰鳳,雌曰皇。』」凡古書皆作「鳳皇」,絶無「凰」字。「凰」字於字書無當。考揚雄蜀都賦有「鷬」字,晉有鷬儀殿,視「凰」字爲雅。

雝雝喈喈

爾雅：「噰噰喈喈，民協服也。」釋文：「噰，本或作『雍』，又作『廱』。」　按：説文：「邕，四方有水自邕成池者。」「雝，雝鷚也。」「廱，天子饗飲辟廱也。」雝，隸變爲「雍」，借爲「雍和」、「雍塞」、「辟雍」；而「辟廱」本字，亦借爲和義，又別製「嗈」、「噰」、「壅」等字。漢蔡邕字伯喈，是漢人作「邕邕喈喈」也。

憯不畏明

説文：「朁，曾也。从曰，兓聲。詩曰：『朁不畏明。』」　按：詩「憯莫懲嗟」、「胡憯莫懲」、「憯不知其故」，皆宜作「朁」，同音假借也。説文：「憯，痛也。」義別。

以謹惛怓

説文作「怋怓」。今本説文、釋文皆有脱誤。

無然泄泄

五經文字：「絏，本文從『世』，緣廟諱偏旁，今經典並准式例變。」據此，則「絏」本作「紲」，「洩」本作「泄」，「齥」本作「齛」。説文無「洩」、「絏」、「齥」字。唐石經「洩洩其羽」、「桑者洩洩」、「無然洩洩」，不可從也。

民之方殿屎

釋文：「殿，説文作『唸』。屎，説文作『吚』。」爾雅：「殿屎，呻也。」釋文：「説文作『唸吚』。」五經文字：「説文作『吚』。」按：今説文引詩：「民之方唸吚。」玉篇、廣韻亦作「唸吚」。

民之多僻，無自立辟

按：傳「辟，法也」之上不言「辟，僻也」，蓋漢時上作「僻」，下作「辟」，故箋云：「民之行多爲邪僻，乃汝君臣之過，無自謂所建爲法也。」各書徵引，皆上「僻」下「辟」，釋文亦云：「多僻，匹亦反，邪也。立辟，婢亦反，法也。」自唐石經二字皆作「辟」，而朱子併下字釋爲「邪」矣。

及爾出王

傳：「王，往。」按：以「王」爲「往」之假借也。

侯作侯祝

按：毛傳「作祝詛也」四字一句，言「侯作侯祝」者，謂作祝詛之事也。詛是祝之類，故兼云「詛」。經文二字不成句，故「作」字之下益「侯」字以成之。詩中如此句法甚多，如：「迺慰迺止」，箋云：「乃安隱其居。」「迺宣迺畝」，箋云：「時耕曰宣。乃時耕其田畝。」「爰始爰謀」，箋云：「於是始與豳人之從己者謀。」陸、孔以毛傳「作」字爲逗，「祝詛也」爲句，大誤。

女炰烋于中國

按：炰休之言狍鴞也。山海經曰：「鉤吾之山有獸焉，名曰狍鴞，是食人。」郭注：「爲物貪惏，象在夏鼎，左傳所謂『饕餮』是也。」

内奰于中國

說文作「奰」，从三大、三目。今詩作「奰」者，隸省也。或从三四、从犬，則非矣。張衡、左思賦内「贔屓」之「贔」，即「奰」之譌。正義引張衡賦：「巨靈奰屭，以流河曲。」

無言不讐

按：當作左氏傳「憂必讎焉」之「讎」。

尚不愧于屋漏

箋云：「屋，小帳也。」　按：此當作「幄」。說文無「幄」字。

淑慎爾止，不愆于儀

按：左氏襄三十年傳引詩：「淑慎爾止，無載爾僞。」杜預以爲逸詩。然則非此詩之異文也。

實虹小子

傳：「虹，潰也。」　按：召旻「蟊賊内訌」傳同。

秉心無競

韻補：「競，其亮切。」開元五經文字讀僵去聲。詩「秉心無倞」、「無倞維人」，今作「競」。

荓云不逮

荓，蓋「伻」字之假借。

好是家嗇，力民代食

按：鄭不云「稼穡」當作「家嗇」，則毛本作「家嗇」也。傳云：「力民代食，無功者食天禄也。」鄭申其意。而王肅所見之本誤衍一「代」字，鏞堂按：「代」字即王肅所增。云「代無功者食天禄也」，因曲爲之説，曰「有功力於民，代無功者食天禄」，且改「家嗇」字从禾，而不知「代無功食天禄」語最無理，豈毛公而爲之乎？

朋友已譖

箋云：「譖，不信也。」則當作「僭」。鏞堂按：正義本作「僭」，釋經云：「僭，差。」釋文：「譖，本亦作『僭』。」

反予來赫

毛作「赫」，鄭作「嚇」。

涼曰不可

按：釋文：「職涼，毛音良，薄也；鄭音亮，信也。下同。」所云「下同」者，即此「涼曰」之「涼」。是陸本皆作「涼」也。正義上云：「毛以爲，下民之爲此無中和之行，主爲偷薄之俗。」此云：「我以信言諫王曰：汝所行者，於理不可。」是孔本上章作「涼」，此章作「諒」。以上章鄭易

「涼」爲「諒」，而此章毛本作「諒」，非關鄭易也。唐石經上作「涼」，此作「諒」，蓋從孔本。然由文義求之，恐未得毛意。

秏斁下土

説文有「秏」無「耗」。玉篇：「秏，減也，敗也。」引此詩。廣韻：「耗，俗作『秏』。」按：箋云：「斁，敗也。」説文：「殬，敗也。」引商書：「彝倫攸殬。」與「厭斁」字别。

寧丁我躬

戴先生云：「寧之言乃也。」

如惔如焚

章帝紀：「今時復旱，如炎如焚。」章懷注引韓詩：「如炎如焚。」按：韓詩作「炎」爲善。説文：「炎，燎也。」傳云：「惔，燎之也。」蓋毛亦作「炎」也。上文「赫赫炎炎」，本或作「惔」，是其明證。

寧俾我遯

釋文：「本亦作『遂』。」按：周易「遯」，鄭作「遂」。

則不我虞

按：「虞」、「娱」同，字之假借也。詩序云：「以禮自虞樂。」鏞堂按：箋云：「虞，度也。夫曾不度知我心。」

箋義爲長。抑：「用戒不虞。」毛傳：「不虞，非度也。」閟宮：「無貳無虞。」箋云：「虞，度也。」是毛詩「虞度」字作「虞」。出其東門：「聊可與娛。」毛傳：「娛，樂也。」絲衣：「不吳不敖。」毛傳：「吳，譁也。」正義本作「不娛」，云：「人自娛樂，必讙譁爲聲。」是毛詩「娛樂」字作「娛」。二字不相假借。

有嘒其星

説文：「譿，聲也。詩曰：『有譿其聲。』」按：如史所云「赤氣亘天，砰隱有聲」之類也。今作「有嘒其星」，殆非。

往𨑥王舅

唐韻正曰：「『會言近止，往近王舅。』皆『附近』之『近』，而非『𨑥』也。」按：釋文於「近」字每云「『附近』之『近』」者，皆以別諸上聲之「近遠」，而非別諸「𨑥」字也。古以「遠近」讀上聲，「親近」讀去聲。「往𨑥王舅」，蓋言往己王舅也。古音同部假借，此借「𨑥」爲「己」。傳以「己」訓「𨑥」，猶淇奥借「簀」爲「積」，傳以「積」訓「簀」；板借「王」爲「往」，傳以「往」訓「王」，箋又從而申明其説耳。詩「彼其之子」，左傳引作「彼己」，禮記引作「彼記」。大叔于田箋云：「忌，辭也。讀如『彼己之子』之『己』。」劉伯莊史記音義云：「丌，古『其』字。」玉篇：「丌，古『其』字。」説文：「丌，讀若箕。」「𨑥，讀與『記』同。」知「其」、「己」、「記」、「忌」、「丌」、「𨑥」字同在之咍部。若「近」字，乃在諄文部，音轉讀若「幾」、讀若「祈」，在脂微部。如「會言近止」，與「偕」、「邇」爲韻；如周禮「九畿」，故書作「九近」；周易「月幾望」，或作「近望」是也。諄文與脂微近，與之哈相去甚遠，不相假借。此詩如本「近」字，則毛訓爲「己」，鄭讀如「記」，如何可通？故「近」爲「辺」之譌，其説不可易也。

夙夜匪解

「懈」之假借。

愛莫助之

按：爾雅：「薆，隱也。」從毛傳，當作「薆」。

鉤膺鏤鍚

説文引作「鍚」。　按：隷省作「鍚」。

鞹鞃淺幭

曲禮：「素幭。」注：「幭，覆笭也。」釋文：「幭，本又作『幦』。」疏引既夕禮：「乘惡車，白狗幦。」玉藻：「君羔幦虎犆。」注：「幦，覆笭也。」疏：「詩大雅：『鞹鞃淺幭。』毛傳云：『幭，覆式。』幭，即幦也。又周禮巾車作『複』，但古字耳。三者同也。」少儀：「拖諸幦。」注：「幦，覆笭也。」既夕禮：「鹿淺幦。」注：「幦，覆笭。」周官經巾車「犬複」、「鹿淺複」、「然複」、「豻複」，注：「複，覆笭也。」春秋公羊傳昭二十五年：「以幦爲席。」何休注：「幦，車覆笭。」按：説文：「幦，髼布也。从巾，辟聲。周禮曰：『駹車犬幦。』」韓奕當同儀禮、禮記作「幦」。「車笭」

字以「髆」爲正，「幭」、「禊」皆假借字。「篾」又「幭」之變。

鞗革金厄

按：説文無「鞗」，有「鋚」，云：「鐵也。一曰：轡首銅也。从金，攸聲。」石鼓詩「四車既安」之下，有「鋚勒」字。焦山周鼎有「攸勒」字。博古圖周宰辟父敦銘三，皆有「攸革」字。薛尚功鐘鼎款識周伯姬鼎有「攸勒」字，寅簋有「鋚勒」字，疑毛詩「鞗革」皆「鋚勒」之譌。鋚勒，猶唐、宋人所云「金勒」。古鐘鼎「鋚」省作「攸」，後人不知爲「鋚」之省，輒製「攸」下从革之字。蓼蕭傳：「鞗，轡也。」「轡」下落「首飾」二字。鋚，所以飾轡首。下云「沖沖，垂飾貌」，正謂此飾也。革者，「勒」之省。轡首謂之勒。勒，馬頭絡銜，所以繫轡，故曰轡首。孔氏釋「轡首」云：「馬轡所靶之外，有餘而垂。」甚誤。載見：「鞗勒有鶬。」傳：「有鶬，謂有法度也。」玉篇：「鞗，轡也。亦作『鋚』。」「韉，靶也，勒也。亦作『革』。」「韊，同『韉』。」廣韻：「鋚，紖頭銅飾。」又按：爾雅：「轡首謂之革。」郭注：「轡，靶勒也。」當云：「轡，靶也。革，勒也。」説文：「轡，馬轡也。」「靶，轡革也。」「勒，馬頭絡銜也。」「羈，馬絡頭也。」「靮，馬羈也。」「銜，馬勒口中也。」「鑣，馬銜也。」絡頭、銜口統謂之勒，所以繫轡，故曰轡首。轡革爲人所把，故曰靶。漢書：「王良執靶。」吴都賦：「回靶。」今人曰扯手，亦曰轡頭，古之靶也、轡也，皆自人所把言之也。今人曰籠頭、曰嚼口，古之轡首也、勒也、羈靮也、銜也，皆自馬首言之也。鄴中記曰：「石虎諱『勒』，呼馬勒爲轡。」見廣韻。知「轡」、「勒」本爲二物。又按：箋於采芑云：「鞗革，轡首垂也。」於韓奕云：「鞗革，謂轡也。」於載見云：「鞗革，轡首也。」絶無定説，而采芑尤誤。轡可言「垂」，轡首不可言「垂」矣。於載見云：「鎗，金飾貌。」合於以鋚飾勒之旨。説文：「槅，大車扼也。」考工記作「鬲」，説文作「槅」。西京賦：「商旅聯槅。」潘安仁傳：「發槅寫鞍。」「軶，轅前也。」「軥，軶下曲者。」左傳襄十四年：「射兩軥而還。」服注：「車軶兩邊叉馬頸者。」杜注：「車軶卷者。」昭二十六年：「射之，中楯瓦。繇朐汰輈，匕入者三寸〔七〕。」杜注：「入楯瓦也。朐，車軶。」朐，即「軥」之假借。小爾雅：「衡，扼也。扼上者謂之烏啄。」當作「扼上也。扼下者謂之烏啄。」釋名：「馬曰烏啄。下向叉馬頸，似烏開口向下啄物時也。」戴先生釋車：「軶謂之衡，衡下烏啄謂之軥。大車之軶謂之鬲〔八〕。」按：此詩作「厄」者，「軛」之假借。傳：「厄，烏噣也。」烏噣，即小爾雅、釋名之「烏啄」也。古「啄」、「噣」通用，如爾雅：「生噣雛。」王逸九歎注引作「生啄」。釋文：「噣，沈音晝。」是沈重讀「不濡其噣」之「噣」。陸氏雖誤引爾雅，而云「噣，爾雅作『蠾』」，是陸尚未譌爲「蠾」也。鞹以爲鞃，虢以爲幦，鋚以飾勒，金以飾軶，本四事也。徐廣曰：「乘輿車，文虎伏軾，龍首衡軶。」續漢輿服志作「衡軛」。索隱曰：「謂金飾衡軛爲龍。」按：「文虎伏軾」，即經之「虢幦」；「金飾衡軛」，即經之「金軛」。鄭箋不用毛説，以「厄」爲「搤」之假借，云：「鞗革，轡也。以金爲小環，往往纏搤其轡。」合「鞗革」、「金厄」爲一事。正義乃以

「噣」謁「蠋」，妄云：「『厄，烏蠋』，爾雅釋蟲文。厄，大蟲，如指，似蠶。金厄者，以金接轡之端，如厄蟲然。」其説致爲無理。爾雅「蚅」、「蝺」、「蠋」，字皆从虫，與毛傳「厄，烏噣」奚翅風馬牛不相及？陸、孔之牽合，誤甚。或曰：上文曰「錯衡」矣，又曰「金軶」，不爲複與？曰：衡謂横木，軶謂下向叉馬頸之軥。史記索隱引崔浩云：「衡車，扼上横木也。」是衡爲一物，扼即軥爲一物也。屈原賦戴氏注云：「軶，衡下兩軥也。衡亦通謂之軶。」又，既夕禮〔九〕：「楔，貌如軶，上兩末。」疏云：「如馬鞅，軶馬領。」鄭注云：「今文『軶』作『厄』。」此可見「軶」爲正字，「厄」爲假借。不識箋詩何以不知「厄」即「軶」也？

出宿于屠

説文：「郿，左馮翊郃陽亭。」　按：言左馮翊郃陽縣之郿亭也。一本作「郿陽亭」，誤。困學紀聞所引同誤。

炰鼈鮮魚

説文：「鮮，魚名。」「鱻，新魚精也。」　按：周官經：「鱻薨。」

其蔌維何

説文：「𩱧，鼎實，惟葦及蒲。或作『餗』。从食，束聲。」

韓侯顧之

傳：「顧之，曲顧，道義也。」惠定宇曰：「列女傳：『齊孝公迎華氏之長女孟姬於其父母，三顧而出，親授之綏，自御，輪三，曲顧。姬輿遂納於宫。』淮南子氾論：『昔蒼梧繞娶妻而美，以讓兄，此所謂忠愛而不可行也。』高誘注：『蒼梧繞，乃孔子時人。以妻美好，推與其兄。於兄則愛矣，而違親迎曲顧之義，故曰不可行也。』」　按：白虎通亦曰：「必親迎，御輪三周，下車曲顧者，防淫泆也。」

緜緜翼翼

按：常武、載芟之「緜緜」，韓詩皆作「民民」。小旻、緜之「膴」，韓詩皆作「腜」。知四家詩字各有義例。

懿厥哲婦

按：此借「懿」爲「噫」，與十月之交借「抑」爲「噫」同也。「抑」、「懿」同在十二部，入聲。大雅抑，外傳作「懿」。

舍爾介狄

傳：「狄，遠也。」　按：以爲「逖」之假借。

不弔不祥

箋云：「弔，至也。」　按：鄭作「迅」。

草不潰茂

按：毛云：「潰，遂也。」與「是用不潰于成」傳同。箋云：「潰，當作『彙』。」非。

職兄斯引

傳：「兄，茲也。」按：桑柔傳：「兄，茲也。」常棣傳：「況，茲也。」並同。韋昭國語注：「況，益也。」說文：「茲，艸木多益也。」

臧鏞堂録

【校勘記】

〔一〕與上文長王惶黨並湯韵　「惶」，底本、清經解本及三十卷本均誤作「煌」，據王逸楚辭章句改。

〔二〕言陷陣之車隆然高大也　「陷」，底本、清經解本誤作「限」，據三十卷本改。

〔三〕正月傳　「正月」，底本、清經解本誤作「無羊」，據三十卷本及毛詩箋改。

〔四〕昭茲來御　「茲」，後漢書志劉昭注引作「哉」。

〔五〕亦曰淅米　「淅」，底本、清經解本誤作「浙」，據三十卷本改。

〔六〕上仌象其理　「仌」，底本、清經解本誤作「谷」，說文解字及段玉裁說文解字注無，據三十卷本改。

〔七〕匕入者三寸　「匕」，底本、清經解本誤作「軥」，據三十卷本及春秋左傳改。

〔八〕大車之軶謂之鬲　「車」下，底本、清經解本誤衍「謂」，據三十卷本及戴震釋車删。

〔九〕既夕禮　「既夕」，底本、清經解本及三十卷本均誤作「士喪」，據儀禮注疏改。

詩經小學卷第四

金壇段氏

頌

假以溢我

按：爾雅：「溢、慎、謐，静也。」又，「毖、神、溢，慎也。」尚書「惟刑之恤」，史記作「惟刑之静」，徐廣曰：「今文尚書作『惟刑之謐』。」此詩或作「謐」，或作「溢」，或作「恤」，皆静慎之意也。作「誐」，作「何」，作「假」，乃是異文。左傳引詩：「何以恤我。」杜注云「逸詩」，不以爲此篇異文。朱子集傳合爲一，是也。而「文王之神，何以恤我」，其訓非也。

維周之祺

按：此從古本作「祺」。作「禎」者，恐是改易取韻。鏞堂按：正義曰：「定本、集注『祺』字作『禎』，是毛詩作『維周之禎』，三家詩作『惟周之祺』。爾雅：『祺，祥也。』某氏注引詩可證。」

天作高山，大王荒之

傳：「大王行道，能安天之所作也。」　按：此傳有脱文，當云：「大王行道能大之，文王又能安天之所作也。」鄭箋「彼作」，謂萬民。毛公則仍承首句「作」字。正義云：「毛以爲，大王居岐長大，此天所生者。彼萬民居岐邦築作宫室者，文王則能安之。」孔訓「彼作」，失傳意，而可證毛傳有脱。荒，訓大；康，訓安也。國語鄭叔詹曰：「周頌：『天作高山，大王荒之。』荒，大之也。大天所作〔一〕，可謂親有天矣。」荀子王制篇引詩：「天作高山，大王荒之。彼作矣，文王康之。」楊倞注：「荒，大也。康，安也。言天作此高山，大王則能尊大之，文王又能安之。」天論篇引此詩，注亦云：「大王能尊大岐山。」皆可證。

既右饗之

按：俗本作「享」，非。經典凡獻於上曰享，食所獻曰饗。如楚茨「以享以祀」，下曰「神保是饗」；此「我將我享」，下曰「既右饗之」；閟宫「享以騂犧」，下曰「是饗是宜」：尤顯然可證。

懷柔百神

按：宋書樂志：「宋明堂歌謝莊造登歌詞曰：『昭事先聖，懷濡上靈。』」然則六朝時本作「懷濡百神」也。「柔」、「濡」古音同，是假「濡」爲「柔」。當從集注本作「濡」。注爾雅者引「懷柔百神」，易其字也。鏞堂按：毛詩作「懷濡」，三家詩作「懷柔」。樊光注爾雅，引用皆非毛詩。

貽我來牟

說文：「來，周所受瑞麥來麰。一束作「束」，誤。二縫，象芒束之形。天所來也，故爲『行來』之『來』。詩曰：『詒我來麰。』」按：一束二縫，或作「一束二縫」，或作「一來二縫」，而正義引說文作「一麥二夆」，均不可解。考廣韻引埤蒼作「一麥二稃」，亦有誤。當作「二麥一稃」乃合。一稃二米者，后稷之嘉穀也；一稃二麥者，后稷之瑞麥也；三苗同穗者，成王之嘉禾也。見尚書大傳。旁出上合者，漢時之奇木也。說文當作「二麥一稃」，「二」、「一」互誤。「稃」、「縫」者，音之譌。又，从束者，象其芒束之形。一束二稃，言二麥同一穎芒也。

鞉磬柷圉

說文：「敔，禁也。一曰：樂器，椌楬也，形如木虎。从攴，吾聲。」

和鈴央央

東京賦：「和鈴鉠鉠。」李引毛詩：「和鈴鉠鉠。」玉篇、廣韻：「鉠，鈴聲。」

佛時仔肩

傳：「佛，大也。」按：此以「佛」爲「廢」之假借。古廢、佛音同。釋詁：「廢，大也。」四月：「廢爲殘賊。」傳：「廢，大也。」用正字。此「佛時仔肩」用假借字。箋云：「佛，輔也。」又以爲「弼」之假借。鏞堂按：此以「佛」爲「廢」之假借，四月則以「廢」爲「怢」之假借。古「廢」、「佛」、「怢」皆同部，聲相近。

莫予荓蜂

爾雅：「甹夆，掣曳也。」按：毛傳作「摩曳」。説文：「摩，引縱也。」

有略其耜

爾雅：「䂮，利也。」釋文：「䂮，詩作『略』。」按：説文：「𠜂，刀劒刃也。籀文作『䂮』。」

有俶其馨

按：傳云：「飶，芬香貌。舊作「也」。俶，猶飶也。」「俶」字正取其香始升芬芳酷烈之意，與「飶」字相配。若作「椒」，爲物，與「飶」字異類，傳不得云「猶飶也」。詩言「有苑」、「有奭」、「有鶬」、「有敦瓜苦」、「有俶其城」，句意皆同。今從沈作「俶」字。飶言香之貌也，俶言馨之貌也。

有捄其角

當作「觩」。

不吳不敖

按：方言：「吳，大也。」吳之爲大，於聲求之，大言爲吳，物之大者亦曰吳。屈賦：「齊吳榜以擊汏。」王逸注：「齊舉大櫂也。」

我龍受之

傳：「龍，和也。」按：此及長發，毛以「龍」爲「雝」之假借，故曰「和也」。

婁豐年

今本作「屨」。釋文、唐石經作「婁」。宋婁機班馬字類引詩：「婁豐年。」角弓釋文：「婁，本亦作『屢』。」

駉駉牡馬

考周官馬政，絶無郊祀、朝聘有「騭」無「騲」之説。校人職云：「凡馬，特居四之一。」鄭司農云：「三牝一牡。」康成云：「欲其乘之性相似也。」此云「凡馬」，兼指六種五路之馬。又，康成計王馬之大數，而引詩「騋牝三千」，何嘗謂五路之馬無騲歟？良馬通謂五路之馬，倘皆無騲，則通淫游牝，豈專爲駑馬？良馬豈皆駑母所生？康成何以云種馬謂「上善似母者」也？今俗以騬、騭爲良，自是尚力，五路之馬，皆不尚强。且序云「牧于坰野」，傳云「牧之坰野，則駉駉然」，正義云「駉駉然腹幹肥張者，所牧養之良馬也」，經文作「牧」爲是。顔氏説誤。據釋文，則今本説文「駫」下引「駫駫四牡」，唐時本作「駫駫牡馬」，與今詩絶異。云説文作「驍」，不可考。

在坰之野

説文：「駉，牧馬苑也。詩曰：『在駉之野。』」按：許意，言「在駉之野」，即在野之駉，倒句以就韻。

有驈有皇

爾雅：「黄白，騜。」按：説文「驈」下引詩「有驈有騜」，而無「騜」字，蓋或有闕遺。

薄采其茆

廣韻三十一巧：「茆，凫葵。」説文作「茆」，音柳。又，四十四有引詩：「言采其茆。」

狄彼東南

按：抑：「用遏蠻方。」傳：「遏，遠也。」左傳：「糾逖王慝。」

食我桑黮

説文：「黮，桑葚之黑也。」　按：當同衞風作「葚」。

憬彼淮夷

説文：「矍，讀若詩云『穬彼淮夷』之『穬』。」　按：釋文：「憬，説文作『廣』。」今説文「廣」下不引此詩，蓋「穬」當爲「廣」也。

閟宮有侐〔二〕

箋云：「閟，神也。」　按：説文：「祕，神也。」鄭以「閟」爲「祕」之假借。

稙稺菽麥

郭注方言：「稺，古『稚』字。」五經文字云：「説文作『稺』，字林作『穉』。」説文「稙」下引詩：「稙稚尗麥。」

實始翦商

説文：「戩，滅也。」引詩：「實始戩商。」　按：傳：「翦，齊也。」毛意正當作「歬」。

保有鳧繹

尚書及説文作「嶧」。爾雅：「屬者嶧。」

庸鼓有斁

傳：「大鐘曰庸。」爾雅：「大鍾謂之鏞。」説文：「大鐘謂之鏞。」鏞堂按：古文尚書「笙庸以間」，作「庸」，與毛詩合。又，爾雅李巡注曰：「大鍾，音聲大。鏞，大也。」孫炎注曰：「鏞，深長之聲。」是古本爾雅亦祇作「庸」，金旁蓋後來所加。

執事有恪

説文作「愙」，从心，客聲。

既戒既平

傳：「戒，至。」　按：此以「戒」爲「屆」之假借字也。「屆」訓至，而「戒」不訓至。「戒」在一部，「屆」在十五部，異部假借也。爾雅：「艐，至也。」艐，説文讀若荤。郭注方言：「艐，古『屆』字。」亦合二字爲一，本非一字也。

鬷假無言

傳：「鬷，緫。假，大也。」　按：言「鬷」爲「緫」之假借字。鬷，釜屬。孔沖遠云：「鬷、緫，古今字。」非也。又，禮記：「嘏，長也，大也。」卷阿傳：「嘏，大也。」賓筵傳：「嘏，大也。」此本字也。那傳：「假，大也。」烈祖傳：「假，大也。」皆以「假」爲「嘏」之假借字也。楚茨傳：「格，來也。」抑傳：「格，至也。」此本字也。雲漢傳：「假，至也。」泮水傳：「假，至也。」烝民、玄鳥、長發義同此，皆以「假」爲「格」之假借字也。

奄有九有

韓詩作「九域」。按：有，古音如以，域，爲其入聲。毛公曰：「囿，所以域養禽獸也。」「囿」、「域」，亦於音求之。

受命不殆，在武丁孫子

按：大戴禮用兵篇引詩：「校德不塞，嗣武于孫子。」盧注以爲逸詩，恐即二句之異文也。

邦畿千里

尚書大傳：「圻者，天子之竟也。諸侯曰竟。」鄭注周禮：「方千里曰王圻。詩曰：『邦圻千里，惟民所止。』」見路史國名紀「信」、儀禮經傳通解續。

爲下國綴旒

説文：「游，旌旗之流也。从㫃，汓聲。」「旇，旌旗之流也。从㫃，攸聲。」無「旒」字。

敷政優優

說文心部：「惪，愁也。从心、从頁。」夊部：「憂，和之行也。从夊，惪聲。詩曰：『布政憂憂。』」　按：俗以「憂」爲「惪愁」字。

不戁不竦

傳：「竦，懼也。」　按：當作「愯」。說文：「愯，懼也。雙省聲。」

實左右商王

俗有「佐」、「佑」字，說文所無。

冞入其阻

說文网部：「䍘，周行也。从网，米聲。」引此詩。　按：今隸應作「冞」。各本作「冞」，或作「罙」，誤。五經文字：「說文作『䍘』，隸省作『冞』，見詩。」又，廣韻：「䍘，罟也。」「冞，冞入也，冒也，周行也。」分别誤。

方斲是虔

傳：「虔，敬也。」箋云：「椹，謂之虔。」　按：爾雅：「椹，謂之榩。」釋文：「榩，本亦作『虔』。」然則爾雅本有止作「虔」者。

臧鏞堂録

【校勘記】

〔一〕大天所作　「作」，底本、清經解本誤作「生」，據三十卷本及國語改。

〔二〕閟宫有侐　「侐」，底本、清經解本誤作「洫」，據三十卷本及段玉裁毛詩故訓傳定本改。

詞條索引

説　明

一、本索引爲詩經小學和詩經小學録的詞條索引。

二、詞條凡爲詞語而並非完整詩句的，則括注出所在詩句。

三、所有詞條均括注出所在篇名，篇名用字以通行本爲準。

四、凡底本中合併的詞條，如“瘏、痡”、“作于楚宫、作于楚室”，本索引予以分別編製頁碼。

五、本索引按詞條首字拼音順序編排，具體讀音參考歷代注疏、字書及相關研究成果而定。

六、凡詞條既見於詩經小學，又見於詩經小學録者，其頁碼以“/”隔開。

G

M

X